青海民族大学中国语言文学学科建设文库

青海当代作家创作论

冯晓燕　著

民族出版社

目　录

第一辑

第二辑

第三辑

第四辑

第一辑

一位楚地城堡少主的江湖远游

——原生文化对昌耀及其诗歌创作的影响

1979年，头戴荆冠的诗人昌耀经历了二十一年的流放生涯重新回到了古都青唐。停滞了二十年的诗歌写作也如初融的冰河渐次叮咚作响。以《大山的囚徒》为序笔，次年《慈航》《山旅》接踵脱稿，它们与1982年写就的《雪。土伯特女人和她的男人及三个孩子之歌》被评论家称为“流放四部曲”。自此，一个用生命描摹青藏高原形体和经脉的诗人在中国诗坛上逐渐显现。然而几乎就在《山旅》《慈航》问世的同时，一首《南曲》也在轻唱低吟：

借冰山的玉笔，
写南国的江湖：
游子，太神往于那
故乡的篙橹，和
岸边的芭蕉林了。

……

我是一株
化归于北土的金橘，
纵使结不出甜美的果，
却愿发几枝青翠的叶，
裹一身含笑的朝露。①

① 昌耀：《昌耀诗文总集》，141页，西宁，青海人民出版社，2000。

此时距那个楚子隔窗与母亲背影告别，开始一生“自我放逐”式的行走已整整三十年的时间。正是这内心深处的“太神往”，使得1979年刚刚“右派”平反的昌耀一刻不能容留地奔赴故乡桃源。对于此时的昌耀来说，父母的亡故，家族的北迁，桃源对于他已不是“家园”的所在。那么让昌耀长久无法释怀，想要探寻的究竟是什么？诗人在此后的诗作中不断给出答案：“乡渡篙橹”“颉颃雨燕”“南风《楚殇》”“空城堡的无人宴席”“老如古陶的故居”……正如赵成孝先生所言：“生于湖南的昌耀，深受湘文化的影响。湖南一地的精神文化对昌耀性格的形成影响极大。”[①]湘楚文化对于昌耀，除了性格形成的影响外，它完全有理由被看作昌耀诗歌创作的精神底色。

一、从原生地域文化开始的诗歌创作

被昌耀称作“一个爱美者的心路历程”的《昌耀诗文总集》是从1955年《船，或工程脚手架》开始收录的。在本文中，把这首诗视为昌耀文学写作的起点。这是不满二十岁，抵达高原刚刚三个月的青年诗人笔下的高原秋景：“高原之秋 / 船房 / 与 / 桅 / 云集 / 濛濛雨雾 / 淹留不发。/ 水手的身条 / 悠远 / 如在 / 邃古 / 兀自摇动 / 长峡隘路 / 湿了 // 空空 / 青山。”[②]这幅由单字、词和简洁短语连缀描画的图景，更容易让人联想到“阴雨霏霏，连月不开”“岸芷汀蓝，郁郁青青”的洞庭盛状。而潮湿朦胧的水色和“水手”这样在旱地高原极少遇到的景象与人物，在昌耀早期诗作中也时有描摹：“雾啊，雾啊……/ 只听到橹声拍溅和水声震耳的呼号。// 然而黄河熟悉自己的孩子。/ 然而水手熟悉水底的礁石”[③]（《水色朦胧的黄河晨渡》，1957年），“我们都望见了那桨叶下熟睡的 / 水手啊”[④]（《水手长——渡船——我们》，1962年3月），“某渡口，一位水手这样对我说——// ……你看我们的头发挂着水底的游丝 / 你看我们的眼瞳藏着礁石的狰狞”[⑤]（《水手》，1963年7月）。燎原在《昌耀评传》谈到，初上高原的昌耀作为青海贸易公司的秘书，经常随领导下乡到过贵德

---

① 赵成孝：《在边缘处追寻——青海作家论》，34页，西安，陕西师范大学出版社，2014。

② 昌耀：《昌耀诗文总集》，1页，西宁，青海人民出版社，2000。

③ 昌耀：《昌耀诗文总集》，10页，西宁，青海人民出版社，2000。

④ 昌耀：《昌耀诗文总集》，39页，西宁，青海人民出版社，2000。

⑤ 昌耀：《昌耀诗文总集》，59页，西宁，青海人民出版社，2000。

这片黄河川地，也就是昌耀笔端这片曙光下潮湿的河床。昌耀从黄河起笔书写，同黄河之源藏地文化的心犀相通，与他原生文化的地理生存环境有着直接、紧密的联系。

湖南是长江文明的发祥地之一，它四周多山，内陆水网交织——武当山、大别山、罗霄山、南岭、武陵山、巫山、大巴山环绕着江汉平原和洞庭湖平原。以长江为主，还有汉水、湘江等众多水系在崇山峻岭中穿行而过，水汽蒸腾、雨雾缭绕是湖湘典型的自然气候状况。昌耀出生地常德就在洞庭湖的西北入口处，诗人生命最初便是在楚山汉水风日中成长的。由此我们就不难理解他在贵德看到黄河晨渡的船夫时产生过怎样的亲切感。长江文明和黄河文明同样作为大河文明与高原风物、时代精神共同融在诗人笔下。由此可以看出，昌耀最初的诗歌创作是从原生文化的认同、追索中起步的。

昌耀曾谈过自己“无意于宴居的父辈们”（《我是风雨雷电合乎逻辑的选择》），称自己这个曾经的“城堡少主”也一直“渴望着云游与奇迹”（《艰难之思》）。这种心灵深处根深蒂固的“远方”情结，我们可以从湘楚文化中找到缘由。楚人作为长江文明的开拓者，从先民“筚路蓝缕以启山林”起始，便以拓荒者的精神铸造自己的文化性格，楚人以边鄙的子男之邦崛起于春秋战国之世，面临着生存竞争的严峻环境。他们在不断开疆拓土中锤炼出一种斗士型的冒险精神，整个地域文化从原始野性活力中升华出刚烈的尚武精神和“地方五千里，带甲百万”的泱泱大国的英雄主义，发展出博大坚毅的文化结构和文化性格。它成为一种集体无意识，深植于这方水土男儿的精神血脉当中。近代以来，民族危亡的时代背景下昌耀父辈和昌耀“无意宴居”背后的精神原动力再次显现，因此昌耀以“自我放逐”的方式，从湘楚洞庭走上朝鲜战场，来到高原边地，实现了一种湘楚血脉精神影响下的生命选择。

二、两种边地文化在诗歌中的融合

初上高原的昌耀，无论是与当地汉族文化还是藏地文化融合的速度和融洽度都是惊人的。这一点两个例子就能够清晰显现：一是1956年6月到青海仅一年时间，刚刚调到省文联的昌耀便独立完成了青海民歌集《花儿与少年》的编选；二是在《昌耀诗歌总集》中，紧接着1955年《船，或工程脚手架》

之后的写于1956年底的《鹰·雪·牧人》已经形成了从巫山云雨到雪域高原书写的成功转型。这种迅速和异质文化交汇贯通的能力，源自高原文化与昌耀原生的湘楚文化内涵有着很多相似之处。

《花儿与少年》主要产生和流行于甘肃、青海、宁夏等西北地区，本质上是牧野村外口头传唱的民歌。湘楚之地因崇山峻岭的地理风貌，自古以来便是山歌盛行的地域。青海"花儿"主流和楚地山歌是一致的，"妹妹与哥哥"的对唱情歌，因此昌耀对"花儿"的采风与整理其实有着自幼耳濡目染的熟稔与顺畅。这一点从诗人自己的诗歌创作中对情歌体熟稔的运用也可以感受到："……你手帕上绣着什么花？（小哥哥，我绣着鸳鸯蝴蝶花。）"① (《边城》) "'哥哥，/吹得响一些，/再响一些！'/土房顶上的洛洛听到这个央求/低头望望木梯站立的未婚妻。/喜娘那么地羞。"② (《哈拉库图人与钢铁》) 其次，从《鹰·雪·牧人》起笔，昌耀开始对这个没有坟冢、向往雄鹰的土伯特部族进行多重描摹与勾勒："在灰白的雾霾/飞鹰消失，/大草原上裸臂的牧人/横身探出马刀，/品尝了/初雪的滋味。"③1956年站在兴海县阿曲乎草原上的昌耀，这个"文静且浑身透着一种干净气息的汉族少年"④，已和"飞鹰""草原上裸臂的牧人"息息相通，是在时代召唤中对高原边地的诗意憧憬和最终亲近带来的满足感。从文化的角度看，与中原的黄河儒家文明相较而言，在长江文明背景下孕育的湘楚文化和在雪域文明背景下形成的藏族文化均属于边地文化，与儒家文明"子不语怪力乱神"相异，湘楚文明和高原文明都以宗教思维为文化背景，他们崇"图腾"、重"神性"，都善于在神话传说、歌舞唱词中体现本民族的文化性格和艺术底蕴。这种深层的审美认同，使昌耀在对藏族边民的创作中开拓出一条通向更高精神求索与心灵探寻的诗歌路径。

三、呼应屈骚传统的精神书写

"江湖。/远人的夏季皎洁如木屋涂刷之白漆。/……远人的江湖早就无家

① 昌耀：《昌耀诗文总集》，5页，西宁，青海人民出版社，2000。
② 昌耀：《昌耀诗文总集》，17页，西宁，青海人民出版社，2000。
③ 昌耀：《昌耀诗文总集》，2页，西宁，青海人民出版社，2000。
④ 燎原：《昌耀评传》，109页，北京，人民文学出版社，2008。

可归，一柄开刃的宝剑独为他奏响天国的音乐。”[①]（《江湖远人》）诗人之所以孤寂，是因为不断探寻精神居所而终无所得。很多年前昌耀就开始了与自我的砥砺与对话：“我恋慕我的身影：/黧黑的他，更易遭受粗鄙讹诈。/……我陪伴他常年走在高山雪野。在风中/与他时时沐浴湍流，洗去世俗尘垢”。[②]（《影子与我》）在湘楚文化中，屈原也是这样一个在自我精神思辨中不断上下求索的诗人。不仅如此，评论者把屈原、屈骚意象称为影响中国现代诗歌发展的四种原始意象之一。[③] 正如荣格所说：“谁讲到了原始意象谁就道出了一千个人的声音，可以使人心醉神迷，为之倾倒。”“他把他正在寻求表达的思想从偶然和短暂提升到永恒的王国之中。他把个人的命运纳入人类的命运，并在我们身上唤起那时时激励着人类摆脱危险、熬过漫漫长夜的亲切力量。”[④] 显然屈原及其诗歌的确具有这种力量，昌耀对于这位湘楚文明源头性的诗人曾这样感叹：“我曾是亚热带阳光火炉下的一个孩子，在庙宇的荫庇底里同母亲一起仰慕神。……我应当深解咏作《天问》的楚国诗人何必一气向苍天发出一百几十种诘难了。”《晚钟》里的“迟暮者”与屈原同题《涉江》；《招魂之鼓》中“赤胸袒腹裸背而相扑相呼相嚎”[⑤] 的场面曾在千年之前的楚地上演，湘人的鼓槌也曾“奏为招魂之鼓”；《划呀，划呀，父亲们》中“今夕何夕”的咏叹也曾出自“得与王子同舟”的楚国越女之口。

千年之前的诗人常以沧浪之水濯缨濯足，千年以后的诗人也“时时沐浴湍流，洗去世俗尘垢”，哪怕身为大山的囚徒，依然保持目光向上，不断求索的力量，而“望山”便是一种具有超拔精神探索的姿态。“我喜欢望山”，在《凶年逸稿》和《断章》中，在人类精神与食物双重匮乏的年代里，这不失为一种高贵的举动。“我喜欢望山。/席坐山脚，望山良久良久/而蓦然心猿意马。”[⑥]“我喜欢望山，望着山的顶巅，我为说不确切的缘由而长久激动。”[⑦] 在神思游动间，诗人怀疑“这高原的群山莫不是被石化了的太古庞然

① 昌耀：《昌耀诗文总集》，491 页，西宁，青海人民出版社，2000。
② 昌耀：《昌耀诗文总集》，42 页，西宁，青海人民出版社，2000。
③ 李怡：《中国现代新诗与古典诗歌传统》，55 页，北京，中国人民大学出版社，2015。
④ ［瑞士］荣格著，朱国屏、叶舒宪译：《论分析心理学与诗的关系》，见叶舒宪：《神话——原型批评》，101 页，西安，陕西师范大学出版社，1987。
⑤ 昌耀：《昌耀诗文总集》，308 页，西宁，青海人民出版社，2000。
⑥ 昌耀：《昌耀诗文总集》，30 页，西宁，青海人民出版社，2000。
⑦ 昌耀：《昌耀诗文总集》，51 页，西宁，青海人民出版社，2000。

巨兽?”[①]（《群山》）于是这位从荒原走来的强男子，“即使在这样寒冷的夜，我仍旧感觉得到我所敬仰的这座岩石，这岩石上锥立的我正随山河大地作圆形运动，投向浩渺宇宙。”[②] 诗人把个体、岩石作为永恒的运动不居的实体放置在恒长的宇宙背景之下，释放出永不止息的精神求索的能量，如屈原《离骚》中“驷玉虬以乘鹥兮，溘埃风余上征”的豪情一样，诗歌中英雄的形象呼之欲出。与屈原的书写不同，昌耀的理想精神状态多是在两相对比下显现的：《踏着蚀洞斑驳的岩原》中“跛行的瘦马”与“老鹰的掠影”；《夜行在西部高原》中“低低的重阳”和“大山的绝壁”；《峨日朵雪山之侧》中“可怜的蜘蛛”与“雄鹰”“雪豹”都可以看出诗人在禁锢躯体的现实中一次次寻求精神飞升的努力。而千年前“令凤鸟飞腾兮，继之以日夜”的屈子在昌耀的笔下正是化身“山之族”抵临昆仑雪域。“我记得阴晴莫测的夏夜，/ 月影恍惚，山之旅在云中漫游。/ 它们峨冠高耸，宽袍大袖窸窣有声，/ 而神秘的笑谑却化作一串隆隆，/ 播向不可知的远方。”[③] 在诗人被命运之手拨入群山万壑之间时，却正是这“山”将其精魄注入诗人心灵，使诗人最终走向自我生命和精神的再生。

当年湘楚水域之滨的城堡少主在经历了具有浪漫主义英雄式的“自我放逐”之后，一夕间作为被流放的对象踟蹰于昆仑腹地时，强烈的“临渊意识”出现在诗人的生命体验中。《夜行西部高原中》的“绝壁”似乎领受神的密旨，要向诗人道出不羁命运的真相，终又缄口不言；雾光中，那颅骨生有角枝的雄鹿，则会“遁越于危崖沼泽，与猎人相周旋”[④]（《鹿的角枝》）。诗人的脚步最终停于峭岸，“在峻峭的崖岸背手徘徊复徘徊”[⑤]（《听涛》）终是被说不透的原因深深苦恼。而让诗人苦闷神思得以缓解的，是行走天地间、身负再生光华的女性。《离骚》中诗人“吾令丰隆乘云兮，求宓妃之所在”，昌耀笔下“新月傍落”之时，转换为“悬崖上的天女 / 已从石火裸现，鲜艳，窈窕，/ 长披美发丝”[⑥]，使诗人得与光明合为一体。这让我们不禁把目光移向《月亮与

① 昌耀：《昌耀诗文总集》，15 页，西宁，青海人民出版社，2000。
② 昌耀：《昌耀诗文总集》，52 页，西宁，青海人民出版社，2000。
③ 昌耀：《昌耀诗文总集》，136 页，西宁，青海人民出版社，2000。
④ 昌耀：《昌耀诗文总集》，188 页，西宁，青海人民出版社，2000。
⑤ 昌耀：《昌耀诗文总集》，30 页，西宁，青海人民出版社，2000。
⑥ 昌耀：《昌耀诗文总集》，370 页，西宁，青海人民出版社，2000。

少女》中月光下挽马徐行于幽幽空谷的少女，《旷原之野》中乘坐高骆驼由西域乐师们奏乐护送、从华夏内陆一路向西的夫人嫘祖，女性的出现让西域的旷野变得清灵娇媚。穿透历史烟尘，我们看到了曹植眼中“远而望之，皎若太阳升朝霞；迫而察之，灼若芙蕖出绿波”的洛神，看到屈原笔下“乘赤豹兮从文狸，辛夷车兮结桂旗”的山鬼。时代和地域不同，但同是创造神话的族群，文化上天然的亲近，使昌耀得屈骚的精神之妙，在长久地与自我对峙的世界里能够“履白山黑水而走马，度险滩薄冰以幻游”[①]。

让我们重回低吟浅唱《南曲》的 1979 年。当诗人结束长达二十多年的囚徒生涯重回西宁之后，“乡关何处”的追问脱口而出。写于 1981 年初的《随笔》中，“我”“走过了人生的许多港口。/ 作为一个无产者，/ 广告牌上厂商花哨的噱头 / 在我的眼底，最终 / 只铺下了一层跳动的红绿；/ 我却更钟情于那一处乡渡；/ 漫天飞雪、/ 几声篙橹、/ 一盏风灯……”[②] 多年之后，行将走到生命终点的诗人依旧作为“一个心事浩茫的天涯游子，尚不知乡关何处、前景几许”[③]（《我的怀旧是伤口》），终是这个“远人的江湖早就无家可归”[④]（《江湖远人》），这是怎样的凄楚与哀凉。由此诗人开始了在城市间生命最后的“自我放逐”，诗人开始在“古原骑车旅行”，从天明到日暮到黎明……他成为一位“大街看守”，成为这座高原古都的“值夜人”。这位眼中常含泪水的诗人开始将目光迎向底层民众，如屈原的千年忧思“长太息以掩涕兮，哀民生之多艰”。

早年间诗人就曾以“流浪汉”自拟入诗，《给我如水的丝竹》中的渴饮者，在盲者先知面前急于获得如水滋补的教诲。许多年后诗人用他者视角再次审视“流浪汉”时，他们出现在都市过街的地下通道中，一个独脚站立如同老军人坚毅的男子，一个盘膝而坐吹笛的盲青年，一个以前两者为中心奔跑雀跃的小男孩，旁若无人地舒心叫喊。诗人从中感受到了高山、流水和风。那种超拔的美的体验也许在当年仰视群山时瞬刻体验过，此刻的三个流浪汉也许与多年前那个渴饮者精神相通，经过时间淘洗而形影互视，成为一种互

① 昌耀：《昌耀诗文总集》，132 页，西宁，青海人民出版社，2000。
② 昌耀：《昌耀诗文总集》，147 页，西宁，青海人民出版社，2000。
③ 昌耀：《昌耀诗文总集》，696 页，西宁，青海人民出版社，2000。
④ 昌耀：《昌耀诗文总集》，491 页，西宁，青海人民出版社，2000。

文关系。无独有偶，诗人1996年书写的《灵魂无蔽》中有一位耻于乞食的流浪者，在一个融雪的暖人正午，街头的“我”看到他正专注于一间影楼橱窗里一帧红粉佳人的玉照。再让我们把目光拉回到1962年某日子夜的西宁南大街角，来聆听诗人为囚禁在时装橱窗的木质女郎的吟唱，这相隔三十余年西宁街头的两个驻足者同是受难者，同样在多艰的人生之维中保有孤绝的不为世俗所碍的自我精神的坚守。“流浪者”与“我”，即如《离骚》中的“美人”与“我”一样，在不断的角色易位、精神互视中完成诗人艰难之思。这种形影互视还体现在一个朝觐鹰巢的青年与鹰的互视中，体现在市井马戏班的小男孩与蟒蛇的互视中；被大山倨傲的隐者拒斥青年的集结，只留下青年作为弃儿的苦闷，而蟒蛇却与孩子嘴唇对吻作无限亲昵之姿。跨越远山险阻探寻的精神高地需要在不断的互视中才能最终抵达，在城市中再次的“自我放逐”，无疑是诗人给自己又一次与灵魂赤膊相对的机会。诗人目光向下，从底层视角寻找这个民族在匆匆行进中失落的高贵灵魂。正如屈原的《天问》，虽知“路修远以多艰兮”，但绝不放弃对灵魂的终极拷问。

这位一生在“自我放逐”与“被放逐”间行进的江湖远人，在他对于雪域古老的、带有原始风貌的生活书写创造的同时，我们看到来自湘楚的原生文化对于诗人不可忽视的长久而深刻的影响。诗人在生命几个重要节点上对故乡的瞩望和回访，诗人最终选择生命的离开的决绝方式，诗人遗嘱中回归故里的心愿，都在不断提醒后世读者，这个高原土伯特人的“义子”和“赘婿”，他的生命底色依旧是那个“易于感伤”的楚地城堡少主。

在历史经验中锐化的诗人记忆

——昌耀诗歌创作简论

“伟大的诗人，永远是他所生活的时代的忠实代言人；最高的艺术品，永远是它的时代的思想、情感、风尚、趣味等等之最忠实的记录。”① 这是艾青写在《中国新文学大系 1927—1937 第十四集 诗集》序言里的一段话。

以此对照，昌耀是中国当代少有的可当得起“伟大”二字的诗人。昌耀之伟大，在于诗人近50年的写作生涯，始终“双眼满含泪水”地与土地和人民联系在一起；在于他能用“以诗证史”的态度，将个人命运的书写置放在民族和时代的大背景中；在于他以凝铸青铜的卓绝努力，以独具风格的诗章，将中国现代诗歌推到了一个和世界文学并立的高峰。他斑斓深沉的诗学实践，是当代中国诗歌的重要收获；他持久关注国家民族前途的知识分子的品格，不但在他的诗歌文本中熠熠生辉，在当下也仍然具有现实意义。

一、立足西部大荒的时代吟咏

昌耀的创作从来没有偏离过民族和时代的主题。诗人饱满而灿烂、沉郁而深刻的作品，既是发自一个饱受苦难的灵魂的吟哦，更是对中华民族近代以来不畏艰险、自强不息精神的歌咏。

20世纪70年代末，被流放于雪山草原达24年的昌耀甫一归来，就以满腔热情密集地创作了《大山的囚徒》《山旅》《慈航》《青藏高原的形体》等饱满有力的诗篇。

① 艾青:《中国新文学大系 1927—1937 第十四集 诗集》，1页，上海，上海文艺出版社，1985。

我们都是哭着降临到这个多彩的寰宇。
后天的笑，才是一瞥投报给母亲的慰安。
——我们是哭着笑着
从大海划向内河，划向洲陆……
从洲陆划向大海，划向穹窿……
拜谒了长城的雉堞。
见识了泉州湾里沉溺的十二桅古帆船。
狎弄过春秋末代的编钟。
我们将钦定的史册连根儿翻个。
从所有的器物我听见逝去的流水。
我听见流水之上抗逆的脚步。

——划呀，父亲们，
划呀！

——《划呀，划呀，父亲们》①

时隔近四十年后重读此诗，我们仍然能够感受到当年冰河解冻，百舸争流，充满自信而又不乏反省精神的时代风气。昌耀一系列站立在西部大荒，以独特的地理、历史、民俗作为其诗歌生动肌骨的黄钟大吕之声，一下子和当时的诗风拉开了距离。公刘、刘湛秋、流沙河、周涛等年长于他或相近于他的优秀诗人，纷纷真诚地赞誉这个在青藏高地苦铸诗行的同道。邵燕祥著文《有个诗人叫昌耀》，其中写道："还有什么比'独具风格'对一个诗人更重要的吗？在众多因袭的、模仿的、赝造的大路货中间，昌耀的诗，如诗人本人一样，了无哗众取宠之心地，块然兀坐于灯火阑珊处。"②

年轻一代的诗人杨炼、海子等，也对于昌耀报以深刻的理解。诗人骆一禾为昌耀诗歌写下数篇精彩评论，他直接指出："我们尤其感到必须说出长久以来关注昌耀诗歌世界而形成的结论，昌耀是中国新诗运动中的一位

① 昌耀：《昌耀诗文总集》，173 页，西宁，青海人民出版社，2000。
② 邵燕祥：《有个诗人叫昌耀》，见昌耀：《命运之书——昌耀四十年诗作精品》，1 页，西宁，青海人民出版社，1994。

大诗人。”①

昌耀称得上是民族的大诗人，主要在于他的诗心随着民族的命运跳动；他的语言深植于汉语深处——既深熏于古代汉语的庄重和古雅，也得益于民间口语，甚至儿歌的生动和朴拙；而他高密度的西部意象和极具青藏高原文化特征的想象，为华夏民族的历史提供了一个新鲜而持久的书写角度。

“好像风车。好像兽王额头毛发纷披的旋儿。/ 好像五花马脊背簇生的花团。/ 被看作是火与太阳的象征。/ 被看作是释迦牟尼胸部所呈的瑞相。/ 被看作是吉祥之所集。/ 被女皇帝收进了华夏的辞书。/ 我记得夫人嫘祖熠熠生辉的织物 / 原是经我郡坊驿馆高高乘坐双峰骆驼，由番客 / 鼓箜篌、奏筚篥、抱琵琶，向西一路远行。// 我是织丝的土地。/ 我是烈风、天马与九部乐浑成的土地。”②（《旷原之野》）在昌耀之前，中国现代诗歌少有这样元气充沛、流光溢彩、充满英雄气质的作品。昌耀在世界历史的大场景中书写民族历程和民族命运，极具人类共同的感受。

二、根植土地的平民精神

昌耀诗歌特别打动人心的一点在于，他从未将自己高置于土地和人民之上。在他的笔下，牧人、工匠、流民、乞者、僧侣、诗人、战士，无不具有强烈的现实感，而又带着精神追求者的气质。昌耀保有“心念苍生”的中国知识分子品性，而宽厚的青海牧族则给予这个年轻“右派”情感的滋养，诗人因此对于土地和人民有了更具质感的体会。与土地和人民同在——这是昌耀对抗厄运的一种心理依凭。开始，他称自己是“草原的赘婿”，接着，他如此写道：“那经幢飘摇的牛毛帐幕，/ 那神灯明灭的黄铜祭器，/ 那板结在草原深层的部落遗烬……/ 展示着一种普遍 / 而不可否认的绝对存在：人民。/ 我十分地爱慕这异方的言语了。”③（《山旅》）最后，他宣称“我们早已与这土地融为一体”④（《凶年逸稿》）。

① 骆一禾、张玞：《太阳说：来，朝前走——评〈一首长诗和三首短诗〉》，见昌耀：《命运之书——昌耀四十年诗作精品》，357 页，西宁，青海人民出版社，1994。

② 昌耀：《昌耀诗文总集》，241 页，西宁，青海人民出版社，2000。

③ 昌耀：《昌耀诗文总集》，138 页，西宁，青海人民出版社，2000。

④ 昌耀：《昌耀诗文总集》，31 页，西宁，青海人民出版社，2000。

正是这样的感受和理解，使得这个二十岁即遭流放的诗人，身处苦境而少哀怨，解放归来而不忘形。1980 年 5 月，昌耀写下一首三百多行的长诗《山旅》。在题记中，诗人写道："对于山河、历史和人民的印象。——人民是这片山河的人民，人民是历史中的人民，我是人民的一分子，我是山河间的一粒尘埃。"①

昌耀怀有湘楚远古同乡屈原的忧患意识和清洁的精神，也身具那种可以将万物苍生、时空命运转化为长篇骚体的能力，但和屈子不同的是，昌耀回到泥土、回到草原、回到民众的精神认同，这赋予他一个九死而不悔的强健灵魂。这样的诗人是不屑于过多展示自己伤疤的，他的精卫填海、夸父逐日般的理想主义信念，必然促使他将自我的命运之歌转化为民族、国家之歌，人类命运和前途的求索之歌。

在昌耀的诗歌中"我""土地""人民""历史"，可以互指互换。换句话说，昌耀诗歌的能量显现于个体与群体的有效融合之中。在昌耀创作于 20 世纪 90 年代的诗歌中，城市底层的各种人物取代了草原上半神似的牧族。然而，正是这些心怀痛苦的人们，成为中国转型时期的一种见证。昌耀因此而呼唤"高贵的平民精神"，呼唤社会的公平与正义，一种带着"月亮宝石"清辉的洁净人性。

昌耀的痛楚既是个人的，也是土地和人民的；昌耀的咏叹是地理历史的，更是关涉心灵和灵魂的。

我是这土地的儿子。
我懂得每一方言的情感细节。
那些乡间的人们总是习惯坐在黄昏的门槛
向着延伸在远方的路安详地凝视。
夜里，裸身的男子趴卧在炕头毡条被筒
让苦惯了的心薰醉在捧吸的烟草。
黑眼珠的女儿们都是一颗颗生命力旺盛的种子。
都是一盏盏清亮的油灯。

——《凶年逸稿》②

① 昌耀：《昌耀诗文总集》，132 页，西宁，青海人民出版社，2000。

② 昌耀：《昌耀诗文总集》，34 页，西宁，青海人民出版社，2000。

只有把生命融在乡野里，融在土地里，融在民众里，才可能写出这样质朴而生动的诗章。昌耀具有一种土里淘金、点石成金的奇妙诗才，他提炼西羌极地的民生民俗，使之成为涵具人类普遍意义的文学书写。

三、震撼灵魂的生命之诗

昌耀是雕塑现代汉语的大师，是“悲悯在心的大诗人”[①]（西川语），昌耀是在以命铸诗。诗评家叶橹认为：“在当代中国诗坛，昌耀的诗应当是种独特奇异的现象。有着像他那样的生活经历和命运的诗人不能说为数很少，但能够像他那样真正把诗和生命融为一体的诗人的确不多。”[②]

昌耀刚健、奇崛、古奥、深邃、高远的诗歌，是从自我生存体验中长出来的，他的生命感受即为他的第一现实。而他极端苛严地铸炼汉字的态度，使得这些物我互通、历史与当下同在、精神与现实互搏的诗行，具有与世界第一流诗人对话的条件。

昌耀追求震撼灵魂的诗歌。他知道，能使灵魂震撼的必是灵魂力；而灵魂力的获得既是历史的积淀，也是灵肉的体察。昌耀的诗歌总体看来就是一个灵魂追求至深战栗的种种经历，因为精神被现实搓磨反而让他的诗歌更加动人心魄。

对于昌耀而言，写诗既是对诗人头戴荆冠的宿命体认，也是一种与强大黑暗和厄运的角力。诗人的生命当然是“一部行动的情书”（《慈航》），然而这部“行动的情书”，需要尼采式的反抗和鲁迅“抉心自食”的决绝，才可能赢得旷野的一丝回响和一片投影。昌耀的诗歌是一部“在善恶的角力中”，“爱的繁衍与生殖”与“死亡的戕伐”[③]（《慈航》），比较谁更古老、谁更勇武百倍的心灵史。

这种来自内心光影的激斗，在20世纪90年代后以诗歌形式的变化突出体现出来。昌耀放弃了过去铸炼的金属山石般峻切的诗歌形态，而转入了散

① 西川：《大河拐大弯——一种探求可能性的诗歌思想》，115页，北京，北京大学出版社，2012。

② 叶橹：《杜鹃啼血与精卫填海——论昌耀的诗》，见昌耀：《命运之书——昌耀四十年诗作精品》，327页，西宁，青海人民出版社，1994。

③ 昌耀：《昌耀诗文总集》，128页，西宁，青海人民出版社，2000。

文诗模式。这种被西川指称为“诗文”的形式，经昌耀灼烈的生命之火烤制，充满着现代经验的各种意象和叙述张力，最大程度地表达了诗人的灵魂之痛和精神之舞。这一系列“诗文”晚期作品，在呈现内心深度和时代特征方面，直追波德莱尔的《恶之花》和鲁迅的《野草》。

即便是这样一种高难度的内心书写，昌耀也没有让诗句沉入狂乱的境地。他的诗歌中一直保持着魔力要素和现实要素的微妙平衡。魔力要素使他的作品具有一种大质量的张力，现实因素则使被烘烤的灵魂追求兼有人间感受和人情意味。昌耀因此给自己和像自己一样的追求者定义：“世界需要理想，是以世上终究不绝理想主义者。/ 我们都是哭泣着追求唯一的完美。”[①]（《一天》）

昌耀的生命感觉敏感而锐利，像这样的灵魂注定要比别人更多地承受生存之难。昌耀在《花朵受难》一诗中写道：“但我感觉花朵正变得黑紫……是醉了还是醒着？ / 我心里说：如果没醉就该醒着。”[②]昌耀清醒的受难式书写，来自诗人自谓的“文学理想主义、社会改造的浪漫气质、审美人生之所本”[③]。归根结底，是一种面向太阳的精神追求。

昌耀后期最重要的作品《一个中国诗人在俄罗斯》，以多种声部反思着一代中国人的集体经历和梦想，在他的灵魂悸动和生命体验里，深深地吸纳了民族的历史命运。正如耿占春所言：“昌耀诗歌的独特意义在于，很少有人在个人命运中吸纳了民族的历史命运，在个人的经验中集中了如此之复杂的历史经验与集体记忆。”[④]

这是一个真正的诗人的起点，也是每个诗人追求的最高峰。

① 昌耀：《昌耀诗文总集》，568页，西宁，青海人民出版社，2000。
② 昌耀：《昌耀诗文总集》，557页，西宁，青海人民出版社，2000。
③ 昌耀：《昌耀诗文总集》，728页，西宁，青海人民出版社，2000。
④ 耿占春：《失去象征的世界》，149页，北京，北京大学出版社，2008。

有所思：在西部高原

——论藏族文化在昌耀诗歌中的意义

20世纪50年代从朝鲜战场负伤归国的昌耀，秉承“无意于宴居的父辈们”① 的传统，在一幅以青藏高原崇山峻岭为背景的、被诗人视为“崇拜的美神”的女勘探队员画像的感召下，前往青藏高原。作为在楚文化熏染中成长的昌耀，思接《离骚》“邅吾道夫昆仑兮”② 腾空远游的文脉，似乎是要去完成屈原千年之前思而未达的夙愿，自此青海便成为昌耀的生息之地。昌耀晚年自喻“托钵苦行僧”，对这一具有佛教意味的称呼，唐晓渡先生这样记述：“不用说，我对昌耀最初的印象，恰恰就是一个修行人，一个修苦行的人。”③ 正是在这样的“苦行”与磨砺中，高原地域上的风貌风物风土，尤其是藏族厚重绵长的文化无疑对诗人的创作产生了重要的影响。

一

1955年6月，昌耀抵达青海省省会西宁。进入青海省贸易公司做秘书的昌耀获得经常下乡的机会，使诗人一到高原便得以贴近青藏大地和生活于其上的古老民族。昌耀通过敏锐的观察，“捕获”高原独具意蕴的物象。对于克服种种困难，来到西部、来到青藏高原的艺术家而言，这块广大区域也往往回赐他们饱满的灵感。在青海，无论是东部农业区还是更广大的草原牧区，都是刺激敏感的艺术家们的“富氧区”。燎原先生对这一时期昌耀和朋友们状

① 昌耀：《昌耀诗文总集》，749页，西宁，青海人民出版社，2000。

② 周啸天：《诗经楚辞鉴赏辞典》，895页，北京，商务印书馆，2012。

③ 唐晓渡：《镜内镜外》，322页，北京，作家出版社，2015。

态的描述简洁准确："都足以让他们惊奇、沉醉。"① 在昌耀早期诗歌创作中，首先挺拔而起的是对高原广袤、冷峻、峭拔之美的感受与表达，这是在藏语中被称为"诺居吉久丹"② 的高原生物赖以生存的环境。"远处，蜃气飘摇的地表，/ 崛起了渴望啸吟的笋尖，/ ——是羚羊沉默的弯角。"③（《莽原》）《文心雕龙·物色》说"山林皋壤，实文思之奥府"④，高原生灵景观打动了昌耀的灵魂，他踏行于这由高山草场和草甸铺陈到高处的土地，将观察和感受凝铸为作品。"我是一个渴饮的人。"⑤（《给我如水的丝竹》）诗人展开全身心敏锐的联觉，以巨人般渴饮的状态接纳周围的雪域世界。在这位年仅二十来岁的诗人笔下，时代的豪迈生气和昌耀独特的审美融合，显示出了有别于 50 年代诗风的新气象。同时"我也是一个流浪汉"⑥（《给我如水的丝竹》），这是诗人秉承祖先血脉中"远游"的基因，在高原上独自探美，求达昆仑秘境的自由情状。"夜行在西部高原 / 我从不曾觉得孤独。"⑦（《夜行在西部高原》）"踏着蚀洞斑驳的岩原 / 我到草原去……"⑧（《踏着蚀洞斑驳的岩原》）"在最后的莽原，/ 这群被文明追逐的种属，/ 终不改他们达观的天性。"⑨（《莽原》）"……一扇门户吱哑打开，/ 光亮中，一个女子向荒原投去。"⑩（《草原初章》）在这些诗歌片段里，仅就对"高原"的称谓而言，就有"岩原""莽原""荒原"种种各具意蕴的表达，呈现了高原自然景观和文化构成对于诗人的内心冲击和

① 燎原：《昌耀评传》，第 43 页，北京，人民文学出版社，2008。

② "诺居吉久丹"，是用以表达世间万物赖以生存的环境而存在的关系的一个组合概念。"久丹"的合成之义为世界；若就其词素来分析，"久"含破坏、毁坏、拆除等义，"丹"有依托、存在等义。可见，这一词汇还包含了运动变化的意思。"诺"为容器之义，凡具有盛物功能的器具无论大小均可以用它表示。"居"含有精华之物、养分、依附者等义。佛书将"诺居吉久丹"一词译作情器世界，表达非常准确。有时这一词汇还可以分别表述，即"诺吉久丹"和"居吉久丹"，后者指整个生物界，前者指所有生物赖以生存的环境。对于这一术语的理解，有广义和狭义两种：广义指整个宇宙及宇宙间的包括动植物在内的所有生命；狭义指大地和动物。参见何峰：《藏族生态文化》，11 页，北京，中国藏学出版社，2006。

③ 昌耀：《昌耀诗文总集》，159 页，西宁，青海人民出版社，2000。

④ 周振甫：《文心雕龙今译》，417 页，北京，中华书局，2013。

⑤ 昌耀：《昌耀诗文总集》，50 页，西宁，青海人民出版社，2000。

⑥ 昌耀：《昌耀诗文总集》，50 页，西宁，青海人民出版社，2000。

⑦ 昌耀：《昌耀诗文总集》，529 页，西宁，青海人民出版社，2000。

⑧ 昌耀：《昌耀诗文总集》，25 页，西宁，青海人民出版社，2000。

⑨ 昌耀：《昌耀诗文总集》，159 页，西宁，青海人民出版社，2000。

⑩ 昌耀：《昌耀诗文总集》，57 页，西宁，青海人民出版社，2000。

丰沛诗意的流涌。年轻的诗人本能地觉察到青藏民族文化之于现代社会生活的稀缺性和滋养、反观的作用。在昌耀笔下，高原处女地被比喻为“红似珊瑚枝，艳若牡丹花”① 的篝火熠熠闪光之所在（《高原人的篝火》）。这是文明的初起、生命饱满的原点，无论于生命本身或者审美感受，都具有一种源泉般力量。这种力量在昌耀诗中化为“在劲草之上纵横奔突”② 羚羊的奔行（《莽原》），是“天行健，君子以自强不息”的信念，是在青海大野润荡开来的种种刚健之美的诗意呈现。

“文化”是美学、意识形态和人类学中使用的一个术语或比喻，最基本的意义是指与自然的明显或隐蔽的对立。但是在藏族生活中，更多地显示出二者的统一性。20 世纪 60 年代初，昌耀诗作中的“我”屡次行走在旷野上，诗歌融以时代和青年人的朝气，充满着惠特曼一样的充盈、丰富的感受，有着人与自然交融的喜悦。“我喜欢望山。/ 席坐山脚，望山良久良久。”③（《凶年逸稿》）昌耀在完成楚人西游昆仑的“千年想象”时，并不是以漫游者的不羁书写高原。诗人是具有王阳明那样细致体察能力的实践者，他用双脚丈量、用眼光探寻、用内心感知。“螺钿千转，银座一点，/ 望得见，只是高山高山。/ 纱幛数段，霞帔一片，/ 拨不开，只是云烟云烟。/ 脚印几行，马铃一串，/ 下山易，只是风险风险。”④（《行旅图》）壮美的昆仑山脉、舒展的地理空间，既符合楚人放旷高蹈的生命理想，又给予受难中的昌耀以“天地不仁，以万物为刍狗”的启示。地理时空的高阔邈远，生命的多变易逝，历来是各民族贤哲诗雄论抒的题目。藏民族更不例外，将永恒与短暂的辩证思想直接转化在日常生活中。昌耀的名诗《斯人》具有惠特曼一样的沉思质地，细品却有藏族关于时空描述诗意转换的意味。在这首诗中，社会性的因素隐退，人与自然互映互视，构成了一个多维立体的镜像。

与昌耀共同俯仰于天地之间的，是自古放牧耕植于这片雪域的藏族。自然给予这片土地上的人们以质朴纯正的教养。在这里，山石也像是凝结了地质变化的时间和人类文化的记忆。藏族对神山圣水的尊崇，沉淀与内化在生

① 昌耀：《昌耀诗文总集》，58 页，西宁，青海人民出版社，2000。
② 昌耀：《昌耀诗文总集》，159 页，西宁，青海人民出版社，2000。
③ 昌耀：《昌耀诗文总集》，30 页，西宁，青海人民出版社，2000。
④ 昌耀：《昌耀诗文总集》，62 页，西宁，青海人民出版社，2000。

命中，成为一种教养。藏族的山水观念，“表达了对自己居住地多样性的自然生态环境和山川万物的赞美、眷恋和热爱，以及对养育本民族的自然万物的感激、敬畏和膜拜。它表达了这样一种朴素的生态文化思想：世界由自然万物构成，没有自然万物的丰富性就没有世界的多样性；自然界是相依相连、整体的统一；人作为自然界的一员，应敬畏、善待和关爱自然”[①]。

这样的世界观和生命观是对机器文明的校正，作用于昌耀的诗中，结晶为形象和精神状态鲜明的诗意反思。诗人这样书写“他们——河源的子民——牧人——朝圣者”[②]（《圣迹——〈青藏高原的形体〉之二》）。诗中牧人的对雪域高原神山圣水的顶礼和崇敬，并非迷信，或者萨满教式的迷狂，而是经过辨别、比较之后的生命观。与“子不语怪力乱神”的儒家文化相较，楚文化与藏文化相近，有着共通的山水观念、神灵信仰。昌耀作为高原的赘婿、作为敏感灵觉的诗人，在精神上与藏族文化、与高原自然景观的契合度极高。藏族的文化观念和意象如盐融于时代和汉语之水，成为昌耀诗中具有历史深度和时空延展度的多声部咏叹。在《河床》中，诗人巧妙地设置了“自我拍摄式”的艺术构图：“我从白头的巴颜喀拉走下。/白头的雪豹默默卧在鹰的城堡，目送我走向远方。/但我更是值得骄傲的一个。/我老远就听到了唐古特人的那些马车。”[③]从高峻的地理空间昂然而下，从神话到历史写就人的诗篇，通过诗人的视角，我们仿佛看到了中华民族的历史概写。昌耀出色地将昆仑河源这中华民族的生命涵养地与藏族的生活特点结合起来，从而构筑了80年代汉语极具民族色彩的雄浑诗篇。藏族将神山圣水当作灵魂的居所，昌耀将生命喻作从山脉中奔腾而下的江河，两者互相对应、彼此成就。“那些裹着冬装的”“伴着他们的辕马谨小慎微地举步，随时准备拽紧握在他们手心的刹绳”的“唐古特人”[④]（《河床》），也自然地从高处山水走进诗歌，成为昌耀时代之唱、民族之唱不可或缺的重要载体。

① 何峰：《藏族生态文化》，357～358页，北京，中国藏学出版社，2006。
② 昌耀：《昌耀诗文总集》，255页，西宁，青海人民出版社，2000。
③ 昌耀：《昌耀诗文总集》，252页，西宁，青海人民出版社，2000。
④ 昌耀：《昌耀诗文总集》，252页，西宁，青海人民出版社，2000。

二

昌耀在诗歌中的自我命名，逐渐由旁观者转变为融入者。从“望山”的“行旅者”“大漠的居士”转变为“土伯特人”的丈夫，是诗人生活遭际和审美所致，更是诗歌对诗人昭示的“命运之书”。初稿成于20世纪50年代末的《哈拉库图人与钢铁》，被诗人称为“一个青年理想主义者的心灵笔记”①。与《河床》一样，昌耀采取了“观看自我”的角度。昌耀将具有“间隔”效果的审视与身在其中的感受拼接在一起，营造了一种既严肃紧张，又欢快戏谑的氛围。流布于诗歌中既欣赏又批判的态度，使得藏族的生活场景和时代的氛围色彩之间构成值得玩味的艺术张力。诗中的叙述者在描绘一幅大炼钢铁的革命场面的同时，以欢愉的笔调穿插描写了藏族青年“洛洛”，用依照先祖规矩驯烈马、绞杀牦牛的手，如何在新时代铸炼钢铁。这在文化对比、时代转换，乃至灵魂塑造上，产生了微笑与叹息同在的复调式的艺术效果。如果缺失对于藏族青年的刻画和藏族文化精准描写，此诗的艺术成色无疑会大大降低。劳动者在热血的奋斗中迎来“合婚的喜日”，“北方的鼓手”“操起狂欢之棰，/ 操演那一章章期待已久的鼓乐”②（《哈拉库图人与钢铁》）。这样的诗句，凝含了时代复杂的色彩，远远溢出了风俗画的边界。此时的昌耀身在劳改农场，诗人在记录现场、表现时代的同时，又能够超拔出现实语境，对于人的悲剧性状态作出审美表达，对于民族命运作出深层思考。其中不可忽视的一个原因是藏文化的构成和质地，给予了诗人可以驰骋诗境、锤炼诗思的助力。因此，这位头戴荆冠的“大山的囚徒”③（《大山的囚徒》），虽是客居者，终究要成为被高原拥抱的“义子”。昌耀的名诗《慈航》纤毫毕现、曲通天籁地表达了诗人融入藏族和高原的心灵史，并且将这种归属过程上升为爱的精神行旅和颂歌。

诗人在其精神的栖息之地，在身体承受重压的莽原“看见魁梧的种

① 昌耀：《昌耀诗文总集》，17页，西宁，青海人民出版社，2000。
② 昌耀：《昌耀诗文总集》，24页，西宁，青海人民出版社，2000。
③ 昌耀：《昌耀诗文总集》，75页，西宁，青海人民出版社，2000。

族”[①]（《古老的要塞炮》）行走在旷野，“吹山沉海，为有牧者的雄风。/ 浑噩中，但见大河一线如云中白电 / 向东方折遁。如骢马鼓气望空长嘶”[②]（《雄风》），“感觉到天野之极，辉煌的幕屏 / 游牧民的半轮纯金之弓弩快将燃没，/ 而我如醉的腿脚也愈来愈沉重了”[③]（《在山谷：乡途》），这些“占有马背的人”[④]（《慈航》）进入昌耀的视野，是一种生活、命运和诗歌的必然，成为诗人观察体悟社会、历史、灵魂的参照。藏族阔远的生命观和时空观，抚慰着这自楚地远游而来的受难者的灵魂。昌耀笔下的藏族男子潇洒、雄健。“鹰，鼓着铅色的风 / 从冰山的峰顶起飞，/ 寒冷 / 自翼鼓上抖落。// 在灰白的雾霭 / 飞鹰消失，/ 大草原上裸臂的牧人 / 横身探出马刀，/ 品尝了 / 初雪的滋味。”[⑤]（《鹰·雪·牧人》）诗人之笔精准地描摹出一个藏族人矗立山巅又融入雪域的身姿。诗人精雕细琢健美的生命形体：“湖畔。他从烟波中走出，/ 浴罢的肌体燧石般黧黑，/ 男性的长辫盘绕在脑颅，/ 如同向日葵的一轮花边。/ 他摇响耳环上的水珠，/ 披上佩剑的长服，向着金银滩 / 他的畜群曳袖而去……”[⑥]（《湖畔》）这样的男子的形象、气质和精神，不正是昌耀赞美的“人”的蓬勃、强悍而富于美感的生命力吗？

正是这样的精神认同，使得诗人兴致勃勃地描摹草原游牧的藏族生活场景，进而将这种生动和自由转化为审美创造。“——低低的熏烟 / 被牧羊狗所看护。/ 有熟悉的泥土的气味儿。”[⑦]（《夜行西部高原》）“一个青年姗姗来迟，他掮来一只野牛的巨头，/ 双手把住乌黑的弯角架在火上烤炙。/ 油烟腾起，照亮他腕上一具精巧的象牙手镯。/ 我们，/ 幸福地笑了。/ 只有帐篷旁边那个守着猎狗的牧女羞涩回首 / 吮吸一朵野玫瑰的芳香……”[⑧]（《猎户》）诗人虽然身负苦役，但只要置身游牧所在，便是舒展而愉悦的。生活的细节散发美的光泽，泥土与花朵的馨香滋养着诗人的内心。这种精神上的护佑持之久远，以至于 1979 年诗人重新回到省城文联工作岗位上时，仍对当年与藏族牧民朝

① 昌耀：《昌耀诗文总集》，46 页，西宁，青海人民出版社，2000。
② 昌耀：《昌耀诗文总集》，72 页，西宁，青海人民出版社，2000。
③ 昌耀：《昌耀诗文总集》，196 页，西宁，青海人民出版社，2000。
④ 昌耀：《昌耀诗文总集》，114 页，西宁，青海人民出版社，2000。
⑤ 昌耀：《昌耀诗文总集》，2 页，西宁，青海人民出版社，2000。
⑥ 昌耀：《昌耀诗文总集》，160 页，西宁，青海人民出版社，2000。
⑦ 昌耀：《昌耀诗文总集》，29 页，西宁，青海人民出版社，2000。
⑧ 昌耀：《昌耀诗文总集》，41 页，西宁，青海人民出版社，2000。

夕相处的生活发出深沉的吁请："他忧愁了。/ 他思念自己的峡谷。/ 那里，紧贴着断崖的裸岩，/ 他的牦牛悠闲地舔食 / 雪线下的青草。/ 而在草滩，/ 他的一只马驹正扬起四蹄，/ 蹚开河湾的浅水 / 向着对岸的母畜奔去，/ 慌张而又娇嗔地咴咴……/ 那里的太阳是浓重的釉彩。/ 那里的空气被冰雪滤过，/ 混合着刺人感官的奶油、草叶 / 与酵母的芳香……//——我不就是那个 / 在街灯下思乡的牧人，/ 梦游与我共命运的土地？"①（《乡愁》）诗人以"北部古老森林的义子"②（《家族》）的身份"将自己的归宿定位在这山野的民族"③（《山旅》）。昌耀完全以牧人之思追念草原，这是一种深入生命内里的感官体验与深刻的文化心理认同。

真正使诗人融入"土伯特人"生活的是女性。藏族女性在诗人笔下充满生命的活力，始终是美的象征和生命的鼓励。在《草原初章》一诗中，"那神秘的夜歌越来越响亮，/ 填充着失去的空间"，"她搓揉着自己高挺的胸脯，/ 分明听见那一声躁动 / 正是从那里漫逸的 / 心的独白。"④ 这里的牧羊女有着丰富的内心世界，用歌声予以暗夜温度和光影。她的歌声以女性和藏文化的双重美感，赐予初至高原的诗人难以忘怀的体验。

"原野上，我曾陶醉于少女那一只只 / 播撒谷物的玉臂：银镯在腕节上律动 / 是摸得着的春之召唤。"⑤（《无题》）如果暗夜的神秘歌声还带有缥缈的意韵，原野上让诗人陶醉的、挂着银镯播撒谷物的少女的手臂，则是生活极具美感的象征。这与雪域上探出马刀取尝初雪的牧人的"裸臂"形成对应。人体以两性之美，鼓励诗人表达丰富的生命体验和对于"人"的颂歌，这在那个年代是石破天惊的叹唱。而昌耀的妙笔不负人对自然的探试与创造，人在劳动中与环境达成的融合，得到了质感呈现。

让我们一同阅读诗人笔下"土伯特女人"动人的模样："黄昏来了，/ 宁静而柔和。/ 土伯特女儿墨黑的葡萄在星光下思索，/ 似乎向他表示：/——我懂。/ 我献与。/ 我笃行……// 那从上方凝视他的两汪清波 / 不再飞起迟疑的鸟

---

① 昌耀：《昌耀诗文总集》，99 页，西宁，青海人民出版社，2000。
② 昌耀：《昌耀诗文总集》，53 页，西宁，青海人民出版社，2000。
③ 昌耀：《昌耀诗文总集》，138 页，西宁，青海人民出版社，2000。
④ 昌耀：《昌耀诗文总集》，57 页，西宁，青海人民出版社，2000。
⑤ 昌耀：《昌耀诗文总集》，74 页，西宁，青海人民出版社，2000。

翼。”[①] 这是《慈航》的《邂逅》篇中，从“仙山驰来”的“你”奔向“独坐裸原”的“他”的情境。“土伯特的女儿”在诗歌中从“山神的祭坛”来到裸原，出现在“他”的面前。这个形象让我们想到《楚辞》中，“山鬼”从山林中一路奔行而下，只为寻找自己心上人的古风流韵。这女子不啻精神与灵魂的救赎者，促成抒情主人公从客居者、旁观者成为融入者，让藏族生活成为抒情主人公生命现实的一部分。

《哈拉库图人与钢铁》中那个满心欢愉炼钢铁的青年，那个观看“洛洛”与喜娘婚礼的青年，最终在《慈航》中成为土伯特婚礼的主角，成为“待娶的‘新娘’了”[②]，他“摘掉荆冠……他已属于那一方热土”[③]。“我十分地爱慕这异方的言语了。/ 而将自己的归宿定位在这山野的民族。/ 而成为北国天骄的赘婿。”[④]（《山旅》）诗人宣告找到了精神的归属地，这就是西部土伯特人世居的雪域高原。语言是文化的载体，此时的诗人已经从语言的对接而进入了藏族的真实生活。需要说明的是，“赘婿”在古老的藏族文化中是被认可与褒赞的。“根据婚后的情况看，藏族游牧地区的上门女婿与女方家的兄弟姐妹在经济上享有同等权利，并不歧视偏看，而当做自己家庭的当然成员看待。”[⑤] 因此，就诗人而言，“赘婿”是突破他者的文化视角，融入藏族生活和审美的双重结果。领受过命运的击打，经过人间寒凉的诗人，由衷地“把世代随雪线升降而栖居在此的族群称作众神”[⑥]（《一个早晨》）。“我想灵魂是要有栖所的，就是栖居的地方。在那样一个时代里，灵魂可能比肉体更需要一个安居的地方。所以我写的是灵魂的栖所。”[⑦]（《答记者张晓颖问》）就像歌德的永恒之女性，土伯特女性接纳、引领诗人抵达这片灵魂的栖所之地。诗人把在雪域高原上崇山敬水、尊重万物的藏族称为“众神”，“众神”栖居之地理所当然地在动荡的岁月成为昌耀精神的安居之所。

对藏族女性的欣赏、信赖和尊崇，没有因为诗人境遇的转变而磨损，反

① 昌耀：《昌耀诗文总集》，118 页，西宁，青海人民出版社，2000。
② 昌耀：《昌耀诗文总集》，122 页，西宁，青海人民出版社，2000。
③ 昌耀：《昌耀诗文总集》，128 页，西宁，青海人民出版社，2000。
④ 昌耀：《昌耀诗文总集》，128 页，西宁，青海人民出版社，2000。
⑤ 丹珠昂奔：《藏族文化发展史》，见《丹珠文存》卷一上，132 页，北京，中央民族大学出版社，2019。
⑥ 昌耀：《昌耀诗文总集》，715 页，西宁，青海人民出版社，2000。
⑦ 昌耀：《昌耀诗文总集》，782 页，西宁，青海人民出版社，2000。

而成为校正诗人审美视域的重要参照。在20世纪80年代西宁街头的24部灯下，昌耀的诗笔充满爱意："进城来观光的牧羊女，/你将耳坠悄悄摘下了藏起，/又将藏起的耳坠悄悄取出戴上，/最终是意识到了这样的银饰与这样的24部灯，/相应在这样的夜里也是和谐的、是般配的么？"[①]（《边关：24部灯》）这位"牧羊女"显然不是当年草原上抚慰诗人内心的神秘歌者，但她特有的迟疑与娇羞仍然是诗人之眼凝神捕捉的灵魂记忆。少女取戴耳环的动作，与在春天的原野上挥洒谷物的少女之臂一样，有着拨动人心的力量，提醒蜗居城市一隅的诗人时刻保持生命的灵性和美的敏感。90年代末，在昌耀接近生命终点的岁月里，他依然"注意到了那两位女子的存在"。[②]在城市毗邻街口的一侧，诗人细腻地描绘那"两位来自草原的土伯特女子""两个取同一姿势修持般扶膝蹲坐在树底"，[③]"身着黑袍。束腰。裾摆露出一角红衬布。黑色辫子发从额际下垂，隐去面孔，更长的部分从肩头委蛇而过，束拢在腰臂。"[④]（《从酷热之昨日进入这个凉晨》）这样接近于窥视的细密观察，让"我"有种被触痛的感觉。时过境迁，这时的牧女形象，虽然也带着"新嫁娘"的明净，但是一种仿佛命运遣使的神秘气息更为浓郁。不可改变的是那"远山远水，远云远树，远梦远思"[⑤]，只有生活和命运的改写和刻画，是人人不能摆脱的存在。人生走到暮年的昌耀在城市里猛然相遇两位藏族女子，肯定会在心里生发阵阵悸动。这里有长久的感念和感恩，也有对于自我魂灵被时时"烘烤"的检查和审视。无论世事怎样流变，对藏族深挚、复杂的情感流贯到了昌耀生命的终点。

三

作为诗人，昌耀对藏族文化的体认，必然要更深地切入到对藏文化智慧与思辨的精神领域。在藏文化中，"鹰"不仅仅是自然界自由翱翔天宇的飞禽，同时也是藏族与天地间的灵介。鹰击长空俯视大地，在被它翱翔的矫健

① 昌耀：《昌耀诗文总集》，238页，西宁，青海人民出版社，2000。
② 昌耀：《昌耀诗文总集》，705页，西宁，青海人民出版社，2000。
③ 昌耀：《昌耀诗文总集》，705页，西宁，青海人民出版社，2000。
④ 昌耀：《昌耀诗文总集》，705页，西宁，青海人民出版社，2000。
⑤ 昌耀：《昌耀诗文总集》，705页，西宁，青海人民出版社，2000。

姿态所折服的同时，藏族文化认为“鹰”是天神的使者，亡者天葬时，鹰将尸体啄食，同时便将逝者的灵魂带入天界。诗人目睹翱翔于天际地间“老鹰的掠影”[①]（《踏着蚀洞斑驳的岩原》），讲述给予自己的精神冲击和启示：“风是鹰的母亲。鹰是风的宠儿。/我常在鹰群与风的嬉戏中感受到被勇敢者/领有的道路。”[②]（《凶年逸稿》）“青藏高原鸟类众多，许多鸟都受藏族人的保护和崇敬，其中鹰是主要的崇拜对象，是藏族人格外崇敬的神鸟。”[③]“鹰，在松上止栖。/我们在松下成长。”[④]（《家族》）昌耀将人的成长安置在鹰的视域中，将自己和鹰纳入同一方土地的“造化”，这种神话思维和表达，无疑是对青藏高原自然地理与民族精神的深刻体认。

由飞禽的图腾信仰生发的诗性表达，在诗人的作品中屡见不鲜。写于1985年的《黑色灯盏》营造了一种殊异的诗歌氛围：“黑色灯盏：草原神柱过目不忘的图腾乌鸦，/它们不啼不惊不食不眠也不飞翔，冷焰袭人。”[⑤]被比喻为黑夜灯盏的神秘的乌鸦，带着文化图腾的属性，但是指向高远的时空。这首诗冷峻中含着温热，在看似纯粹、客观的白描中，渗透出永恒与短暂的互转，使得二者之间的鸿沟在森然的秩序中也具有了情感辩证的色彩。镶嵌在诗歌中部和末尾的“时光不再”的叹息，既应和了爱伦坡名诗《乌鸦》的音韵，更是综合藏族生存经验和智慧的超拔。

与20世纪80年代同时期昌耀诗歌对读，我们有理由肯定，此时的昌耀从最初对高原风物的感触式领悟，再到融入藏族日常中生活和历史文化的诗意提炼，转而进入了将自我苦难岁月的精神历练熔融为具有藏族思维的诗性“织体”。他的创作最终呈现出以地方知识和经验为表体，实则以人类的处境和命运为题旨的劲健、悲慨的气象。

昌耀对于草原民族生活中须臾不离的事物，倾注了浓烈而卓异的造型热情。这些事物经过诗人的打磨，从日常生活的层面跃升到艺术领域，成为涵具丰富诗意的形象和意象，极大地增强了诗歌的美感和穿透力。对藏族放牧扬鞭生活状态的亲验，赋予诗人有别于时代的轻捷、灵动和深沉。骢马的

① 昌耀：《昌耀诗文总集》，252页，西宁，青海人民出版社，2000。
② 昌耀：《昌耀诗文总集》，34页，西宁，青海人民出版社，2000。
③ 南文渊：《高原藏族生态文化》，29页，兰州，甘肃民族出版社，2002。
④ 昌耀：《昌耀诗文总集》，53页，西宁，青海人民出版社，2000。
⑤ 昌耀：《昌耀诗文总集》，352页，西宁，青海人民出版社，2000。

“鼓气望空长嘶”[①]（《雄风》）、响马的“一时嗖嗖驰去”[②]（《秋辞》），在诗人笔下都富于个性与动感。“我以炊烟运动的微粒 / 娇纵我梦幻的马驹。而当我注目深潭，/ 我的马驹以我的热情又已从湖底跃出。”[③]（《凶年逸稿》）这样的意象，如前所述出自“在饥馑的年代”，作者孤坐望山时自我精神问答的幻象。从湖底跃出的“马”的形象，与历史中在祁连山下、青海湖湖心岛牧养的龙驹隐隐相合。也只有这样不拘凡俗的神马，才能载负诗人之于现实人生的忧患，而又腾飞于天际。

藏族关于《马和野马》的神话至今流传，“据有关资料介绍，跟驯养牦牛一样，马在青藏高原成为家畜的历史大约5000年”[④]。千百年以来，藏族文化中，马逐渐演变为功德圆满的象征。在藏族原始宗教苯教观念中，人死后其灵魂由阴间的白马送行至天界。古印度典籍《奥义书》中记述，“马祭是印度古代的一项重要祭祀。……凡是成功举行马祭的国王被认为是世界之主”[⑤]。在藏族生活中，“马”与牧人神息相通。昌耀在诗歌中，将“马”的形象和内涵进行了沉厚、多维的延展。诗人自喻为“一匹跛行的瘦马。/ 听它一步步落下的蹄足”[⑥]（《踏着蚀洞斑驳的岩原》）。如此，畅快淋漓的牧人策马扬鞭的快意生活，与现实生活中受难的诗人如跛马前行、落下沉重的足音，形成鲜明的对比。“马”不但是诗人现状的象征，也是昌耀冷静地自我审视与精神互照的对象。诗人将现实世界复杂的生命体验投射在与藏族牧人朝夕相伴的“马”的身上，构写了散发生活气息的种种情态，别具意味。“……骒马 / 在雪线近旁啮食，/ 以审度的神态朝我睨视。”[⑦]（《天空》）这种“审度的神态”成为诗人反观自身的镜子，获得奇妙的艺术效果。作为草原人家“赘婿”的昌耀，在对“马”的书写中体现对藏文化的认同。诗人不仅仅是“马”的观察者，更是“马”的礼赞者：在“黎明的高崖，最早 / 有一驭夫 / 朝向东方顶

---

① 昌耀：《昌耀诗文总集》，72页，西宁，青海人民出版社，2000。

② 昌耀：《昌耀诗文总集》，64页，西宁，青海人民出版社，2000。

③ 昌耀：《昌耀诗文总集》，33页，西宁，青海人民出版社，2000。

④ 丹珠昂奔：《藏族文化发展史》，见《丹珠文存》卷一上，219页，北京，中央民族大学出版社，2019。

⑤ 黄宝生译：《奥义书》，16页，北京，商务印书馆，2017。

⑥ 昌耀：《昌耀诗文总集》，25页，西宁，青海人民出版社，2000。

⑦ 昌耀：《昌耀诗文总集》，45页，西宁，青海人民出版社，2000。

礼。”[①]（《纪历》）驭马是藏族人的基本技能和牧人身份的重要象征，此时的诗人，身心融于草原文化，而以藏族牧人而自喻。人类学家埃文思·普里查德在《努尔人》中考察东非游牧民族尼罗特人对“牛”的丰富词汇时总结：“一个人群在其生活中某个特定领域内的语言丰富性是人们借以对这个人群的兴趣的方向和强度迅速作出判断的指标之一。”[②]昌耀诗歌中用不同描画不同形态的马，应当是受到藏语中对马的不同年龄、类别丰富词汇触动的诗意表达。

有一种观点认为，诗人的使命不是表现或者传达自己的感情。作为一个诗人，他是没有个性可以表现的。但是，他的思想却像是一小片白金，可以作为引起化学变化的催化剂。昌耀的艺术个性，恰恰是在对于边地生活的认识、理解和认同中长成的。昌耀的创作丰富了艺术个性和艺术表达之间的关系。

除了对马的丰富描画，昌耀和藏族同胞一样，将牦牛视为生命力与雄强精神的象征。藏族文献记载，创世神话中有《斯巴宰牛歌》，“对大地、山岳、森林等等大自然的形成，都以牛身的各部位作为解释”[③]。在藏族神话叙事中，牛成为世界万物形成的本源。在有文字记载的历史中，藏族发祥地的部落首领聂赤赞普被称为天神之子从天而降，“遂来作吐蕃六牦牛部之主宰”。[④]创世及自身族源的联系，使得藏族对牦牛具有动物崇拜的观念，这无疑与昌耀诗歌中的牦牛精神完全契合。“牛王眉清目秀。/牛王仪表堂堂。/牛王丰满。牛王的乳房沉甸甸。”[⑤]（《牛王》）“一百头雄牛噌噌的步伐。/一个时代上升的摩擦。”[⑥]（《一百头雄牛》）“我炽热的意念/重又突起牝马雄壮的肌肉块群。/白牦牛图腾族源/予我一片金黄的时间。”[⑦]（《眩惑》）藏族以白牦牛为胜，据丹珠昂奔先生论述，对“白”的崇拜“除了藏族本身从远古以来就有的白色崇拜”，更是受到来自印度佛教文化的影响，“加深加重了藏族的尚白观念”。[⑧]在藏族敬畏自然、爱护生命的精神向度里，在冷峻的高原上沉默而坚韧的生命

① 昌耀：《昌耀诗文总集》，197页，西宁，青海人民出版社，2000。
② ［英］埃文思·普里查德著，褚建芳译：《努尔人》，50页，北京，商务印书馆，2014。
③ 中央民族学院《藏族文学史》编写组：《藏族文学史》，12页，成都，四川民族出版社，1985。
④ 王尧、陈践译注：《敦煌本吐蕃历史文书》，162页，北京，民族出版社，1980。
⑤ 昌耀：《昌耀诗文总集》，291页，西宁，青海人民出版社，2000。
⑥ 昌耀：《昌耀诗文总集》，347页，西宁，青海人民出版社，2000。
⑦ 昌耀：《昌耀诗文总集》，382～383页，西宁，青海人民出版社，2000。
⑧ 丹珠昂奔：《藏族文化发展史》，见《丹珠文存》卷一上，167页，北京，中央民族大学出版社，2019。

状态中，在藏族民间信仰和藏传佛教文化氛围的影响下，诗人昌耀建构如酽浓茯茶般对藏族游牧生活与文化的“恒久的爱情”。

艾略特说：“艺术家本身的穷困苦楚和他创作的心灵之间是有分别的，艺术家的造诣愈高，则两者之间的分别愈明显；激情是艺术家创作的素材，他的艺术造诣愈高，他就愈能完满地消化并超越他的激情。”① 雪域高原多为生命禁区，昌耀在青海经受了风雨雷电的洗礼。诗人用生命的本色，“完满地消化并超越他的激情”，绘制出色彩饱满、鲜明的时代之诗。这样的成果，得益于诗人将自我融溶在民族生活和文化中。同时，青藏高原上气象万千的景观、多姿多彩的生命体验，在昌耀生命最艰难的时期给予诗人沉默的抚慰与灵性的启示。诗人敏感多思的笔触和刻刀，让那些风物和气息被捏塑在文字中，成为克服时间阻碍的诗歌“牦牛”。

米歇尔·巴莱特指出：“有一种古典人类学意义上的生活方式方面的文化，即一个民族独特的做事方式的构架和肌理。当然，在当代世界上，移民和离散化已经生产出更加复杂的‘杂糅’文化身份，把文化作为生活方式的普通描述已经复杂多了。这指的是‘文化差异’的问题和我们是否应该或如何‘翻译’经验的问题。”② 昌耀从高原的漫游者到藏族生活的观察者、参与者，成为我们熟知的《雪。土伯特女人和她的男人及三个孩子之歌》里藏族女子的丈夫、成为“土伯特人”的一员，而“土伯特人”也在昌耀诗歌中熠熠生辉。“在雪原。在光轮与光轮交错之上”③（《雪。土伯特女人和她的男人及三个孩子之歌》）标志着诗人成为藏族生活的深度融入者。藏族文化成为昌耀诗歌中浓重的精神底色之一，是使昌耀之所以成为昌耀的重要质素。昌耀也通过谙熟、提炼和再塑等方式，完成了民族文化的诗歌“翻译”。

① ［英］威勒德·索普著，濮阳翔、李成秀译：《二十世纪美国文学》，336页，北京，北京师范大学出版社，1984。

② ［美］于连·沃尔夫莱著，陈永国译：《批评关键词：文学与文化理论》，50～51页，北京，北京大学出版社，2015。

③ 昌耀：《昌耀诗文总集》，207页，西宁，青海人民出版社，2000。

行走在江河源头的歌者

——白渔创作简论

了解白渔的作品是从阅读青海人民出版社 1992 年出版的《白渔诗选》开始的。在这本诗集里，我们看到白渔写于 1957 年的诗作《早发》。这首诗几经修改颇有穿越历史烟尘的味道，“追矿人披着八十年代的夜幕早发，心中已升起二十一世纪的晨曦”[①]，踏印着地质勘探者的脚步，白渔的创作似乎都是在行走中完成的。除了诗歌外，白渔对散文、散文诗、报告文学诸体裁均有涉猎。其中《帆影》是 20 世纪 70 年代末诗人随同艾青率领的访问团走访广州、海南岛、湛江、上海、青岛等地后写下的诗作，《烈火里的爱情》是 80 年代中期以青海土族生活为原型创作的民歌体长篇叙事诗。笔者所阅读的诗集还包括 2006 年结集出版的《白渔抒情诗集》，2007 年为“青海湖国际诗歌节”选编的《灵境圣迹》，2011 年由高嵩选编的《白渔的诗》。此外还有 1995 年由肖云儒作序的散文诗集《崛起的个性》，1998 年与言公合著的报告文学《走进柴达木》，2012 年青海省文联选编《玉昆仑》丛书里的《白渔文存》，2013 年由青海省海西州政协编辑的《柴达木文史丛书》中白渔所著的《春归柴达木》。此外还有两本游记散文集：2004 年出版的《唐蕃古道》和 2006 年出版的《黄南秘境》。笔者的目光所及只是近三十部白渔诗文集中的一隅，并不能代表全貌，在此赘述的目的是想呈现这位出生于 20 世纪 30 年代的作家几十年来从未停止的行走脚步和从未停歇的创作步伐。诗人在各处的行吟歌唱，把一个个地理名词变成了文学领域中诗意想象的起点，“在路上”不仅是白渔文学创作的基本状态，而且成为白渔作品重要的艺术标志。

---

① 白渔：《白渔诗选》，169 页，西宁，青海人民出版社，1992。

一、在时间与空间里行走

谈白渔“在路上”的行走首先是随着身体的成长，从时间的角度展开的。在这里我们可以看到作家生命和创作延展的脉络。1937年，白渔出生在四川富顺，原名周问渔，从名字上来看，在这鱼米之乡里成长起来的白渔和流水结下了不解之缘。散文《君放老师》中的白渔是一个喜欢在小河中如鱼儿般溜走的孩童，在君放老师的谆谆教导下，这个懵懂少年自此开始了人生不再停歇的漫漫旅程。《人生一大站》中描写了1958年的白渔放弃在长沙当老师的机会，满怀热情地“到边疆去！到祖国最需要的地方去！”。欢呼雀跃中“鱼儿要入青海了”①。自此白渔的脚印留在了青海雪山、戈壁、滩涂的角角落落。这种和时代精神紧密相连的思想意识在之后的很多年一直影响着白渔的文学创作。此时作为拓荒者的白渔和20世纪五六十年代所有的建设者一样，保有无限的劳动热情和对新生活真诚的热爱，作为对这一时期拓荒者时代精神的书写者，白渔“并不去追求与大规模的开发建设相契的雄浑、博大，而是在精悍的形制格局中，用眼睛和心灵去审视，去感受建设者的精神之美。因为长期从事地质勘探工作有着丰富的野外经历，对地质队员生活的表现更为真切，而真实场景的描述并未限制诗人的想象力，他善于从一景一物的细致描摹中，去酝酿诗意，获得从现实中升华的哲思”②。这一时期的诗作中，作家描绘建设者的《脚印》：“勘探队员的脚印——一串串的珍珠／挂在悬崖峭壁／垂到雪山深谷／狂风切不断／飞沙盖不住／……它凝结着歌声、汗珠／印成了生活的彩图……”③从这首诗中我们似乎可以听到历史深处行走在峭壁、深谷间的青年白渔豁达开怀的吟唱，充盈着改造自然、征服自然的豪情。同时也有作者对生活点滴的细致观察，《山雀》中：“一群山雀飞过，打断我的思索／它们扇动翅翼，煤粉从空中飘落／啊！山雀，多谢你报告煤山一座／从一片羽毛，展示了富饶的祖国。”④这是这个时代拓荒者在开发建设中对现代

① 白渔：《白渔文存》，23页，北京，作家出版社，2012。

② 刘晓林、赵成孝：《青海新文学史论》，90页，西宁，青海人民出版社，2007。

③ 白渔：《白渔诗选》，168页，西宁，青海人民出版社，1992。

④ 白渔：《白渔诗选》，168页，西宁，青海人民出版社，1992。

化中国富强远景的一种想象。

接下来的若干年，拓荒者的美好愿景止于连续不断的政治斗争，大多数拓荒文学的书写者在这一时期饱受磨难，停止写作或转为地下写作。白渔也不例外，在这一时期罕有的散文《偷偷默哀》中，记述了一位祁连山中井队的老班长，以自己的方式在那个“不投降就叫他灭亡”的恐怖时代中，让“我感到温暖”的经历。在严酷的政治斗争年代，青海大地上淳朴的民风，让虽然身为“阶级敌人”的诗人感受到点滴温情，这无疑对作者思考生活、表现生活的创作心态有重要的影响。“文化大革命”结束对于生性乐观的白渔而言，当从十年浩劫的废墟上“归来”时，并没有当时文坛上大多数“归来诗人”悲怆的普遍情绪。“这批诗人曾经与共和国一同成长，讴歌过解放初期的建设生活，因坚持独立见解在‘反右’斗争中被砍断了艺术的翅膀。”[①] 与此时的昌耀、秋夫等青海诗人站在历史节点上反思不同，白渔是这批作家中少有的依然保持纯净内心、积极朴素创作姿态的作家。他没有对个人命运的忧患书写，更没有执拗地追问苦难的根源，而是一如五六十年代初入文坛时的清爽、热情，重又迈开行走的步伐，重燃创作的激情，书写身边的江山河川。这种在当时迥异于文坛的创作风格形成的原因并没有引起太多评论家的关注，肖云儒在20世纪90年代中期出版的《崛起的个性》一书序言中写道：“《崛起的个性》呈示出来的作家心态，是他所归属的那个文化时代，即五六十年代那种值得留恋的精神坐标、审美坐标。他爱西部的质朴和崇高，爱得纯真，爱得痴迷。……（这）成为白渔审视生活一个恒定的坐标。”[②] 70年代末80年代初白渔《帆影》的写作和出版，给诗坛吹来一股新鲜的空气。从诗风上看，“以我观物”和“以物观我”依然是书写的基本方式，“相看两不厌”的情怀跃然纸上。特殊历史背景下这种风格的形成除了之前所述的民间温情的感怀之外，与作者出生和成长的巴蜀文化也有紧密的联系。白渔性格的形成是在巴山蜀水中完成的，20岁之前，白渔生活的四川地区自古以来蜀道难行，交通不便，生产生活较为艰辛，因此形成了蜀人乐观、坚韧的地域文化特征。正是凭借这股坚韧之气，白渔踏上高原瀚海，游走于高寒、缺氧之地数十年，却少有怨怼之词，“文化大革命”苦难的经历依然没有消磨他的锐气，以至于

① 程光炜：《中国当代诗歌史》，211页，北京，中国人民大学出版社，2003。

② 白渔：《崛起的个性》，4页，西安，陕西人民教育出版社，1995。

我们读他七八十年代的诗作，想象中依然是那个五六十年代初上高原，风度翩翩的青年小伙子，而掐指算来，此时的白渔已过不惑之年。从《倔柏》中我们可以看到那种岿然独立的精神："柔韧刺入石壁 / 凌空展现出常青的生命 / 任狂飙剥秃了躯干 / 仍旧不停地扩大年轮"①，另一方面，作者的专业知识背景也使其看待外界事物时，除文人的感怀咏叹之外，更多了一层作为勘探工作者理性思索的眼光，《战士与骆驼草》中："呵！战士 / 怎不挖掘骆驼草，/ 燃起温暖的火花？！……它和风沙斗过多少世纪 / 才挣来这一线生机！ / 咱铁道兵开进大漠 / 正是把春天送进戈壁腹地！ / 怎能给荒野再添伤痕 / 剥掉她尚不蔽体的薄衣？！"② 诗作中作家把"人的欲求"与"自然法则"的矛盾并置，生动地表现了人对于自然的尊重与守护之情。而当作者疲惫消沉的时候，除了人间温情之外，在自然中的行走也能让作者放空身心，在苍凉中感悟、释怀。《雪霁》中有这样的诗句："掩盖了，自然的足迹 / 季节的流程……不冻泉轻叩玉磬 / 润泽出一片梦境 / 仿佛世界刚刚开始 / 没有尘埃，没有杂念 / 能听见花蕾里的钟声 / 我想借一片雪景 / 喘息一下疲惫的灵魂。"③ 可见在这里人与自然似乎已融为一体，这是工业时代里再难复制的生动图景，人类的疲惫身心也再难有为自然消融的可能性。

白渔审视生活坐标轴的建立是五六十年代那个诗人"自我"和人民的"大我"融为一体的时代，那个时代先进的世界观是为人民活着。这种文学观形成于作家自我身份确认的过程，"认同理论"是美国精神分析学家埃里克·H. 埃里克森提出的。"在一个人的一生中，埃里克森认为最重要的是青年时期。这一时期，个体的生理和心理都基本成熟，开始走出漫长的成长期，试图通过整合自己青少年时期的认同经验与社会对自己的期待，来建立自己的社会身份以获得自己社会存在的证明。"这种认同"有赖于年轻人个体从那些与他有密切关系的社会集体的集体同一感的支持，这些社会集体是在他的阶级、他的民族、他的文化"④。就白渔而言，自我身份确认即在 20 世纪五六十年代那创造自我和人民的大我融洽无间的时代形成的，作者以吟唱者

① 白渔：《白渔诗选》，287 页，西宁，青海人民出版社，1992。

② 白渔：《白渔的诗》，104 页，北京，阳光出版社，2011。

③ 白渔：《白渔诗选》，251 页，西宁，青海人民出版社，1992。

④ ［美］埃里克·H. 埃里克森著，孙名之译：《同一性：青少年与危机》，115 页，杭州，浙江教育出版社，1998。

的身份，为步之所及的高原自然、人民歌唱，这种身份认同在作为归来者诗人的行走、感叹与写作中变得更加稳固了。

时间还在前行，与此同时，作者行走的地域空间更加广阔了，1979 年随艾青率领的访问团走访我国东南沿海地区。《帆影》中描写海南岛景色的诗作《海思》《海之源》《渔民》《海之边涯》，写于湛江的《火山口》《灯塔下的鸟》，写于广州的《相思树》，写于上海的《赶潮者》，写于青岛的《海鸥》，写于崂山的《崂山石岩》，写于泰山的《挑山工》，写于西安的《五大夫松》，都是这一时期的作品。随着作者从南到北视点的行进，可以看到青海诗人在改革开放初期就已具有的开放眼光和文学气度，同时，作为长期受高原文化熏陶，在高原写作的诗人，白渔哪怕是在写南方的景物，也自然会有一种文化对比的姿态贯穿于诗作当中，如《潮》："大海是无边的草原，/ 涨潮是驱赶羊群出牧，/ 退潮是吆喝羊群归圈……"①，《飞鱼》中海南岛渔民夜间捕鱼的文化传统同样出现在柴达木盆地的金子湖（《金子湖畔金子心》），这些文化意象的并置大概只有在白渔的创作中才会如此鲜明地显现。

作者笔下的地域空间更多的是在青海境内展开的，多年的高原生活，这尾巴蜀之鱼早已习惯了在瀚海中游走。有"江河源诗人"之誉的白渔，留下足迹和笔墨最多的还是长江、黄河的发源地，1984—1986 年在黄河源上的书写《约古宗列感受》里的黄河摇篮、《河源月》里的星宿海、《扎陵湖岛上的白唇鹿》里的扎陵湖畔、《天籁》中的大武、《晨风从净瓶里洒出》中的河卡草原，1987—1991 年在长江源上书写《格拉丹东》《可可西里一瞥》《珠牡泉》《沱沱河》《楚玛尔河》《香达听雷》等诗作。值得注意的是，高原诗作中也有对中华腹地的遥望，《沱沱河》中"沱沱河，我明白了 / 那汹涌气势 / 传给了金沙水拍 / 这一段 / 定属于姑苏月夜……"②，这一刻长江源头的沱沱河与远在千里之外长江之滨的姑苏城"天涯共此时"，长江源似乎并不遥远，中华文明的传递沿水系一路奔流而下。《恪守者》中"岭外"的"酷暑"与"故土"的"冰崖"并置，恪守者早已把高原当作"故土"，把自己当作"是云的近邻，花的相知 / 风的旅伴，牛羊的奴隶，狗的朋友"③。

① 白渔：《白渔诗选》，194 页，西宁，青海人民出版社，1992。
② 白渔：《白渔的诗》，21 页，北京，阳光出版社，2011。
③ 白渔：《白渔诗选》，255 页，西宁，青海人民出版社，1992。

作为勘探队员出身的诗人，作者行进的空间一定少不了青海的富矿区柴达木盆地，早年白渔的诗作中就有《盐湖》《渴求——戈壁的幻景》《孤山》等，《白渔文存》中《巴音河的洗礼》通过今昔对比展现德令哈的巨大变化。1998 年出版的白渔、言公合著的报告文学《走进柴达木》，作者从工业、农业、交通、牧业、林业、教育等多方面反映柴达木近半个世纪的沧桑巨变，与此同时，梳理了柴达木丰富的历史文化资源，对昆仑神话、诺木洪文化、都兰古墓等进行了深入的描绘和介绍。进入 21 世纪，白渔并没有停止行走与书写，一部《唐蕃古道》将东起长安，西至康藏，横跨陕西、甘肃、青海、西藏四省区的古地理坐标清晰地勾勒出来；另一部《黄南秘境》更是深入地介绍了黄南州这个集自然风景、文化艺术、人文精神于一体的神秘地域。

这位诗人在半个多世纪的时光隧道中，行走、感悟与书写从来没有停止过，当白渔的足迹穿越大江南北、高原东西的时候，他的精神也在思辨中不断丰富与沉淀。

二、在讴歌与沉思中前行

白渔的创作向来以青海高原社会人情、经济建设和自然风光为主要描写对象，风格真诚、质朴、细腻、明快。20 世纪 70 年代末，他反对归来诗人悲怆、忧患的创作基调，坚持拓荒者真诚的理想和义无反顾地献身高原的牺牲精神。90 年代，当现代主义诗风吹入中国时，白渔依然坚持现实主义“诗的思维方式和语言表达方式”。从《尼姑庵听经》的“经堂里发黑的潮声，淹没了少女的天真”[①] 的诗句可以看出，白渔能够在诗中自如运用“通感”等现代主义诗歌的表现手法，但在他的诗歌中很少看到诸如“意象的跳跃组合”“陌生化”等现代主义诗歌表现手法，这是诗人在自觉地拒绝现代主义的影响，用恒定的五六十年代的审美坐标书写不断深刻的对于高原文化的思考。

诗人早期的诗作中多是对高原自然景象、人与事、高原上生活着的各族人民的真诚赞美，怀揣现代化建设美好的愿景的诗人多次提到江河源是滋养中华文化生发的源头。《风光源》中，“沱沱河流溢秀雅 / 浇灌出清丽、水灵的江南 / 玛曲河将辽阔送往北国 / 才有眼睛和骏马跑不到头的莽原 / 太行、五台

① 白渔：《白渔的诗》，58 页，北京，阳光出版社，2011。

繁衍了巍峨/庐山、黄山茂密了奇幻/五岳是第几代良种/把她雄奇、丰富的因子遗传？！”[①] 诗人内心升腾出宗教般的虔诚，是对这片土地高度认同的精神根脉所在。《约古宗列感受》中“似有肃穆的晚钟，从远处/轻轻地，轻轻地飘来/在心灵中回旋，拭净尘垢/似有虔诚的香烟，从近旁/袅袅地，袅袅地升起/熏透了我的肉体和灵魂”。这种文化认同来自于高原风物对作者强烈的精神冲击，江河源如此真实，“这是地球的第三极，我们的冻土/冰川上没有倒映过人的影子/寒流罡风没传递过欢笑和悲泣/连猝然陨落的飞禽/也完整着它翱翔的势态”[②]（《没污染的雪山》）。就在这样亘古不变的冰原上，有生命力顽强的植物，有“按倒了，还在长”的点地梅，有“即使生命干枯了，也会化作一团火焰”，供奴隶“生火御寒”、供牧人“点火抽烟”的火绒草，有“不屑于捧献春的赞颂，/而宁肯在荒漠中发展自己”的白茨根，还有“引来了蜂，招来了蝶/以娇媚、柔情融化着高原的冷峻”的高原玫瑰。冰原上的动物有天空中飞行的猛禽《大鵟》，有孤苦、洒脱的《孤苦鸟》，有机警、勇悍的《石羊》，也有《与狼为邻》中“吃饱了也有教养”的狼，《孵鹰台》绝处逢生的雏鹰，当然少不了与自然相伴，生于斯长于斯的人们，他们中有“以幼小擦拭迟暮，以稚嫩摇动苍霜”的巴桑卓玛，有“以草原作舞台，用首饰、牧鞭伴奏”的牧女，有“时而像鸟，在灌木丛跳跃啁啾/时而像鱼，游到面前，转眼又钻入深林”的赶毛驴的巴郎，有深夜晚归，怕惊动勘探队员甜梦，和牦牛一起睡在帐篷外雪堆里的拉伊。这些描述的对象都是作家着力赞美的形象，这种认同感是作家创作的精神原动力，作家的认同不仅仅是对外在自然风物，更深层的是对这一方水土养育的一方人、一方文化的深刻融入与认可。《天葬台》中表现作者深受藏民族生死观的感染，不禁发出感叹“多么坦荡、豁达的民族/不留遗骸，不塑雕像在人间/岩石般的来自大地/阳光似的去之空间……从这月台上的送别/坦然走完各自的旅程”[③]；《在哈萨克毡房》里，作者感受民族风情“哈萨克的夜是属于冬不拉的/当太阳落入沙岗/怀里就抱起了月亮”；《屋顶花园》是描写撒拉族“护美的民族苦情”[④]；作者注

① 白渔：《白渔的诗》，25页，北京，阳光出版社，2011。
② 白渔：《白渔的诗》，51页，北京，阳光出版社，2011。
③ 白渔：《白渔诗选》，61页，西宁，青海人民出版社，1992。
④ 白渔：《白渔诗选》，82页，西宁，青海人民出版社，1992。

入心血最多的莫过于土族，1986年人民文学出版社出版的《烈火里的爱情》，白渔数易其稿，用“花儿”的形式写下流传在土族中琪门索与拉仁普的爱情悲剧，这部叙事长诗既申发了“花儿”的艺术表现形式，又整理了土族民间流传的口头文学，对非物质文化遗产的保护做出了积极的贡献。

作者精神的行进不仅仅是多维度的赞美与认同，还有认同过后的沉思。对高原深层精神内涵的挖掘，对高原真实生存状态的认识，首先来自对建设者们精神状态的深度挖掘，除了如火般壮烈的劳动场面和劳动者的热情外，驻守高原更需要面临的是作为群体性、社会性动物的人长期离群索居的人性煎熬。作者在散文《一线桥》中这样写道：“最难熬的是孤单、寂寞呵！它像影子缠在心上，激起无名的失落、烦躁，流不完的苦涩，听见狼嗥也是一种慰藉；看见一只秃鹰飞过也会露出笑颜。”[①] 在这里，高原上人的孤寂感似乎成为整个青海高原在漫长的历史岁月中孤垂于华夏之西苍凉感的隐喻。在《人与禽兽》中讲述戈壁滩上石油工人与每天来喝水的乌鸦默默相守的情怀，“只有荒凉中的人，最懂得珍惜生命，保护生命”[②]，这里道出了“人与自然”相处的本质：对生命的尊重与珍爱是人内心深处最根本的要求，也是人类发展中永恒的主题之一。

老子曾提出“通常无为而无不为”，即是说明世间万物自然繁衍、发展、淘汰和新生，强调物的自在性，白渔的诗作中也常体现出这种自在无为的生命状态，首先是自然的自在性表现，《白鹤扇动悠闲》中“白鹤扇动悠闲/牦牛驮歌而来/牛背上的姑娘/晃悠悠，衣带上飘曳云彩”[③]，一派人与自然安然相处的和谐景象，《冰川曲》中“亘古的盾太厚了/找不到刺穿它的矛/日子——鱼儿般的/从冰罅中游来游去”，这是一种时间与空间的哲思，在亘古不变的空间里，时间似乎也遗世独立般地只在冰原里游走，他不与任何外界的坐标相对照，在这样的时间序列里，“鹰用翅膀和闪电交谈/雷和狼嗥、熊啸呼应/花草与阳光和谐/到处交织声与色的成功”。[④]（《大野声色》）如果人为地干预，只能体现出人的笨拙与无趣，“我想以炊烟做长线/贯穿这一切/

① 白渔：《白渔文存》，10页，北京，作家出版社，2012。

② 白渔：《春归柴达木》，30页，北京，中国文史出版社，2013。

③ 白渔：《白渔诗选》，275页，西宁，青海人民出版社，1992。

④ 白渔：《白渔诗选》，267页，西宁，青海人民出版社，1992。

然而却无法缀连 / 才感到人的无力 / 坚毅不如岩石 / 柔韧不如花 / 凝聚不如冰雹”①。对于“自然与人”这个古已有之的命题，在经历了 20 世纪 50 年代建设者做出了“人定胜天”的回答后，拓荒者无畏的精神似乎在征服自然的路途上走得并不顺利，作者看到建设者的盲目拓荒，使土地沙化，风沙四起，曾经秀美山川的想象在自然面前必须重新反思，此时的白渔从最初对自然的赞美、对开发者的赞美中回归自然存在的状态自身，强调大地的力量。“大地，是大地 / 给了你撕开大地的力量 / 以单一的语言 / 坦荡着自己 / 千里进退，一种符号 / 内涵 / 却难以破译……”② 同时也表现了高原大地的孤寂与苦楚，《雪域》中有这样描述：“背着沉重的冰 / 压着厚厚的雪 / 恬静得无求也无怨 / 默默承受——冷酷包裹的自在 / 欢乐在闭塞中成型 / 自然和板滞惊奇的谐和 / 也许，不幸即幸 / 冰冷浓酽着温馨”③。作者笔下的雪域在沉重中欢乐，其自在性无需外力侵扰，它自身已具有丰富的意义，而这一切只是诗人美好的期许，人类贪婪的欲望，注定要将这种宁静打破，在《野牛》中这样书写：“随意地纵横原野 / 令雪豹躲避，群狼瑟缩 / 刚烈对付不了暗算 / 最终没逃脱猎人的围捕 / 中弹激起狂吼 / 沿枪声找枪手拼命——哪怕肠子拖地，挑断犄角！ / 生有生相，死有死态 / 血泪里，怒视苍穹……”④ 这抛向苍穹的“怒视”，终结了之前所有的赞美和自在的状态，一切自在的、美好的在现实面前，在所谓现代化的进程面前都将面对威胁。也包括白渔一直关注的地域风情、民族文化都有可能在所谓的现代化进程中无声地消失。所以我们看到，进入新世纪以来，白渔与摄影家郑云峰合作，致力于地域、民族文化的记录与整理，《唐蕃古道》与《黄南秘境》相继出版，从文学人类学的角度看，作家提出的拉哇通神、插扦血祭、冬月於菟等文化现象都值得进一步深入考察研究，而不是在所谓现代文明面前消失沉寂。

三、在开拓与发现中创造

在白渔相隔半个世纪，横跨大半个中国的诗歌创作中，我们可以深刻地体会到诗人不断突破时代主潮，用具有前瞻性的眼光抓住时代精神的脉搏，不

① 白渔：《白渔诗选》，267 页，西宁，青海人民出版社，1992。
② 白渔：《白渔诗选》，257 页，西宁，青海人民出版社，1992。
③ 白渔：《白渔诗选》，264 页，西宁，青海人民出版社，1992。
④ 白渔：《白渔的诗》，3 页，北京，阳光出版社，2011。

断进行新的尝试和探索的姿态。我们可以看到，早在20世纪80年代中期，当时全中国都在经济建设大潮的洗礼中蠢蠢欲动，文化界也掀起了与市场经济接轨的呼声，而白渔却一头扎进了民族文化的源头，整理土族文化典籍，结合青海“花儿”的叙事艺术风格，写出了长篇叙事诗《烈火里的爱情》，这样的诗歌创作形式直到21世纪的今天，在非物质文化遗产保护的大背景下，似乎才真正显示出了它的价值和意义。随着西部大开发战略的实施，在西部各省区21世纪以来掀起了继续发展经济的热潮，而在国家提出构建地区“软实力”的战略部署之前，白渔和他的伙伴已经开始梳理西部，特别是青海的地方文化历史，《唐蕃古道》与《黄南秘境》正是这一努力的结果，今天青海的经济发展很大一部分是通过对外介绍丰富的民族文化、地域风情来实现的。

高尔基在大量地阅读文学作品和广泛地吸收前人关于文学的意见后，曾经提出这样的建议：把文学称为是“人学”。白渔诗歌中同样有众多的人物形象，通常会在行动、事件中展现人物的光彩，显示出对于“文学即人学”独到的诗歌解读方式，如《赶花人》中随花期而居的养蜂人，《赶毛驴的巴郎》中本该玩耍却执意要送“我”的孩童，《背水西毛》中背水路上从少女背到白发苍苍的母亲，《牧女的拉伊》中为自己歌唱的少女，《第一朵雪莲》中在雪线降生的婴儿，《脚印》中的勘探队员，《墓前》中失去了丈夫的石油工人的妻子，《雪堆里的拉伊》中与牦牛一起在雪地里过夜只怕打扰勘探队员的藏族小伙子，《战士与骆驼草》中宁可受冻也不肯破坏环境来拔草取暖的解放军战士，这些形象在之前的文学作品中鲜有描写，而在诗人白渔的笔端却生发出饱满的生命力。在诗人笔下人物形象丰富，即便是动植物也被诗人赋予了丰富的人文精神和情感内涵。《倔柏》中柏树与高原人一样具有顽强的生命力；《长江源的花》用“花”的自在性表现“牧人”自然天成的生活状态；《和狼相邻》中体现狼的野性，但“吃饱了也有教养”又生发出关于“人性”的深层探讨；《二牛抬杠》通过“牛”表现高原人的艰辛的生存状态，从一系列的诗作中我们可以看到诗人敏锐的洞察力和强大的文字表现力。

白渔的诗歌还善于从人们习以为常的人和事中发现深刻的、闪光的思想，诗作通常构思精巧、立意深远。这是一种深入生活的最高境界，是在体验生活的基础上，作家有意识地不断挖掘、提炼的结果，在生活的洗礼和教育下不断地提高自己，使作家的情感在生活中日渐丰盈，进而塑造自身的品格。通常在白渔的诗作中我们会看到一种动态写作，或者称为融入式的写作，在《天籁》中，作家这样写道：“我躺在草原蓝天的襁褓里/痴痴地，陶醉于美的眩晕……在草原蓝天的襁褓里/我就是它的一个细胞/感触到生机勃发/我就是它的一个器官/回荡着万籁的洪钟/也听得见我灵魂的低语/像浸透花香的微风”[①]，诵读中我们似乎可以感受到作家把自我融入天地之间，这是人类诞生的本源，也是人类灵魂的寄托之地，人与自然的和谐共存似乎不需要刻意营造，而是一种自然天成的状态。这种看似随意的漫笔式创作正是诗人长期深入生活，善于发现的最好体现。白渔的诗总给人“平中出奇”的感觉，这和他诗作的构思立意精巧有很大的关系，他的诗作“看浅实深”，初读总会使人有高度的认同感，仔细想来，在诗作表面的文字意义下往往有更深刻的发人深省的寓意。《人，总有那么一点》的多义多解勾起了人们对心灵深处探寻的冲动与体认的勇气。《信后附言》以叙事诗的形式达到哲理诗的境界，诗歌描写地质勘探队员的一封家书，写完却忘记了时间，所谓的时针、分针的计时在勘探队员的生命里早已用铁锤的敲击声代替，诗人从很巧妙的角度开掘，生动地表现了20世纪60年代祖国生产建设者真实而崇高的精神品质。《失血的山》中，诗人用青海高原上常见的山脉寓意“母亲”的形象，贴切、生动地勾勒出为供“我”上学，“衣衫褴褛、勒紧腰带”的老母亲形象，正如山下红花绿树，山体却是“挣裂的石缝，赤裸的巉岩”，这是一首典型的从常见风物中体现作者不凡写作功力的诗作。作家通过逆向思维，从异于常人思维逻辑的角度出发进行构思，常给人新奇的感受和发人深省的思考。如这首爱情诗《窃行》，诗人把人们通常所贬损的“行窃”行为反话正说，来表现对待感情的专一不渝，从俏皮幽默的语言中读者看到一个深情专注的男子形象。还有历史题材诗作《女娲传说》，对中国人熟知的典故，诗人有着穿透古今的洞察力，以女娲补天的故事为喻，揭示当今社会的现实境况，有对“女强男弱”现象的忧患，有对现代人理想信念缺失的警示。

白渔在对自然、历史的书写过程中，往往用凝练的笔法表现深刻的思想，在占有生活的基础上提炼出具有代表性的意象，进而形成具体的作品。我们看《鸟岛》，诗人用“鸟”的意象表现对于自由的向往，在20世纪70年代末体现诗人对国家、民族在特殊的历史节点上思想解放的向往，这里百鸟齐飞

① 白渔：《白渔的诗》，48页，北京，阳光出版社，2011。

的场面是当时的中国最需要的精神状态，诗人敏锐地将其用凝练的笔法深刻地表现出来。思想的自由是人类亘古不变的追求，在诗人的心中也一样，20世纪80年代初诗人的《牧女的拉伊》，通过描写一位在广袤草原上信马由缰的牧女的歌声，抒发了作者对于自由与爱情的向往之情。相比之下，《黄河，源头是清澈的》用“黄河”的意象表达的思想更复杂一些，作家眼中的黄河奔流而下，从清澈变浑浊，因混杂而淤塞，诗人用凝练的笔法书写了我们的民族、国家所经历的洗濯与清塞的重要历史时期。这种凝练的笔法通常还体现在诗作的字斟句酌上，诗文中读者读来自然天成的文字往往是诗人几经锤炼的语言。我们来看这首《冰川》：“亘古的盾太厚了/找不到刺穿它的矛/日子——/鱼儿般地/从冰罅中游来游去”①。作者用空间的凝固来比喻时间的恒长，惜墨如金的29个字却说透了关于时空的二维哲学命题。历史题材诗作《说红楼梦》，曾让《白渔的诗》的编者高嵩先生称赞“有意思极了”，短短五句话从现代遗产学的角度剖解了《红楼梦》中复杂的人物关系。诗人的凝练诗风还来自于诗人严谨的写作习惯，常常一首诗要经过几十年时间的反复酝酿，要用时间来沉淀，是对读者的负责，作家从几十年的思考和审视中完成了对于诗作的立意、字句的推敲。《赶花人》最初写于1980年，而最后一次修改却到了2000年。作家酝酿十年一朝成就的《飞鱼》，是在“文化大革命”结束后对这一特殊历史时期的犀利反省与批判，一经发表便受到各方好评并入选20世纪80年代《中国短诗选》，这并非偶然，而是作家长期形成的严谨的创作风格使然。

白渔在半个多世纪的诗文创作道路上健步前行，他的书写已成为一个时代的记忆，作为特定历史时期的亲历者、见证者，他将一个个人们原本生疏的地理名词变成了一个个文化想象的生动符号，他是早期给青海带来蓬勃文化生机的作家之一，他也向人展现了一个多元、丰富而厚重的青海，他以开放式的胸怀将中华多民族文化融为一体。白渔笔下高原地区原生态文明的书写，客观上抵御了来自西方后殖民主义的侵蚀。顽强的生命力不仅仅是白渔笔下景物的品质，更是白渔本人一路前行不怠的精神资源，巴蜀文化的坚韧、高原文明的刚强共同筑就了一个行走在路上的歌者——白渔。

① 白渔：《白渔诗选》，249页，西宁，青海人民出版社，1992。

第二辑

目击、观想、建构

——论藏族作家古岳的生态书写

古岳是那种从开始写作就找准了矿脉，然后勘探、取样、研究，像是生命力强盛的植物，一茬茬捧出花果的作家。这样的作家，随着积累的沉厚，作品日益丰赡。因为长期身体力行于江河源生态环境的观察和保护，古岳三四十年的书写，已经显示出不可替代的意味。近年来古岳出版了《忧患江河源》《玉树生死书》《生命密码》《坐在菩提树下听雨》《巴颜喀拉的众生——藏地的果洛样本》《雪山碉楼海棠花：藏地班玛纪行》《棕熊与房子》《谁为人类忏悔》《冻土笔记》《源启中国——三江源国家公园诞生记》等多部作品。

仅读书名就能够使我们了解这位作家的精神背景和作品传达的要义。其中由108节沉思的诗性随笔构成的《谁为人类忏悔》，是古岳作品的主轴、主线，牵引和串联其他二级主题的写作。古岳所有的作品都源于一个主题，那就是探讨人与自然的关系、人与自然相互塑造，人在宇宙秩序中的伦理情感和位置。简单归类，可以将古岳置于“自然文学”[①]的范畴中去。如此，也是符合他基于“土地伦理”而形成的“生态良知”的基本特点和状态。古岳描写的青藏高原、世界，乃至宇宙，符合被藏族称为“诺居吉久丹”的“情器世界”，其中“‘诺’为容器之意，凡具有盛物功能的器具无论大小均可用它表示。‘居’含有精华之物、养分、依附着等义”[②]。“居吉久丹”涵盖人类在内

① 程虹：《寻归荒野》，5页，北京，生活·读书·新知三联书店，2011。“从形式上看，自然文学属于非小说的散文题，主要以散文、日记等形式出现。从内容上来看，它主要思索人类与自然的关系。简言之，自然文学最典型的表达方式是以第一人称为主，以写实的方式来描述作者由文明世界走进自然环境那种身体和精神的体验。”

② 何峰：《藏族生态文化》，11页，北京，中国藏学出版社，2006。

的整个生物界，“诺吉久丹”则是指生物群体赖以生存的环境。然而，古岳的笔意多重。纵观他的作品，可以判断古岳更强调探索青藏高原三江源地区自然环境的变化史，生态环境的现状和生于斯长于斯的藏族农牧民的文化心态的多重挖掘与书写，强烈显示出民族学、人类学的色彩。古岳的作品不仅表现青藏地区的“诺吉久丹”的“自然形态”，更核心的是他秉有保护“居吉久丹”的生态责任感。因此，他的书写具有多重性——他在河湟谷地、祁连山区和青南高地的行走，实际上都融合了社会责任和诗人情怀；他将自我克制地融于自然而又保持谦卑的写作姿态，凸显出对自然的敬重和着重倡导人与自然和谐共生的集中关注。在一定程度上，古岳体现了文学与环境研究中的跨学科组合的必要性——既有科学的准确又有诗意的表述，使得他的作品具有鲜明的辨识度。

从文化和文学的角度看，“生态文学”写作脱胎于“自然文学”与“环境文学”的观念。前者的语义在逻辑上涵盖后者，在表达上更趋前瞻和完整。进一步讨论人和自然、环境的相互塑造和对应，我们发现，在这样一种注视中，生命是其核心要义。也就是说，一切涉及生态环境的观察、讨论和言说，都是基于对于各种生命体和相互关系的观照，小到虫草花鸟，大到星辰宇宙，无论自然他者还是自我内心，都是在表达生态的文化或者文化的生态。这也是一切文学和文化的旨归——生命诗学。

古岳的写作“更深切地关注我们的自然感受，使我们能够认识‘人’是深植于这个世界的，以及这一写作如何使我们可以对我们关于这个世界的意义、价值的感受进行培育、澄清和阐明的”①。古岳的可贵之处在于，他的行走、记录、观察、思索、感悟，融合了现场描述、理性观察，并动员了记忆深处的情感。其写作涉及“地方史知识，地质学、气象学、植物分类学、畜牧学等知识”②，加上三十年的实地采访和记录（仅此一点足见丰富），以及藏文化创世观、宇宙观、生命观、洁净观等光线的透视，呈现出生态与人文交织、历史与现实互嵌、描绘与抒情融合、时代与民族同构的人类学品相，是

① ［美］斯科特·斯洛维克著，韦清琦译：《走出去思考——入世、出世及生态批评的职责》，145页，北京，北京大学出版社，2010。

② 王文泸：“附录1《倾听世纪的忏悔——读古岳〈谁为人类忏悔〉随感》”，见古岳：《谁为人类忏悔》，405页，北京，民族出版社，2020。

青海和当代中国文学的重要收获。

一

在《谁为人类忏悔》这部厚重作品中，古岳转述了两个故事。一则是远古的创世神话。讲的是大洪水之后，只有一对兄妹存活，他们俩决定用两片磨扇来赌命运，从山顶滚落两片磨扇，如果合在一起，就是兄妹成婚，繁衍人类。如果磨扇各奔东西，他们就结束生命，结果滚落的磨扇合在了一起。另一则传说也与磨扇有关。离村庄不远的一个山顶上曾有清泉四季长流，山下有寺院，每天有一小僧前来背水，小僧每临泉水总有声音相问“开了没有?”小僧就把这事告诉老僧，老僧急忙嘱咐千万不能回答，否则就会大水汹涌，淹没世界。有一天。另一僧去背水，也遇山泉询问这个古老问题，这位僧人回答“开了”，话音未落，巨浪滔天。亏得老僧预知此事，急忙赶到作法念咒，将一片磨扇压在泉眼，世界才免一场浩劫。

维柯在《新科学》里讲：“幼色布斯（Eusebius）提到埃及人的智慧时，说过一句金玉名言，也适用于一切其他异教民族：‘埃及人的最初神学只是一种掺杂着寓言故事的历史，后来他们的后代人引以为耻，就逐渐对那些寓言故事加上一些神秘的解释’，例如埃及高级僧侣曼涅陀在把全部埃及历史翻译成为一种崇高的自然神学时就是这样办的。”①《谁为人类忏悔》开篇两则传说既带有人类整体的远古记忆，也具有地方和民族色彩。其中的关键词：洪水、兄妹、繁衍、毁灭、遗忘、失控、修复，闪烁着历史、哲学和人类学的光彩，它们的隐喻和转喻，就其起源而论，均可视为小小的历史神话。以“讲述”作为表达、呈现、沟通，整合世界、社会、自我的方式，是人类共有的文化现象，藏族尤具特色。在古代象雄时期，“仲”和“德乌”作为王朝执政的法宝而受到重视。“仲”一般涉及创世神话，有着诗体润色。著名的史诗《格萨尔王传》的传唱艺人即称“仲肯”。“仲”也包含《阿古顿巴》《尼却桑布》等

① ［意］维柯著，朱光潜译：《新科学》，128页，北京，商务印书馆，2012。“第一卷　第二部分　要素　第222条”。

民间传说故事，“德乌”一般指以简短的寓言形式传播知识。①

以此观察古岳的写作，可以窥得到一二秘密。古岳作为世居青海民和农耕区域的藏族后裔，他所求索的是包含时空完整、脉流清晰的初原世界。他从自己的记忆出发，穿过丛丛冰原，越向深处的草原，直奔藏族文化的源头，汇聚文明初创的融水，进而融溶于人类命运、宇宙明灭的宏大的思考。他求道的过程中，必然目击大地的创伤、心灵的萎败、世相的颓靡。因此，他本能地因为疼痛和泪水大声呼告，同时以科学勘探的理性思维，指向精神的内心思辨。作家为过去的世界作传，为遭受侵害的当今世界奉上心香，为未来的世界祷祝。作为新闻记者的古岳，随着步履的深入，从生态地理、历史民族、社会经济、生命宇宙等多个方面讲述无可替代的青藏，讲述世界“第三极”的生命密码。这是一位生活在信息时代、经济社会的“仲肯”，一位将神话的核心要义投注于当下生态自然、生命环境的执着的护法人。

《谁为人类忏悔》以六字真言统率全书。起首“嗡”部即以回忆和追忆入笔，追溯自己的童年、家庭、祖脉和生存环境的变迁。此中甘苦、厚薄、远近等关系，赫然显示全书主旨。这部分虽是追述，仍然穿插大量实地勘行、观察、记录的场景。原因在于古岳认知和感悟的能力，是在他离开乡土，生活于城市，然后返回乡村，游牧草原，在一次次对比的落差中才得以提高的。作家言说的主旨也是在这样多重的比较和认识中明确的。

古岳的职业身份，让他明目张耳。在省报开启记者生涯后，古岳敏锐地将目光专注于江河源处——那是孕育中华民族母亲河的高地，也是深刻哺育和影响世界文明的璀璨所在。当时的星宿海、格拉丹冬、可可西里等地交通和生活条件极端困难，非一般人可以探往。然而古岳却以极大的热情和勇气，在十几年内走遍了青海的山山水水，他的行走有着古代行者徐霞客和近代学者的姿影。更重要的是，他的职业良心和内心品格要求他将目击的场面记录

① 曲杰·南喀诺布著，向红笳、才让太译：《苯教与西藏神话的起源——“仲”“德乌”和“苯”》，9页，北京，中国藏学出版社，2014。“‘仲’，包括各种叙事形式，如史诗、传说、寓言和趣闻轶事等。无疑，‘仲’构成了藏族的世俗文化。与其他古代文明一样，大众文化传统实际上掌控在‘仲肯’（说唱故事者）之手。在他们的史诗、诗歌及对王室、贵族家族世系和重大历史事件的叙述过程中，‘仲肯’也将藏族传统知识和星象观念传承下来。因此，‘仲’是文化传播和教育的一种主要手段。”“‘德乌’包括交流信息使用的象征语言或隐语，以及用话语并借助含有特殊含义的物件所传递的秘密口信。因此，它们是发现无法公开交流之智慧的手段，也是开启难以言表的、未知知识大门的钥匙。”

下来，将思索的过程呼告世人。古岳在《青海日报》主办《家园守望者》栏目，十几年来坚持刊发关于青海生态保护，尤其是三江源地区人类掠夺、虐杀所造成的累累伤痕。三江源珍稀动物的尸体，珍贵植物的凋落，被开膛破肚的大地和被污染与损害的河流，以及因为被破坏而造成的生态环境无以估量的损失和后果，通过古岳和同行的采访和写作，通过众多识见卓越的作者在这个栏目的呼吁而在全国引起关注，甚至影响和加快了青海乃至全国生态保护的进程。古岳三十年的坚持以近期出版的著作《源启中国——三江源国家公园诞生记》为集中的体现。古岳讲述“居吉久丹”的故事，作家在用生命讲故事，讲述各种生命相互关联的故事，故事就是生命。“狼或者雪豹也有自己的生存哲学，狼是旷野的孤独流浪者”[①]，“雪豹则是山地黑夜的王者，青藏高原最为险峻陡峭的山岩是其专属的领地”[②]，“只要有河流在，就会有水草，世界就不会没了绵羊和岩羊。也不仅牛羊畜群和岩羊，所有食草类动物都离不开水源，像岩羊、鹿、麝这些本性温热的动物更是如此”[③]，“在世居高原的藏民族眼里，狼一直不是一种凶残的野兽，而是一个能给人类带来吉祥的生灵”[④]，雪域高原上的人类与众生灵共同俯仰生息，正如卡里·沃尔夫提出的“世界共享的跨物种的存在物由信任、尊重、交流等复杂关系组成”[⑤]。

阅读古岳众多作品，可以感知这位作家的行动力量，可以认定他的写作是从现场目击开始，进而走向民族文化、哲学宗教的深远处。与很多牵扯到自然文学、生态写作的前辈和同行不同，古岳的三江源书写是饱蘸情感、萦绕记忆的。换句话说，古岳是从自己的内心来书写世界。他所书写的三江源的失去，就是他的文化根系的失去。他所痛哭的创口，就是他内心的苦痛。从青海东部早早陷入环境困局的人们，到极寒江源所要面临的种种厄难，古岳笔下的文字是具有笔祭父母的温度的。确乎如是，尽管古岳的文章不乏自然科学的描绘和说明，但是打动人心的是他将父母血脉与江河大地同一化的认识和诠解：“这里，山水已成为人类的祖先，人类已成为山水的余脉。如果

① 古岳：《源启中国——三江源国家公园诞生记》，9页，西宁，青海人民出版社，2021。

② 古岳：《源启中国——三江源国家公园诞生记》，4页，西宁，青海人民出版社，2021。

③ 古岳：《源启中国——三江源国家公园诞生记》，8页，西宁，青海人民出版社，2021。

④ 古岳：《源启中国——三江源国家公园诞生记》，8页，西宁，青海人民出版社，2021。

⑤ ［德］阿尔弗雷德·霍农、赵白生主编，蒋林、聂咏华译：《生态学与生命写作》，124页，北京，中国社会科学出版社，2016。

说，山水为江河源赋予了雄峻飘逸的魂，那么，江河源的牧人就为这里的山水乃至自然万物注入了圣洁崇高的精神……”①阅读古岳的著作，这样人与天地一体，溯源即在归根的话语遍布纸页。正是同生共感给予作家笔触之通灵，其美在斯，其美动人。古岳笔下海东地区阿玛查人的处境令人震撼：“阿玛查人……乱砍滥伐乃至乱垦滥牧，使周围越来越多的土地沦为寸草不生的荒野。表面上看，他们好像使自己的生存空间越来越大，以至于为了养活不足200之众的人口，他们的生活区域扩展到方圆20余公里的地方。实际上，他们生产活动的区域越大，他们的生活空间也就越小……农耕时节，阿玛查所有驴骡的背上都是一片血肉模糊的伤痕。人们说，是阿玛查人苦难的写照。”②

海东农耕地区如此，青海牧区如何？古岳讲述了一个关于盗猎的残忍的故事：有人看到一只焦黑的藏羚羊，它被盗猎者捕获之后，全身的毛皮给活剥，但是还活着，它血淋淋的身躯被阳光和风雪打成焦黑了。在荒原上，它每走一步都要凄惨地哀叫。古岳的文字中，深切的同情使得他无法以纯粹客观的角度描写受难的大地。高原、土地、河流，所有生灵都是作家的亲人、家属。感同身受，如在己身——古岳的目击和言说，理所当然地指向环境伦理，指向自我反思，并以原初世界和流脉之源来审度当下。

二

故乡的、大地的、源区的伤口，以疼痛的、污损的、拷问的形貌，迫使目击者、检察者、修复者，从社会、经济、欲望的区间，极力拓深、拓展，以期找到真正的症结，寻求康健之道。

从地理上，源头像是特殊磁场，吸引古岳上溯黄河、长江、澜沧江、黑河等名闻世界的大水。在各种枝杈般舒展、盘结的水网中，古岳既以科学理论为准绳，清晰地表述诸如正源、南源、北源之间的关系和能量；又忘情地以经历和情感表达他对非科学证明，而为当地牧民所认可的源头的赞美。在对源头的探访过程中，古岳身体器官和智性、悟性像春天里站立在极限高度

---

① 古岳：《谁为人类忏悔》，317页，北京，民族出版社，2020。

② 古岳：《谁为人类忏悔》，127页，北京，民族出版社，2020。

的“古桃花”[①] 一样舒展绽放了。宽阔深远，几乎比拟大海、星宇的世界“第三极”，以独有的庄严、深邃和丰富启发着作家。他描写长江上游通天河的解冻，宛如创世的场景：“那天夜里，整个通天河上，那厚厚的冰层就像是远方的格拉丹冬女神猛推了一把，会从上游的某个地方突然断裂，而后一点点堆积起来，开始向下游慢慢移动、倾泻，慢慢加速，等到那速度达到极限时，它就开始爆发，以雷霆万钧之力、排山倒海之势，轰鸣着、呼啸着冲出通天河谷地，扬长而去。第二天清晨，那整个的河谷里面看不到半点冰碴冰屑，像是那河从不曾凝冻。嗡嘛呢叭咪吽，那是何等壮观的自然奇观啊！”[②]

古岳执拗地认为，大道在初、大道在源。这位行者不但走访大江大河之源，也随时从自己的居处起身，寻找哺育村庄小河的出水处，寻找西宁的母亲河湟水各个支流的来龙去脉。古岳如此痴迷于水源，应该和他出身村庄的现实环境有关。大地的伤口和贫瘠与人类的苦难两相映照，给古岳留下了深刻印象。古岳之爱水寻溯，根子在于出身泥土，“亲近泥土就是对生命的一种自觉……”[③] 泥土之贫、大地之殇，在情感深处等同于父母之贫、父母之殇。“环境文学中关于实在性的思想核心是本土（the local）的概念——附近、此地及此时。本土的思想在很多方面已成为当代环境主义最钟爱的理念之一。”[④] 古岳的环境意识、恋地情结，是一种生发于内心深处的人本主义地理学，其根源与流通于社会及学术语境的自然文学、生态写作是有区别的。

从生存和生活的记忆到草原雪山的现场，受难的乡村和受伤的草原的形象重合，以至于古岳发愿：“我的使命缘于大草原面临的危机和灾难，缘于草原牧人面对这些危机和灾难时，对大自然一往情深的终极关怀”[⑤]。古岳说，在聆听牧人的教诲时，就萌生了把他们的教诲转告给世人的愿望。作家继而给草原许下一个诺言：“我会完成我的使命。”[⑥]

古岳的使命和“仲肯”艺人相似，即讲述、设置谜语、告诫、赞美和吁

---

① 古岳：《雪山碉楼海棠花——藏地班玛纪行》，3 页，西宁，青海人民出版社，2019。

② 古岳：《谁为人类忏悔》，319 页，北京，民族出版社，2020。

③ 古岳：《谁为人类忏悔》，31 页，北京，民族出版社，2020。

④ ［美］斯科特·斯洛维克著，韦清琦译：《走出去思考——入世、出世及生态批评的职责》，183 页，北京，北京大学出版社，2010。

⑤ 古岳：《谁为人类忏悔》，49 页，北京，民族出版社，2020。

⑥ 古岳：《谁为人类忏悔》，49 页，北京，民族出版社，2020。

求。古岳的文风也与此相似，在大段的描绘、讲述和议论后，往往借助诗歌为一篇文章作结，这种形式与《格萨尔王传》的说唱同型。而回到诗歌这种文学母体，也和古岳的溯源心理相符。古岳的溯源，迎面是造物的各种创造，从村庄到森林，从森林到山脉、山系，从群山到众水，从大地到星宇。作家的环境体悟层层递进，环环相扣，显示了从整体和原质认识当下的写作势能。在当代作家中，很少有人如此执着地书写高原森林。高原森林的前世今生、稀有丰富，以及与周围环境的相互作用，通过古岳得到了较为宽阔、深邃、生动的展现。同样以藏族典籍中惯有的宏大视角，在浩瀚的时间维度中绘制喜马拉雅、昆仑、祁连、阿尼玛卿等等王座般的巨山，古岳动用了“仲肯”艺人最大的能量。可贵的是，古岳书写山水荒野总是带着体温与情感的润泽。他的文字因为现场和植根于现场的观想而开枝散叶，活色生香。因此，他的文字既是行旅的日志，也是一部具有个性的山水志；既是具有人类学色彩的田野调查访问，又是关乎心灵和精神的散文诗。

“麻雀恐怕是这个世界上最喜欢鸣叫的鸟类了，当一群麻雀在一起时，你就会感觉它们的鸣叫就像是无数只蚂蚱的跳跃，它们好像有说不完的话。乍一听那种鸣叫毫无秩序，但当你仔细聆听时，你就能感觉到一种生命的力量，它们是那么富有活力和朝气。无论有多少只麻雀在鸣叫，你听到的永远是诸多麻雀的鸣叫，那是永远没有和声，所有麻雀都以同样的频率和声部在鸣叫，但却依然互不重复、互不影响，那种高难度的声乐修养人类是永远无法望其项背的。那种万鸟齐鸣的声音好像是从一个原点上爆炸起来的，而后就向四面八方散射而去。而后，像亿万根银针在不同方位发出尖锐的鸣响。”①

仅此一段，足见古岳的灵动通感。在这里，我无意于对古岳文学语义的鉴赏，而是证明他具有梭罗、普里什文、苇岸等作家凝神自然、聆听密语的能力。显然，这不是古岳写作的目的。他的志向在于集聚自然文学、生态文学的能量，聚合古代作家和奥尔多、利奥波德、雷切尔·卡森的志向于一身，成为着力于多重环境书写的现代“仲肯”。

① 古岳：《谁为人类忏悔》，209页，北京，民族出版社，2020。

三

穿行于现实与典籍、当下与记忆、科学与人文、即时与抒情，古岳的文学实践，因为跨界而使书写别开生面。行动力促使古岳的探索深入到常人难以企及的现场。多学科的知识调动增加了他的宽阔和深邃；民族地方的文化资源的汲取，让他谈论问题的切入点与众不同。最重要的是，古岳的情境式情感伦理，赋予讲述、描绘和思考以直指人心的力量。

“目击众神死亡的草原上野花一片”①，海子《九月》的这句诗，以浓缩的生死循环和人与环境的叠变指证，让人印象深刻。如果将“死亡”的比喻功能放大，也许可以指出古岳写作的立场涉及循环与再生。如此，古岳从伤痛的大地的劈面拷问到深入地质地理之源、人心欲望之缘、万类霜天竞自由之源，也就顺理成章。以地质地理为例，古岳的新著《冻土笔记》是对中华水塔三江源地区的考察。这本书又一次展开了古岳式的长征。古岳以冰川和水源为串引，生动地展示了冻土地带上万物相依，遵从某种伟大法则的风景。古岳客观的、辩证的，同时深度渗染情感的文字，于此得到极大发挥。他客观地描绘社会经济方式改变对于世居于此、以游牧为生的人们的剧烈影响，辩证地看待草原与畜群、黑土与鼠兔之间的关系，情感饱满地礼赞冻土地带牧人口中的“琼果阿玛”（母亲泉）。古岳写道：“在藏族人眼里，不止三江源，世上所有真正的源泉自古都有一个名字：母亲泉。他们把每一处源泉全都视为自己的母亲，所以神圣，所以虔诚感恩，所以满怀敬畏。”②

无论《谁为人类忏悔》《冻土笔记》《生灵密码》，还是《雪山碉楼海棠花——藏地班玛纪行》《巴颜喀拉的众生——藏地果洛样本》《源启中国——三江源国家公园诞生记》，古岳的作品都叠合记忆、现在和未来，浓烈地显示了从生态、景观、环境，直至回返和再生的诗性思维和神话思维。其中村庄、大地、江源都是母亲的隐喻，而在古岳写给双亲的《坐在菩提树下听雨》一书，又以生活质感极高和情感流动的细节与场面，证实了二者同一的逻辑关系。在这样一种连通发肤、内心的感应中，古岳的意识外显为强烈的恋地情

① 海子：《海子诗全集》，205页，北京，作家出版社，2009。

② 古岳：《冻土笔记》，97页，北京，民族出版社，2020。

结。这种“人类对土地之爱”[①]的恋地情结作用于地理环境的书写，散发出整体的、活态的、万物有灵的诗性色彩。作用于人与环境的关系，首先是藏民族对于外部世界、生命认识和自我定位的描绘，对于当下情景的反驳和修正。其次是对这种文化记忆、生活方式的尊重。古岳在他的作品中纵横捭阖，梳理世界多种文化的优长。最终，他许下了传递牧民教喻的心愿。古岳采用藏族日常的生活状态、思维模式和情感表达，表现了人与环境之间深长的关系。藏族文化中的洁净观在他们的生活中比比皆是，比如小到牛粪的使用，大到冬夏转场的必要性；比如人类摄取食物的克制和对自然俯首的态度。在《冻土笔记》中有这样一段话：“贡桑说，母亲的乳汁原本就是给孩子的，牛奶也是母乳，原本也是母牛给小牛犊吃的，即使你要挤很少一点儿奶，也是在跟小牛犊抢奶吃，所以不要太贪婪，首先得保证每一头小牛犊都有足够的牛奶，如果它们吃不完，人们才可以跟它们分享。”[②]藏族朴素的生命观、物质观和洁净观在古岳的作品中俯拾皆是：“我自幼还被告知，水是神圣的，泉水中不可以洗脏东西，不可以直接用手从泉眼中取水饮用，不可以直接用嘴对着泉眼喝水，不可以在河水中撒尿或往河水中抛脏东西……”[③]一系列的文化禁忌和生存仪式对于人们心灵的塑造作用极强，生态环境脆弱的青藏地区也因此而保持了绵长的生命力。

“随着技术社会的加剧变化而来的是已经大大加剧的对‘环境’的焦虑，而随着环境焦虑而来的是传统话语的改变和大量的新话语的出现。”[④]古岳为“濒危的世界”而执笔，在长期的行走后，归返于文化深处的脐带。斯科特·斯洛维克在谈及生态叙事时，以怀旧场所、条件式怀旧、策略式怀旧作为表征。[⑤]可是古岳的言说远不是“怀旧”二字可以涵纳的。他的追忆、他的辨认、他的思考其实是面向“明天”的。

更准确的理解是，古岳的写作以生态为出发点，继而对自然地理和人

---

① ［英］段义孚著，志丞、刘苏译：《恋地情结》，135页，北京，商务印书馆，2018。

② 古岳：《冻土笔记》，207页，北京，民族出版社，2020。

③ 古岳：《谁为人类忏悔》，255页，北京，民族出版社，2020。

④ ［美］劳伦斯·布伊尔著，岳友熙译：《为濒危的世界写作——美国及其他地区的文学、文化和环境》，3页，北京，人民出版社，2013。

⑤ ［德］阿尔弗雷德·霍农、赵白生主编，蒋林、聂咏华译：《生态学与生命写作》，91页，北京，中国社会科学出版社，2016。

文地理进行综合考量。“历史地理隶属于地理学，但研究对象分属于不同时代——侯仁之曾经说过历史地理是明天的、前天的地理——因此历史地理将历史学的时间体系纳入到研究之中，融时间与空间于一体，并在回归人类所经行的历程中探寻旧日的足迹及其影响。”① 由此可见，历史地理是包含生态、人文种种区域的整体概念。古岳的地理地质讲述当然以时间的演变作为层级，同样是不同的时间在各级地理地质留下种种线索和结果。古岳的时空观，因此也呈台阶状态，既有青藏高原的时空也是整个人类文明和地球演变的时空。他的生态理解和生命认识，随着写作的深入而趋于宇宙无限的沉思。显然，无论自然文学还是环境写作，古岳的意识和目的早已远超自然和生态环境这个话题。我更愿意把他的写作理解为一种大时空观作用下流变不居的，包括心理精神、地理历史和星球宇宙多重环境的书写。也就是说，尽管古岳的写作根植于青海，实质上也是对一种整体的、变化的人和万物与自然环境的关注。古岳对人类的观察，对人与环境的相互影响，对人类的各种文化的理解和解释，最后对于人的生命的价值与意义，放置在一个无限阔远的生态中做出了诗意的思辨。

四

其实，无论自然写作、环境文学还是生态批评，都是肇始同因。人类最早的故事，都是关于宇宙的生成、人类的诞生，然后是有神灵参与的、具体由人类完成的“第二自然”（被人类劳动再加工的自然）② 对于地球造成的变化。这一点，在各民族的神话传说中都有表现。以我们耳熟能详的大禹治水为例，就复杂地显示了人和洪水之间的博弈。这则故事更多的是强调方法、毅力与牺牲精神，而与简单的天谴人罪的传说有着根本的不同。再举一例，“被藏戏演员和木、铁匠奉为鼻祖”③ 的汤东杰布开创藏戏表演，以怡人求资而在野性十足的大河上架设铁索桥，以利人们通行。在这样一位杰出的人物

① 韩茂莉：《中国历史地理十五讲》，2 页，北京，北京大学出版社，2015。

② ［美］劳伦斯·布伊尔著，岳友熙译：《为濒危的世界写作——美国及其他地区的文学、文化和环境》，4 页，北京，人民出版社，2013。

③ 久米德庆著，德庆卓嘎、张学仁译：《汤东杰布传》，174 页，拉萨，西藏人民出版社，2002。

作为中，透露着艺术（人文）与生活（经济的、社会的）之间的某种互依互转。同时，一架铁索桥更是对荒野大地的崭新阅读——这当然是一种改造。

人类的成长史，从某个角度而言就是一部与环境的依恃史和搏斗史。其间波澜壮阔、触目惊心的两极故事不绝于耳。时至工业文明发生，人与自然、人与环境的剧烈冲突愈演愈烈，乃至影响了人类的精神、价值取向和思维方式。西方关于自然文学的兴起恰逢其时。要说明的是，尽管许多话题在古代作品中就有表达，但是其成因和后果，却与梭罗以及后来的自然文学的作家区别很大。我国对于自然和生态的人文关注和批评是从 20 世纪 80 年代开始的，古岳也是从这一时期开始写作的。与国内很多关注生态、关注环境的作家相比，古岳拥有青藏高原能给予的所有典型、独具和深厚；与执着于青藏题材的作家相比，古岳又以客观准确见胜。

前文说过，古岳像个通灵的萨满巫师，像位“仲肯”流脉潜行于现代社会的灵者，他一方面将思维和情感的触须深植于青藏，深植于民族文化的核心地带，另一方面他必须要将此时此地的情态说唱出来。经过长时间的积淀，古岳像他的笔名所昭示的那样进入终极话题的思考：人从何而来、要往何而去，等等。现实—记忆—追问—修复，社会—生态—环境—初源，目击—呼告—行动—沉思，从这三条最终汇合的流脉中，古岳的写作经历了情感、审美、哲学、宗教的多层面探索。古岳的焦点凝聚在对环境的认知和批评中，环境对于他意味着认识自我的一面明镜。古岳的时空观如是：“如果说，宇宙是无数个身怀绝技的工匠用无数的珠宝翡翠以及水晶，用亿万年时光精心设计和修筑的一座旷世之城，那么，地球只不过是工匠在最后的一刻里不经意间镶嵌其中的一颗绿松石而已，是宇宙这部不朽交响乐中一个凝固的音符。”①

宇宙广如斯，美如斯，地球“不过是工匠在最后的一刻里不经意间镶嵌其中的一颗绿松石”，人有何能，人当何为，人如何与天地匹配？这就是古岳写作的源头，也是所有意趣高远的作家的志向。

---

① 古岳：《谁为人类忏悔》，351 页，北京，民族出版社，2020。

在还原与探寻之间书写

——四位青藏女作家散文阅读札记

夜幕降临，从阳台举目城市灯光次第点亮，西山上浦宁之珠在霓虹中伫立。城市的夜晚是难以见到苍穹繁星的，但我曾在一位朋友的星空照片中清晰地看到过银河星轨，海拔四千米的远山上可以随季节不同静观星座更迭。龙应台在《星夜》里讲，她有很长一段时间常在大海旁看到一颗大而亮的星，曾疑为渔船警示灯或一盏隐士读书的火，后来在一位天文学家朋友的口中才得知它居然就是金星，便赶忙到网上找梵高的《星夜》来看。我读书也是这样，常把一个作家当作星夜里的一颗不知名的星，随着阅读的展开，就像看到了这颗星身后的星座和随时间推移呈现的星轨。在青藏这片热土上，我们可以辨识出这样四位长期生活于斯的女性书写者。她们的主要作品分别是马丽华的《一路看过二十年》、赵秋玲的《那些意味深长的事》、李万华的《菩提星晖》、兰新天的《伊犁走笔》，犹如初见于夜空中四颗闪亮的星。她们的书写风格、叙述内容各具特点，神形间却也读出共通的意味，笔者且以札记来探寻这些星及其身后联袂显现的星座谱系图。

一

四位作者在作品中均采用非虚构的书写方式。马丽华的《一路看过二十年》是对 1994 年作家出版社出版，在此后二十多年间风行中国香港、中国台湾并即将在英语世界面世的《灵魂像风》的续写，全稿改定于 2016 年岁首，于《青海湖》与读者见面。文章在翔实的田野调查、资料整理基础上，探索藏传佛教“灵魂何来”的说法，生动地讲述苯教神话中宇宙及人类起源的情节和细节，从人类学角度记录藏东南山林中珞巴族人的灵魂观，进而呈现藏族传统关于“诞生”“取名”“婚嫁”“死亡”等的认识及仪式的现世承继，继而以讲述人边多的人生际遇以及新世纪以来“查古村”的节日习俗、村庄迁徙，以僧人罗布桑布奔走重建珠曲登寺为结。显然这不是一篇传统意义上的散文，而可称作马丽华又一部高原人类学的田野调查手记。赵秋玲的文章《那些意味深长的事》，从偶然听闻电视节目中一首老歌触动心灵震颤入笔，在回忆中勾勒俄罗斯执守、深沉的民族性格，极具功力。李万华的《菩提星晖》一条线索铺陈佑宁寺的历史，寺中高僧在历史尘烟中的修行与奔走，另一条线索记录“我”穿过历史云烟对佑宁寺显宗院、密宗院和寺中僧人居所的探访行记织缠有度。兰新天的《伊犁走笔》是篇游记，记述伊犁的城市风貌、自然景致、历史沿革以及伊斯兰文化熏染下维吾尔族民众的常态生活和精神气质。四篇作品虽以纪实方式书写，但并不流于琐屑。对于长期从事文字操练的四位女作家而言，汉语表达的精熟程度自不用说，更为难得的是，文本中女性写作特有的多元化呈现方式在不断地唤醒着读者的感知系统。因为长期的社会群体生活使我们的感受能力不断钝化，往往那颗心刚有感受，就被大脑中完熟的模式化系统概念化了。

阅读经验告诉我们，文学的魅力自有多重来源，而音乐性的表达是一个重要方面。当我们诵读杜甫的《登高》：“风急天高猿啸哀，渚清沙白鸟飞回。无边落木萧萧下，不尽长江滚滚来。万里悲秋常作客，百年多病独登台。艰难苦恨繁霜鬓，潦倒新停浊酒杯”，似乎听到诗歌以近似摇滚的掷地有声的强劲节奏开篇，逐渐进入舒缓的独语低吟，最终逐字铿锵戛然而止。鲁迅生前文字记述中虽少有与音乐的直接交集，但他的《野草》依旧用鲜明的音乐性打动读者，如《影的告别》，音调低沉，如同一个历经沧桑的失败者用低沉的嗓音向爱人道别，向人们诉说，那幽深动人的音乐，只能在大提琴上奏出。罗曼·罗兰的《约翰·克利斯朵夫》书写的是天才音乐家与自身、艺术和社会的角力，整部作品如同交响乐的四个乐章。赵秋玲的《那些意味深长的事》从音乐写起，如同一首小夜曲，浅唱低吟中引导读者体味心灵颤动时的幽微感触。同样是音乐的联想，一曲《卡玛琳斯卡娅》带来俄罗斯忧郁的民间气息。无论是中国舞台上的杨乐，还是莫斯科地铁站里的卖艺老人，他们用音乐打开人们在凡俗庸常生活中不知何时禁闭的感知系统，舒展蜷缩已久的感知神经。兰新天的《伊犁走笔》如同一首肖邦的圆舞曲，行走在新疆伊犁塞外江南六月炫目的河谷里，如同肖邦在圆舞曲节奏中常用的“Rubato”弹性节拍一样，作者行文的呼吸和韵律融合在自然景物的描写中，穿插明快的人物对话，给文章增添了跃动感。而她用低沉的音色叙述伊犁在清代的失而复得，再次给文章增添了层次。最终，文章中的多种声部汇入洁净温柔的千年伊犁生命体验的和弦中来。

如果前面两篇散文小品被称为是舞曲和小夜曲的话，那么马丽华的《一路看过二十年》和李万华的《菩提星晖》就可以比作两首恢宏的交响乐。在西方音乐中，节奏、旋律、音色、和声等是音乐的基本表现手段，曲式则是音乐整体性的表现手段。音乐素材有目的明确、合乎逻辑的安排，在不同时间先后出现，根据一定的原则构成若干典型结构，就是曲式。曲式建立在不同音乐主题的关系和运动中，音乐主题基于纯音乐素材的运用，同时又可以表达思想和情感，依赖多个主题之间的复杂关系和运动形成丰富多样的音乐曲式，其中变奏曲式、奏鸣曲式和回旋曲式是众多曲式中极富表现力的三种。

马丽华的《一路看过二十年》依然延续藏文化深度书写的主题，用并列、递进、延展的结构手法，细致、缜密地解说着藏地民众的文化心理结构，叙写着当下的生存境遇。交响乐中的变奏曲以一个曲调为主题，在速度、力度、节奏音乐和伴奏音型等方面做出多次的变化和重复。马丽华文章中的主题即“灵魂”表达。作家从不同角度对这一主题加以演示：第一重变奏来自文献和田野调查中藏东珞巴族博嘎尔部落最后一位女巫亚崩的言说和占卜仪式，从形而上的意识形态角度呈现。第二重变奏视角转换到现代社会图景中的生命历程叙述，从佛教中被认为人生八苦第一苦的胎儿降生到最终面对亲人死亡、自身死亡的生命历程都是由民俗专家藏族边多讲述的，也就具有了娓娓道来的人间烟火气。在这一重变奏中又套有一段回旋曲式，即围绕着主题并在其间穿插与之前叙述进行对比的循环形式：在这里不仅有讲述人边多对族人生活经历的叙述，还有讲述人边多自己具有传奇性人生际遇的书写。边多从一个日喀则农民之子到融藏族音乐编剧、音乐史家、音乐理论研究者、民间音乐整理者身份于一身的生活经历，是对“灵魂”何为的最好阐释。第三重变奏进入作者近年追踪式田野调查的新视野，从查古村民俗表现和随社会发展查古村的迁移、生活生产方式转化来呈现“灵魂”怎样像风一样在无形与有形之间存续于藏族的生活及观念之中，最终收束于囊谦僧人罗布桑布的漂泊与安住。从音乐叙事角度值得关注的是，在第二重变奏的回旋曲式中谈到边多是一位与藏族音乐结缘深厚的老人，这使我们不仅从文章结构上辨认出音乐的范式，更从行文内容上感受到宏阔深厚的旋律，因为他的一生见证了整个藏民族新旧更迭的历史轨迹。同样让我们动容的是边多老人早在20世纪80年代以来所做的工作：对“石琴”这种藏地古老乐器的发掘和抢救，最终搬上舞台实现古老文明的当下再现；吹管乐器筒钦的发声和独特的谱号记谱方式的重现；《格萨尔》说唱艺术的音乐记录形式《岭国妙音》的出版。这使藏地文化的呈现超出了我们熟知的视觉认识，更具有听觉的多元充实的生动内涵。这部变奏曲也可以看作二十多年后对《灵魂像风》这部著作的一次回应与续写，正如马丽华所说：“曾经的传奇或将归于现实，某些悬念也将不再，有道是只要耐心足够，凭时间可以证明一切，包括你能想到的和想不到的，可言说和不可言说的。”①

李万华的《菩提星晖》着眼于坐落在青海省互助县威远镇以东三十多千米的藏传佛教寺院佑宁寺百年来的兴衰历史，宛如一部完整的奏鸣曲，音色绚烂而醇厚。文章以深秋时节行走在佑宁寺山间所见风物为引子，引入清雍正年间年羹尧、岳钟琪军队灭寺与明万历二十三年（1595年）建寺而后高僧辈出的事实，两者形成鲜明对比。这就像是奏鸣曲在引子之后的呈示部展开主副部主题的对比、冲突，接着展开部和再现部就这个主题进一步阐释、表现。文章随之亦进入当下作者在佑宁寺显宗院、密宗院的游历，田野的观察访谈，笔触看似随意轻松，实则将读者引入生与死、毁灭与创始、死亡与超度这些深层的研习探讨。结尾部分，作者前往佑宁寺东北方向两三千米外的天门寺，在这个“不遇香客，亦不逢游者”的清凉寺院里偶遇一位无所依傍的年老僧人。僧人的冥想和言说，最终使副部主题的音调统一到主部主题的主调上。矛盾的双方在争辩后获得统一，走向最后的结论——“群山无言，这该是天地的终极智慧”。作者用奏鸣曲式的结构来书写佑宁寺的前世今生，给予读者回味悠远的阅读体验。从行文的内容上看，全篇五万字中用音乐来作比的只有一处，即在描写佑宁寺周边深秋山景时写道：“青杨的黄是莫扎特的一支小步舞曲，明亮纯净，仿佛孩子”。但是仅此一句，细心的读者已经能

① 马丽华：《一路看过二十年》，载《青海湖》，2016（3），4页。

够感受到作者对音乐的谙熟。的确如此，熟悉李万华散文的读者一定会记得她的那篇音乐随想《几度木兰舟上望》，马钧先生对此有这样一段评语：“作曲家掌故、灌制唱片的版本，乃至流动在乐曲中的作曲家的私衷、隐情，皆能被她款然道出。乐内，乐外，杂然浑成。妙在言说毫不黏着，像烟篆之于空气，丝丝缕缕，化入空有。”① 作者对于音乐的感悟品评以及丝丝入扣的描摹打开读者封闭已久的感官体验，从而引起读者身心的共鸣：“我总觉得单簧管是属于秋天的乐器，它的音乐是华丽中的萧条凄冷，是无边落木。而那个夏天，繁密沉闷，绿影叠坠，或许正因为如此对立，充满矛盾，夏日的慵懒反使这首曲子更加孤单幽暗，仿佛沉浸于前尘往事而无法返身。”从文章中随意摘取一段，就会让人从听觉浮想幻化到可触可感的周围景物当中，似乎从一个幽深的甬道中走出，蓦然望见一树绿影与繁花，嗅到泥土富氧的气息和花树似有似无的暗香，沉睡已久的主观感受被悄然唤醒。

还原视觉和触觉体验的语言总是使人欣喜。听闻王贵如先生曾对文字书写有这样的品评，即“具有毛茸茸文学质感的文字”，这样的评价用在李万华的文本当中应是恰如其分吧。《菩提星晖》开篇描写佑宁寺周边景物，读者会首先惊叹于作者对高原植被的熟识程度：小蘖、黄花铁线莲、杜鹃、甘青瑞香、悬钩子、唐松草、蔷薇、鸢尾花、唐古特忍冬、川芎药、青海云杉、祁连圆柏、白桦、红桦、黑桦、山杨、青杨……请原谅笔者的赘述，这些至今大多数我们还需查资料才能分辨了解其品性的草木，在李万华的眼中、笔下都是些寻常花树，可以想见作者与它们在曾经的岁月里有多少次亲近流连、屏息促谈。迈克尔·波伦在《植物的欲望——植物眼中的世界》里说：“我们常常称其为‘荒野’的那一空间，从来不像我们想象的那样，与我们的影响毫无关系。”② 事实上，植物开启或者说是还原了人类最古老和敏锐的感知系统，让我们能真实地体悟，而不仅仅是知道生命的意义和价值。在文学史上自“扈江离与辟芷兮，纫秋兰以为佩”的屈原开启了这样的传统。让我们惊异的是，作者对植被类似工笔画的细致描摹和类似水墨画的挥洒泼染。“路边小蘖已经红透。它边缘带刺的叶子，米粒大小的果实，以及纤细的枝条，都

① 马钧：《“视听世界”栏目主持人语》，载《青海湖》，2015（3），55页。

② ［美］迈克尔·波伦著，王毅译：《植物的欲望——植物眼中的世界》，11页，上海，上海人民出版社，2015。

被秋天染成同一色彩，这是一种红中带紫的浓郁色彩，仿佛已经熟透，即将四溢流淌，摘一粒小蘖果子来吃，汁液并不充沛，涩中带酸。”[①]短短三四十字，我们可手触有刺，眼观带红，口尝携酸。郭建强先生分析王文泸先生小说《火狐》时，对其中有关植被描写有如此评价：“作者活色生香的写作能力，又使这篇小说在工业化（信息、文化）弥漫的今天，散发着生气灵动的‘光晕’。”[②]李万华的书写也具有这种“光晕”，这“光晕”来自作家带领读者不断还原对自然界万物生命气息的感知，也来自对美的体验和辨识。

二

这四位进入创作成熟期的女作家之所以能有如此娴熟的语言掌控能力，一方面来自长期的、大量的文本阅读，另一方面从四篇散文皆熔客观的精微观察和极富打动人心的主观感受书写于一炉，我们又可看出这与她们迈出书斋，在广袤空间行走有很大关联。马丽华的藏族游牧地区追访、赵秋玲的俄罗斯回想、李万华的佑宁寺行记、兰新天的伊犁随笔，都是作家行进在异地或异国场域中的书写，具有典型的异质文化色彩。马丽华对藏地历史、宗教观念、藏族民众生活状态的探访与考证，赵秋玲看俄罗斯文化，藏族作者兰新天笔端的伊斯兰生活。这种行走在今天的文化交流常态化的背景并不鲜见，但随着阅读的深入，读者会看出作家的行走不仅于空间，也在时间中。把笔下空间用具有历史感的笔法呈现在读者面前时，四位女性作家跨越感性书写之后锐利的目光和探寻精神，远非那些旅游行记可比。

《一路看过二十年》和《菩提星晖》都是汉族女作家对藏文化的自觉探寻，这种探寻源自对于生命本源意义的追溯。马丽华和李万华以生动、丰沛的笔墨对藏文化进行各具特色的书写，因为创作长久地立足于青藏本土，两位作家让惯常的思维幻化出如唐卡般的色泽，对藏文化细致精微的描述与探寻，显示出女性作家思维缜密而又感触精细的一面。《一路看过二十年》既是一篇文笔生动的藏地行记散文，又是一篇分量颇重的文学人类学手记。作者用一种宏观的整合性文学视野将活态文学与固态文学、多元族群互动文学与

---

① 李万华：《菩提星晖》，载《青海湖》，2016（6），42页。

② 郭建强：《“移民青海”的本土叙事和人文追问》，载《瀚海潮》，2015（芒种卷），110页。

汉语文学、口传文学与书写文学融合起来，建立起以“活态文学”为主的本土文学形态。弗雷泽《金枝》中的交感巫术在藏东南山林珞巴族人博嘎尔部落由最后一位女巫亚崩老人实地呈现，亚崩用“一碗清水，一把大米”为来访者占卜，“念念有词的同时观察水中米粒的形态”，同时由这位老人口述本族关于天地洪荒、万物起源的历史以及“神”的婚姻……原始人类的原始思维通过活态口传文学的记录逐一呈现。接下来，藏族学者边多用过去时态和回望视角叙述藏族群体性生活轨迹，边多本人具有代表性的生命历程的翔实记录，和作家对于查古村历时十多年的追踪访问交映，使得藏族游牧地区无文字的社会文化传承方式得以呈现。马丽华的这次书写是对文字神圣之正统信念的祛魅，使得民间口耳相传的文学以及其承载的文化内容逐渐以清晰面目浮出水面。这种在空间与时间双向维度里的探寻，在马丽华的书写中俯拾皆是。作为研究、书写藏地文化的汉族学者，她从作为“他者”的藏地观察者、接触者、参与者、体认者、言说者，逐渐成为融入藏地文化的言说者，从当年研究叙述之“冷”到逐渐被关注之“热”，作者在表现藏文化原生态文学书写的同时，将之提升到智性的、学理化的高度，既为普通民众了解藏族游牧地区提供了风物图景，又为学术研究带来了可贵的第一手实地调研资料，其间探寻的意义和价值不言自明。

诗人郭建强《匹配》如是写道：“鸟鸣亮出一行行经文的光泽 / 山泉、林木、经幡跟着诵念 / 你的身体摇摆了一下，又摇摆了一下 / 佑宁寺佛前的那个喇嘛双目微闭 // 大地波动，大地和声 / 辽远得刚好和这个早晨匹配。”[①]《菩提星晖》中从大地起笔，对草木、飞鸟的感知，对风马旗的驻笔，对阿卡多热的描绘似是对诗歌《匹配》如藏毯铺展开来的精致纺织，语句绵密，编织紧凑。第一章第四部分对于清军火烧佑宁寺场景的还原显示出作家生动的书写功力，“此时正是白日，大火之后簇簇如柱的黑烟异常醒目。它们从地面蹿起、升腾、扭转、纠缠、撕扯，最终将整面天空填塞成灰黑，方向尽失”[②]。那百余年前的大火竟似燃在你我眼前，对于这场劫难，作者用不动声色的寥寥几笔写尽沧桑与哀叹：“多年存在，缓慢积累、沉淀，获得灵性与温度，却

① 郭建强：《昆仑书》，119 页，太原，北岳文艺出版社，2015。

② 李万华：《菩提星晖》，载《青海湖》，2016（6），47 页。

如此瞬间尽毁，谁能坦然以对。”[①] 在生命的留存、延续与毁灭、重建的辗转中，作家探寻灵魂的演变轮回轨迹，马丽华的书写尽显视野的开阔，从藏族苯教神话中的创世古歌，到昌都苯教画师的口语传承与现场描绘，至敦煌藏本的古藏文拼读史料、古经卷的翻译以及藏东南山林珞巴族女巫亚崩的现身占卜，为读者展现了一幅藏族观念世界的旖旎画卷。

马丽华和李万华用严谨的文献考证，通过大量的田野调查获得第一手资料，运用已有的治学经验使之在历史学、社会学、宗教学、民俗学领域熠熠生辉。《菩提星晖》追溯佑宁寺历史，使我们了解到它于雍正二年（1724 年）、同治五年（1866 年）和 20 世纪 50 年代末三次被毁，皆有翔实年份、文字记载。李万华对佑宁寺历史上有重要贡献的活佛行迹做出细致考证，对于三世章嘉活佛若必多吉的记述，极具史学、宗教学研究价值。述及章嘉活佛与雍正、乾隆两位清帝的密切往来，从一个侧面展示了清朝的宗教信仰、民族政策和治国方略。这使我们想到孔飞力在《叫魂》里谈到的清统治者挥之不去、如影随形的“合法性焦虑”问题，大清帝国的自身种族意象的合法性挑战的解决方案中，不仅有在处理汉族族裔的潜在乱象时风声鹤唳般的压制与否定，也有用宗教的同构与认可来完成其在汉族与其他少数民族族裔间“身份合法性”认定的过程。其间因罗卜藏丹津的叛乱而命年羹尧行军千里火烧佑宁寺，可看作其用征服的暴力来弥合自身身份合法性的一种方式。

赵秋玲女士通过《那些意味深长的事物》回忆十年前俄罗斯旅行的经历，常有动人笔墨。此处在地铁站被街头艺人演奏的古老的俄罗斯民间舞曲所感动，“你能感到藏匿在其中的苦难、风雨和泪水，又能在其中体会到坚强”[②]，彼处滑雪场教练意外时刻的担当与坚守，十年后想来依然令人感动。读文至此，会有探寻的冲动，当年影响许多中国人，而今感动作者的俄罗斯情结究竟是什么？翻开这个邻国纷繁的历史册页，总有一些名字跃然纸上，他们是俄罗斯文化重要的承载者。我们且看那个嗜赌成性且几乎每周都会癫痫发作的陀思妥耶夫斯基，就是他写作了《白痴》《群魔》《罪与罚》，将阶级、民族、国家概念让位于世界和人类，以他丰富的经验和极为敏锐、细微的感受，将哲学与经验世界融合，从人性多元化的深层书写中构筑了俄罗斯文化善于从

① 李万华：《菩提星晖》，载《青海湖》，2016（6），48 页。

② 赵秋玲：《那些意味深长的事物》，载《青海湖》，2016（6），91 页。

一个平面开始垂直深入分析考量事物的特性。这些无疑都沉淀于俄罗斯人当今的民族性格中，所以滑雪场教练危险瞬间做出的选择，在今天的中国人看来可以被评为“最美教练员”的行为，在他们看来是生而为人基本的行为准则。感动我们的俄罗斯文化中不仅仅是布尔什维克的革命故事和保尔·柯察金的成长经历，还有认清人性异常、多元、复杂性之后对人性独立真挚的探寻和坚守。

《伊犁走笔》是典型的旅行手记式的散文，藏族作家兰新天描画出一幅生动的新疆维吾尔族人生活画卷。作家以朱光潜先生所言“慢慢走，欣赏啊”的状态，行走于伊犁山川河谷间。在作家的笔下，“我见青山多妩媚，料青山见我应如是”的情态跃然纸上。作者作为外来者欣赏伊犁风景，而“风景”这个概念无疑是现代性命题，通常具有异质文化的现代外来者确立身份后，会从自然中将自己分离出来，并且把自然分化为一个外在的可以观察、审视的对象。日本学者柄谷行人讲，“风景是和孤独的内心状态紧密联结在一起的……只有在对周围外部的东西没有关心的‘内在的人’那里，风景才能得以发现”。兰新天恰是“内在的人”，她用细腻的眼光与手笔为读者呈现出一派北疆风光。同时，具有民族文化敏感性的作者，饶有兴味地书写出伊斯兰文化在伊犁河谷的历史绵延和当下的生存诸多生动样态。就如身为回族的张承志，在不断的行走中书写蒙古族、维吾尔族、哈萨克族文化，在不断的地域空间转化中实现民族文化的互动和交流，在“自视”与“他视”中完成民族历史的深层探寻与认同。兰新天的写作亦可作如是观。

马丽华、赵秋玲、李万华、兰新天四位生活于青藏这片厚土的女作家，在长期的文学书写与地域行走中形成了各自独立又彼此相通的文学立场、文化观念。在对藏地多元文化下人性的细致体认与感怀的发掘和表达中，确立了各自写作的方式与意义。她们对生命本源多重感官的还原性书写，对文化深层意蕴在现世生活与前世历史中的存照等问题不懈地探寻，为青藏文学地图描画出质地更为醇厚的绚丽图景。

我歌故我在

——读万玛才旦《嘛呢石，静静地敲》

读这本《嘛呢石，静静地敲》，是以一种恬静、舒适的心态进行的。一个故事一个故事地阅读中，渐渐对这样一个问题有了答案：“文学并不像水和食物一样，直接用来吃喝，为什么会和人类伴随始终?”即“文学何为”。小说集中的故事似乎离我们很远，但其实又很近，它解答了长久以来盘结在我们心灵深处的很多困惑。我们可以感受到文学——万玛才旦的作品具有调动我们精神的力量。

当整个社会开始对“现代工业文明”和“理性价值论”产生怀疑的时候，我们开始关心、重视生命本质的体验，当人类不断地创造科学奇迹的时候，当“声、光、电、影、速度、效率”这些字眼充斥我们每天生活的时候，我们以为人类马不停蹄地奔向了幸福，但稍作停留，人类才发现一切似乎都并不尽如人意。幸福原本应该源于人类的自然属性，而非错综复杂的社会属性。《八只羊》的故事饶有趣味地向我们展示了这样一幅图景：甲洛是刚刚失去阿妈的十二三岁的草原牧童，牧羊时他在似睡非睡中看到一个外国人，双方都能听懂的只有一句藏语是“你好”。但他们很快消除了隔阂，因为甲洛看到外国人衣服上别着的“布达拉宫”的纪念章，还有外国人友好的笑容。其间，甲洛的伤心是为了狼咬死了八只羊，但很快小羊羔的降生驱散了甲洛心头的愁云，自然界狼的杀戮之伤很快被动物（羊）旺盛的繁殖力之喜所取代。艳阳下，甲洛身上有阿妈的羊皮袄，身边有明年就可以达到一百只的羊群，心里有关于布达拉执着的念想。外国人指着图册上高楼林立的纽约城说：“这就是我的家乡纽约，别人说这里是天堂，但是我不喜欢这里，我实在是受不了在那的生活，我喜欢这宽阔的草原，纯净的蓝天，我认为生活总是在别处。”外国人身心的孤寂让他不断走在路上寻找皈依，但工业文明带来的争端与苦难并非眼不见为净。在小说结尾处，当外国人从报纸上了解到“911”的消息时泪水滂沱，心灵之伤远远痛过甲洛的八只羊的苦涩。羊群可以再有，亲人的生命被同类所杀戮的撕裂则很难复原，现代社会的矛盾远远胜及自然界的狼、羊之殇。

在万玛才旦的小说中，草原文明遇到现代文明时，是怎样的状态呢？小说显示，所谓“伤痛”，很多时候源自“欲念”，同样的事态发生了，你站的立场不同，那么你的心态便不同，其实很多所谓的“伤痛”只是自己加之于自己心灵的。《塔洛》中塔洛是一个孤儿，因为有惊人的记忆力，便以替人放羊为生。故事开头，派出所所长问村委会主任村里是否有一个叫“塔洛”的人，村委会主任的回话很有意思：“我的任务是带领全村人脱贫致富，而非记住每一个人的名字。”“富”的含义是现代社会中“金钱”的概念，小说提示读者，草原文明中也开始了“现代文明”“金钱观”的时代。然而故事的进展显示，幸福并不在于金钱本身，而在于“内心怎样看待金钱”，即“人是钱的主人”而非“钱是人的主人”。小说结尾，塔洛为了理发店的短发女孩将所有的羊换做九万元的现金，想和她浪迹天涯，结果一夜间人财两空。如果是“现代文明”背景下的人遇到这样的事，一定恨得死去活来，但对于“草原文明”下自然生成的牧羊人塔洛而言，只不过是生活里的一段经历，钱和人都消失了，生活一样在继续，似乎什么都没有改变，心中有佛与幸福如影随形。

这是一种有别于所谓“现代文明”的价值观。《午后》也是一篇饶有趣味的小说，直到小说结尾读者才明白，原来昂本一路的奇遇，只因原本是“午后”，而非他自己的心理时间“午夜”，“今晚的月光”其实是“当空的艳阳”。作者像魔术师，带我们领略了只有在小说阅读中才能体会到的奇景。小说中孤儿昂本要去见心爱的情人白卓玛，虽然文本处处暗示，作为一个孤儿的昂本很难娶到大家公认的美人白卓玛，但周围的人无不对昂本表现出极大的好感。年龄只有二十岁的寡妇周措，家境殷实的黑卓玛的父亲，就连白卓玛的兄长也对昂本赞赏有加。奇迹就这样发生了，在“草原文明”的价值观作用下，有情人终将成眷属。这不禁让我想起了沈从文的《边城》，虽然结局不同，但有别于“子不语怪力乱神”的儒家文明的“湘楚文明”和“草原文明”，它们都表现出鲜活的人性的一面。

值得注意的是关于“灵性”的描写。万玛才旦的小说中主人公多为孤儿（孤寡），这些人往往具有“通灵”的才能。《嘛呢石，静静地敲》中的酒鬼洛桑，能用梦跟刻嘛呢石老人的灵魂沟通。《脑海中的两个人》中的冷措，能和天空、乌云沟通，他们可以听到别人听不到的声音。冷措如莫言《透明的红萝卜》中的小男孩一样不惧怕寒冷。人物魔幻的外表下，隐藏着心灵的纯净。人类作为有机生命中最复杂、精微的一种，不仅仅只为满足吃喝等生理需求，生命—精神的生存提升更为迫切。文学自诞生之日起，就是和人类的精神世界紧密联系在一起的。“工业文明”状态下技术理性独大所导致的祛魅，使得文学作品中“灵性”的书写显得犹如巫祝念诵，从而让过度理性的人们无视这些作品通过文学创作实现对人类精神丰富性、深刻性的探索，而万玛才旦的小说将这种“灵性”释放出来。在经历了反思现代性的艺术复魅后再读万玛才旦的小说，其美质如雪后之春，将灵动与质朴的力量和气息呈现在我们面前。

信仰的追寻与坚守

——观万玛才旦导演新作《五彩神箭》有感

中国第一位藏族导演万玛才旦的新作《五彩神箭》即将与观众见面，影片内容如《静静的嘛呢石》《寻找智美更登》《老狗》，依然聚焦藏族同胞的日常生活，真实而朴素。影片的叙事风格与以往恬静、舒缓的特点不同，节奏时有变换，跌宕起伏。《五彩神箭》开幕便是一场激动人心的神箭手巅峰对决。在近九十分钟的影片中，两位神箭手扎东与尼玛之间展开的四次射箭竞技比赛高潮迭起，紧紧地抓住观众的目光，每一次竞技，都让主人公扎东经历内心的蜕变与历练，从而表述了心灵修炼的主题。这是一个关于追寻信仰的故事。影片的结尾，如密云急雨过后的草原，一切归于平静祥和，新鲜纯净的感受浸润着观众的心灵。

影片从拉隆村和达莫村之间举行的射箭比赛开篇，沸腾的人群中扎东和尼玛将要进行最终的较量。电影用特写镜头，细腻地刻画了两个藏族小伙子举弓射箭的每一个细节，一种古老的仪式清晰可感。与扎东不同，尼玛在射箭之前默念呼唤箭神的祈祷词，然后凝神放箭，击中目标。竞技通常会以成败论英雄，最终拉隆村有着射箭世家之称的后代扎东输给了达莫村的尼玛。此时的扎东并没有心悦诚服，面对尼玛的和解提议反而弃箭而走。扎东被一时的怨恨蒙蔽了双眼，迷失在自己的精神世界里，他不服输，认为尼玛只是得到神的庇佑才有了好运气，但自己并不想依凭神的力量获胜。与其他地区一样，拉隆村古老传统文化面对现代文明的浸染，信仰的迷失成为一种普遍的状态，信仰的失落使得人类的灵魂处于漂浮状态，无所依托。此刻的扎东也迷失了自己，取胜的念头占据了他心灵的大部分地方。

当扎东得知尼玛在和自己的妹妹德吉恋爱时怒不可遏。为了分开这对恋人，扎东打伤了尼玛。事后不久又找到尼玛，想用射箭的方式让尼玛认输并离开妹妹，但自负的扎东又一次失败，这让扎东的心深深被刺伤了。在亲情与爱情的抉择中，德吉顾念哥哥的感受准备放弃自己的爱情。妹妹的选择仿佛一面镜子，让扎东看到自己在迷途中越走越远，他由此在苍茫暮色中陷入沉思。

迷失而不自知，结果便是自我的沉沦，但能够意识到迷失而主动寻找出路便是救赎。扎东点亮心灵之灯是从祭祀神箭的伐木活动开始的，然而寻找之路无疑是一个漫长的过程。晨曦中，当一棵棵白杨树在汗水和斧凿之间应声倒下的时候，当年轻人肩扛手抬搬运木材下山的时候，当木材变成一支支巨大的神箭在山顶矗立而起的时候，当松柏煨桑烟雾霭霭升起的时候，追寻信仰的动力在扎东心中不断聚集。

身为射箭世家传承人的扎东，还是一年一度祭祀活动中羌姆舞的舞者。主人公的这一身份设置颇具深意，一方面，在电影中如扎东的父亲所言，想要射箭射得好首先要把羌姆舞跳好，这羌姆舞是根据神秘岩画“拉龙巴多射杀朗达玛”的故事改编的，所有箭法的精要都在羌姆舞的舞步当中。但是祭祀庆典上跳羌姆舞的扎东却不以为然，舞步凌乱，心思全在台下的尼玛与德吉身上。另一方面，羌姆舞者是典型的藏族传统文化的载体之一。万玛才旦于 2004 年拍摄的纪录片《最后的防雹师》中的防雹师（民间可以阻止冰雹的巫师）也是藏文化中特有的职业。羌姆舞者、防雹师等的存在对于传承民族文化无疑具有重要的意义。作为羌姆舞者，扎东无疑也成为藏族文化的传承者。羌姆舞不仅需要舞者在形式上完成每一个舞步，更主要的是舞动者精神信念的秉持与彰显，显然此时的扎东并没有意识到这一点。

追寻信仰的开始是意识到了自我的迷失，这也是自我救赎的开端。首先，扎东在祭祀当晚的宴会上公开承认自己的射箭技艺不如尼玛，第二年的神箭比赛还是无法获胜，这种姿态表明扎东开始正视自己，并且他和伙伴们自此开始积极的“求索”之路。于是，戏剧性的一幕上演了，来年的神箭比赛中拉隆村的射手们都拿着先进的现代弓箭，对此他们的族人一无所知。扎东最终胜利了，但是胜之不武，比赛成绩作废，这样的努力并没有赢得族人的认可，这条求索之路失败了。值得思考的是，通常“现代化”的引入都具有正面的意义，而在影片中却没有被认可，这一点随着影片的推进将进一步展开。此处，导演想表达的大概是当下一种普遍的矛盾状态，“对一个民族来说，有没有能力保持自己，某种程度上决定了它能不能生存下去”（万玛才旦语）。传统射箭在这里不仅仅是一种运动，更重要的是藏民族传统的精神信仰。

主人公的追寻还在继续。对于此时的扎东而言，怎样才能既赢得比赛，又赢得族人的认可，他心里没有底。随着镜头的切换，扎东年幼的弟弟也在像模像样地练习射箭。弟弟是扎东的影子，从镜头里我们似乎可以看到童年的扎东也是一路勤奋练习，直到今天遇到瓶颈，扎东的困惑也许是弟弟将来某一天也要面对的。扎东的困惑是射箭除了常年苦练的技艺之外还有什么？老父亲身体力行地给了他答案。父亲与扎东一起练习射箭，父亲虽然年迈，射出一箭就要耗费很大的气力，箭法却十分精准。为何？当扎东按父亲的指引再次来到描绘拉龙巴多射杀朗达玛传说的岩洞时，当酥油灯照亮岩壁也照亮扎东双眼时，当一幅幅岩画从扎东眼前细细掠过时，射箭人找到了答案……羌姆舞再次跳起，气氛庄严而雄浑，扎东的步伐坚定而沉稳。扎东终于找到了射箭的精髓，找到了心中的神箭，自我救赎也就此完成。

电影结尾，应县文化局之邀，两个年轻人站在了现代化的体育馆里比赛。他们手持传统弓箭，他俩每每射箭前都会轻念祈祷词，然后举臂弯弓，一气呵成，比赛最终以平局结束。此刻关于神箭的信念被两个年轻人传承并坚守。现代体育馆的场域中，传统的射箭运动包括仪式被保留下来，意味着传统与现代的碰撞中，没有胜负只有交流与融合。这种运动和运动的精神、民族的信仰将在变通中保有、坚守，并继续弘扬下去。

电影中扎东始终身着红色衣服，红色与扎东本人的形象一样，表现藏族文化性格中进取、奔放的一面。藏族作为草原民族，善骑射，能歌舞，具有不服输的坚韧精神。尼玛则始终一袭白衣，白色如同尼玛的性格，纯正、洁净，表现藏族文化性格中宁静、和谐的一面。整部影片中尼玛坚守信念，心中有爱，能够宽恕“对手”，这种包容性是藏族的底色。在万玛才旦看来，藏族文化是一种包容性很强的，是以人为本的文化，处处体现对人、对生命的关怀。他认为那是一种慈悲智慧、宁静和谐的博大文化。在现代文明背景下，扎东和尼玛从不同层面展现了民族性格和生生不息的发展动力。

让我们共同祝愿五彩神箭在它的故乡代代传承。许多年后的某一天，当你走在神箭故乡的土地上，身边经过的也许就是新的扎东和尼玛。

地域性空间叙事中藏族精神的多元呈现

——龙仁青小说创作的特质和叙述方式

当我合上《咖啡与酸奶》，从书房的窗户极目西望的时候，似乎看到了青海湖西畔的铁卜加草原，那个被龙仁青称作“被美丽和梦幻围绕的草原”是作家的故乡。为什么城市里被楼宇阻挡的视野，渴望在草原上向广袤的地平线展开？具有多年草原生活经验的索飒回答：“是大草原的地平线，惹得人心野了”，“也是地平线教给了我们带有质感的‘视野’的含义”。[①]“地平线”给予龙仁青这位从出生到少年，均熏染其间的生命教化，《咖啡与酸奶》中地域性空间叙事以此为背景在读者面前展开。

一、“在地性”叙事中地方经验的书写

评论家陈晓明在分析莫言小说创作特质时，使用了“在地性”的概念，认为“莫言小说最突出的特色，可能是他始终脚踏实地站在他的高密乡——那种乡土中国的生活情状、习性与文化，那种民间戏曲资源，以及土地上的作物、动物乃至泥土本身散发出来的所有气息……一句话，他的小说有一种‘在地性’”[②]。这种创作特质在龙仁青小说叙事中也有鲜明的体现。龙仁青小说创作中的“藏地空间”从文化地理角度看属于安多藏族游牧地区，安多藏族游牧地区从地理分布上包括今天的青海省（除玉树藏族自治州以外的）全部藏族居住区，甘肃省的甘南藏族自治州、天祝藏族自治县，四川省西北部的阿坝藏族羌族自治州。从历史上看，以河西走廊为主的“丝绸之路”和以青海

① 索飒：《把我的心染棕》，1 页，西宁，青海人民出版社，2009。

② 陈晓明：《众妙之门——重建文本细读的批评方法》，311 页，北京，北京大学出版社，2015。

河湟为主的“唐蕃古道”，都与安多藏族游牧地区紧密相连；从自然风貌看，安多藏族游牧地区大多是广阔无垠的草原，龙仁青的家乡铁卜加所在的环青海湖草原就是其中的一片天然牧场。这里盛产良马，对藏传佛教的真诚信仰使安多藏族人爱护和敬畏自然界一切生灵，他们爱马、识马、善骑、骁勇。对于作家而言，“空间”的意义还在于，在地理空间的背景下展开文学想象的空间，作家对于地理空间的观察和表达，往往能够呈现他整体的文学观念和视域，并体现在他的作品里。与作家徐则臣先生的对谈中龙仁青曾说：“土地，以及土地上令我们的生命生长、延续的一切事物，都是故乡的同义词。”

细读龙仁青“藏地文典”小说卷《咖啡与酸奶》，作家的地方性知识和经验几乎在十九篇小说中均有呈现。它们不仅是小说情节得以推进、人物形象得以丰满的必要元素，也是龙仁青小说独特气蕴的具体表现。

龙仁青地域性空间叙事的鲜明特点是细致描摹自然环境及生活于其间的游牧民族生活经验和精神状态。作家笔下藏族游牧地区的植被生动明灿而富有文化意蕴。小说《绽放》把背景设置在草原最美好的季节里，草原上金黄的梅朵赛琼、黄蕊紫瓣的鲁目梅朵、低矮匍匐的邦锦梅朵、高举花束的咗毛嫩玛梅朵都在寻找槐花的次洛身边葱茏生长。《巴桑寺的C大调》中罕见的高原植物吸引美国植物学者的到来，“穿过丛林，沿着溪流指引的方向，久美和麦迪沿着山谷一路走来，一朵朵野花向他们走来：金黄灿烂的梅朵赛琼、星星点点已经过了开花季节的雅毛唐哇、开在山畔迎风招展的鲁姆梅朵、异香扑鼻的梅朵热佳、三三两两在山头傲然绽放的梅朵欧贝（作者注，均为藏族野花名，分别为蒲公英、雅江粉报春、紫菀、狼毒花、全源绿绒蒿）”①。作品中呈现出炫目的植物品类，显示出作家广博的高原植物学知识。这些植物的藏汉品名、自然形态气味、分布状况如此娴熟的书写，是出自作家对脚下泥土气息的熟识。当欧洲社会开始用科技手段论证植物是有多种感受力和主动选择性的生物时，游牧民族天然地对于植物的亲近和熟识在作者笔下自然呈现，对于生命的尊重和亲近是藏族朴素的万物有灵宗教情感的体现。藏族与自然有着密不可分、交互感应的联系，龙仁青的小说中主人公可以直接与自然对话。《光荣的草原》中扎括和云彩不见不散的邀约和倾心谈话、太阳和白云之间的打斗嬉闹，这被称为拟人的手法实际上是藏族日常思维的一部分。

① 龙仁青：《咖啡与酸奶》，45页，广州，花城出版社，2016。

龙仁青在接受评论家刘大先先生访谈时讲到魔幻现实主义时说："他者所谓的'魔幻'对我来说，其实就是庸常的生活。"《巴桑寺的C大调》中寺院的僧人在夏天最好的季节足不出户地"夏修"，以免外出踩杀生命，"要把这美好的夏天留给那些看得见看不见的花草和小鸟小虫子它们。"①《歌唱》中把手机震动声当作寺庙红衣僧人诵经声音的爱唱歌的藏族女孩群措，不理解城里人为什么要打死一只正在叮她的蚊子，在群措看来这是杀生，便开始默念六字真言；在《鸟瞰孤独》和《鸟巢》中，无论草原还是城镇，筑巢的鸟都会给人无言的慰藉，这是人与鸟同为自然万物，这是一个生命给予生命最质朴的源于生之本能的安慰。

在与刘大先先生的访谈中，龙仁青谈及"富有质感的生活经历、经验"对小说家创作的意义。龙仁青小说给人以质地醇厚的审美体验的重要原因之一，就是他对藏地空间中自然景观、牧民生活情景、习俗和经验的生动书写及其与小说整体叙事风格的有机融合。"平坦的草原，其实是起伏不平的，特别是帐篷前的沼泽地，更是体现出了曲直多变的万千姿态。"②（《水晶晶花》）这个草原真实的状态是："茂密的青草，一经踩踏，本来顺光或者逆光的草叶一下子改变了角度，便也一下呈现出了不同的色泽脚印来——两串暗绿色的脚印，就这样赫然出现在央珍和少年走过的略略泛着青光的浅绿色草地上了。"③（《水晶晶花》）这样情境合一的描述让人自然联想起汪曾祺《受戒》里英子和明子船桨划过的芦花荡。"天色已经很暗了。方才，阿爸往帐篷中间的火灶里加了许多干牛粪，这会儿正呼呼地燃烧着，火苗不断从炖着茯茶水的壶底蹿出来……在蹿动不止的火苗下，阿爸的黑影也忽大忽小地蹿动着，谁也看不清他的表情。"④（《遥远的大红枣》）这种人与自然之火的亲密接触在草原上是生活常态，它同时存在于我们民族记忆的深处。在与徐则臣先生的对谈中龙仁青曾说："书写故乡或者赞美故乡，是我所认识到的文学的功能之一。"通过龙仁青的笔墨，读者看到了丰实的具有质感的藏地空间。地方经验的书写让龙仁青的小说始终根植于安多藏族游牧地区铁卜加草原，这里的

① 龙仁青：《咖啡与酸奶》，42页，广州，花城出版社，2016。
② 龙仁青：《咖啡与酸奶》，67页，广州，花城出版社，2016。
③ 龙仁青：《咖啡与酸奶》，70页，广州，花城出版社，2016。
④ 龙仁青：《咖啡与酸奶》，253页，广州，花城出版社，2016。

牧民的生活情况与自然景观融为一体，这里的植物、动物与人同为自然之子，在有着广袤地平线的苍茫草原上生生不息。“在地性”的叙事成为龙仁青小说鲜明的特质之一。

二、多层次叙事中隐秘情感的表达

龙仁青的小说不注重情节的首尾连贯，而是着力于呈现一种人物的心理状态。从《鸟瞰孤独》中香毛措和林子的情感叙述，《遥远的大红枣》中尤布、阿爸与遥远年代中阿妈的往事，《倒计时》中母亲的隐秘岁月，可以看出作者有节制的叙事风格，其简练甚至接近隐忍的情节编织似乎来自于藏族的思维模式。青藏高原自然生态环境相对严酷，藏族保护脆弱环境的意识与宗教信仰紧密相连，视草地、草原为活的有生命的物体，虔诚地保护它们，限制对物质资源的索取和开发，从而形成“节制性经济”。这种生存文化与自然环境高度适应，“有节制”的思维方式成为藏族思维方式的一部分，对丰沛情感的有限度的表达也成为龙仁青叙事的一种相对稳定的模式。

安多藏族游牧地区的民间故事叫“纳达”，意为古时候的传说。在安多藏族游牧地区，到处都有口头传播的民间故事，篇幅短小精悍，《尸语的故事》是富有代表性的一种。这是一本类似于阿拉伯《一千零一夜》的框架式结构的故事集，故事中顿珠奉龙树大师之命前往远方寒林坟地扛回一具如意宝尸，途中必须缄口不言，但宝尸会讲起精彩的故事诱顿珠开口，于是故事便一个一个连缀而来。这是一种在安多藏族游牧地区产生广泛影响的“故事套故事”的叙述模式，可以将讲述者丰盈的情感在多个层面有节制地表述，秘鲁小说家巴尔加斯·略萨将其称为“中国套盒”。龙仁青的小说也常采用这种故事结构。

《倒计时》有三个层面的叙述。第一个层面讲述小伙子瑙如爱上姑娘梅朵，梅朵是个熟稔藏、汉、英三语的导游，全国各地到处跑，思念梅朵的瑙如做了个倒计时牌等待梅朵的归来。漫长的等待中瑙如进入了回忆，“回忆”将故事带入了第二个层面的叙述。第二层叙述中主人公是瑙如的母亲，成年后的瑙如体悟到，在阿妈的心里也有着倒计时的牌子。在“以阶级斗争为纲”的年代，瑙如的阿爸阿妈忍受生产队长阿桑的“找茬”，阿妈心里的倒计时牌子上慢慢靠近的时间是可以不看阿桑脸色的时间。第三个叙述层面是由瑙如的阿妈的失神回忆带入的，这一部分是经由瑙如的观察展开的虚写。阿妈娘家曾是丹噶尔古城的藏商，后因叔叔染上大烟家境衰败。丹噶尔城解放阿妈便嫁给了阿爸，一切似乎平淡无奇，但当阿妈在商店里看到化蝶的梁祝和相偎的许仙、白蛇两张明信片时，故事的讲述却发生了急转。阿妈把它们当成年画买来并贴在家里的墙上，每当有闲暇，阿妈就会坐在土炕上，仔细看两张明信片，有时眼里还满含泪水。年幼的瑙如不得其解。许多年以后，当了记者的瑙如给阿妈买回梅兰芳演艺生涯的明信片，阿妈再次回忆起“年轻时的一桩事儿”，只以一句“儿子啊，以后你找女人，不要让人家女孩子等你，要给人一个准时间，肯定的时间”作结。小说中第二个叙述层面阿妈的倒计时牌随着《格萨尔》又可以重新说唱而翻到了终点，但第三个叙述层面，阿妈始终没有作为叙述者展开故事的叙述，情感隐而不发，作为观察者的瑙如“恍然觉出原来阿妈心里还有一个一直没有翻完的倒计时牌”。与之相对应的第一个叙述层面随着梅朵的回归青唐古城有情人终成眷属而结束，这似乎是对第三个叙述层面中未完成故事穿越时间的完结。

故事多层次的叙述中，瑙如对梅朵的等待，阿妈与阿爸艰难岁月中的相濡以沫，阿妈青年时爱而不得的悲情往事，三个叙事层面中“爱情”主题的相似性使得“故事套故事”的结构模式得以有效运用，其中阿妈隐忍的情感在多层叙事的最深层次。“有节制的叙事”给读者以含蓄的审美感受，使得小说达到言有尽、意绵延的艺术效果。《绽放》《遥远的大红枣》《情歌考》等作品中也呈现出多层叙事与隐秘情感的特点，可以看作龙仁青小说创作中的一个类型。

三、跨越性叙事中的藏族精神的呈现

这里所说的跨越性是从时间和空间二维角度来讲的。藏传佛教中讲轮回，在这种宗教观念的影响下，宇宙之轮循环往复，时间序列中过去、现在、未来永恒循环，时间在空间中的绵延不会影响生命的自在状态。龙仁青小说在时间的跨越中体现藏文化的传承。《巴桑寺的C大调》里民国山湾巴桑寺的太阳“依旧蹲坐在西山顶上，有着持重老成的高僧大德一般的庄重和平静”[①]，《鸟巢》中当下曲果小镇的太阳“就像是一个深谙人生世事，有着丰富阅历的老人，沉稳而又坦然”[②]。民国时期美国植物学家麦迪到巴桑寺拜谒神树“拉香秀巴”，采集植物标本；时光轮转，《绽放》里汉藏双语寄宿小学的次洛在查美河岸草原寻找雪莲和槐花，寻访阿奶郎洛妮幽深的身世。20世纪70年代盛夏，巴桑寺僧人久美身后姑娘的歌声化作几十年后查美河岸次洛听阿奶郎洛妮的吟唱。小说中时间跨度近一个世纪，但藏族人对青藏高原的山川地貌的情感与瑰丽的审美想象没有变，对幽密深切的爱情意蕴的表达和书写没有变。

安多藏族游牧地区的自然地貌、山湖风物是极具心理张力的地理空间。随着时代的发展，在这样的空间中，时间、物质、思维、想象与外来文明交相碰撞，龙仁青小说中注重表现这种空间置换中的文化融汇。所谓空间置换，即地理空间的置换，从草原到城镇，从旅游风景区到国际化都市；也是心理空间的置换，即当下社会环境中藏族人在多种文化、多种语境、多种思维模式之间的穿行和游弋。

爱德华·萨义德说：“每一种文化的发展与维护都需要一种与其相异质并且与其相竞争的另一个自我（alter ego）存在。自我身份的建构……牵涉到与自己相反的‘他者’身份的建构，而且总是牵涉到对与‘我们’不同特质的不断阐释和再阐释。每一个时代和社会都重新创造自己的‘他者’。因此，自我身份或‘他者’身份绝非静止的东西……”[③]

龙仁青小说中空间跨越带来的与“他者”文化的交汇中，藏族精神首先表现为文化自信背景下的自在状态。《大剧院》中，县歌舞剧团的舞者要为嘎特的龙头琴独奏伴舞，为的是在T城大剧院演出，这是一场进入都市为寻求城市文明认可的藏族民间艺术表演，团长斗戈严肃、庄重的神情印证了活动的重要性。临行前斗戈提醒嘎特不能再喝酒，这是现代文明对传统艺术表达样态的规约，而龙头琴演奏本是草原民族畅饮间传情达意的艺术手段，显然两 者在叙事文本中出现思维方式与行为方式的二重对峙。结果偷偷喝了酒的

① 龙仁青：《咖啡与酸奶》，35页，广州，花城出版社，2016。

② 龙仁青：《咖啡与酸奶》，206页，广州，花城出版社，2016。

③ ［美］爱德华·W.萨义德著，王宇根译：《东方学》，426页，北京，生活·读书·新知 三联书店，2013。

嘎特载琴载舞的表演似乎回到了篝火闪耀下的草原，反而赢得剧院观众热烈的掌声，这是藏族文化具有生命力的表现。在迥异的外界环境中，依然保持恒定、自在的民族心理，从而与周围空间文化共生共荣。

头顶湛蓝苍穹，极目广袤地平线，草原、雪山广阔浩渺，这些与民族集体无意识中生发的理念和道德追求融合在一起，体现出藏族牧民幽默、达观和乐天知命的性格，这同样是一种民族精神自在性安稳恒常的表现。龙仁青的小说中也有对世相机智幽默的讽刺。《咖啡与酸奶》中吉吉、旺措对小伙子扎度善意的调侃，年轻的扎度在爱情中左右逢源式的交往方法遭遇尴尬的处境；《看书》中让“我”心生感动的读者也是“我”的朋友，竟把读书当成一个滥俗的社交手段，让“我”看到世相的另一面。这同时表现出藏族文化开放性的一面，它善于自我嘲讽与修正，善于在文化交流碰撞的时空背景下调适自我的精神维度，在秉有不变精神信仰的前提下用幽默诙谐的口语或文字叙事阐释生活的智慧，文辞轻捷却意味隽永。

正如萨义德所说，每一种文化的发展都需要其他文化的存在与竞争，在互视的过程中发展自我。藏族是一个开放的和在多元文化交融中丰富和发展的民族，在当下多元文化交融的时代背景下，藏族文化的开放和包容在龙仁青文学空间中实现了生动而富于反思性的表达。走向远方的寻找求索意识是藏族民族文化中的一部分。无论是《鸟巢》中的少年、《香巴拉》里的坚赞，还是《大剧院》中的嘎特，他们或向往北京或已身处都市，《咖啡与酸奶》中去日本演出的吉吉，《歌唱》中参加歌手选秀综艺节目的群措，《倒计时》中世界各地带团的导游梅朵，藏族女性以更有实力的姿态演绎新时期藏文化开放包容的精神特质。

龙仁青小说创作的深刻性在于，他不仅看到文化杂糅历史进程中藏族文化表现出笃定的自在性，看到民族性格带来的知观、乐天而具有的开放性，更重要的是在时代变迁中他怀有挽歌情结和悲剧意识。这种意识在具有深重“历史感”的现当代作家写作中均可看见——老舍的《断魂枪》、汪曾祺的《鉴赏家》、李杭育的《最后一个渔佬》。历史的演进总是充满了悲凉感、沧桑感和轮回感。龙仁青敏感地意识到，新时期多元文化的交汇一定会从某种意义和角度对原本固有的藏族文化生态产生不可逆的改变，民族的演进也一定会经历一个复杂、迂回的历史发展阶段。在《光荣的草原》中曾以盛产宝马为荣的安多藏族游牧地区，摩托车替代了马的逐牧功能。马的荣耀消失，牧民们把自己的马卖了出去，只有扎括作为曾经草原上最好的骑手的儿子，对身边的白蹄马依然怀有牧民对马最真挚的情感。《乱海子》中，因为旅游开发，巴拉家的乱海子成了儿子曲珠眼中发家致富的好地方。儿子为了多赚钱，和导游勾结，故意让车抛锚，困住游客，巴拉怒斥儿子“不能昧了良心”。山坡上的巴拉看着大大小小的湖泊，“像一群贪婪的眼睛”，只有巴拉不断地在阿尼关拉神庙前念诵赞歌。《情歌考》中安多藏族游牧地区民歌“斯巴鲁钦”濒临失传，图丹是“我”老婆家乡的一位“斯巴鲁钦”传承者，他因车祸意外死亡，“斯巴鲁钦”的歌声只留在他转交给“我”的U盘和手机里。这一系列具有挽歌情结的描述，产生于龙仁青对历史的深层体悟，他要表达的是一种自己精神成长的地理空间和文化空间中逐渐凝聚起来并日益成熟的精神体验。

龙仁青作为一位根脉深植安多藏族游牧地区的双语创作者，具有丰富而鲜活的游牧民族“在地性”经验，在小说的叙述和主人公多层面的情感表达中，这些经验融入文本叙事的经脉。他用多层次叙事手法有节制地传达藏族精神生活深处隐秘的精神体验，在跨越性叙事中表现新的时代背景下藏族文化中的“常”与“变”。从而，一个多维立体、生动可感的藏地空间出现在多元文化交融的叙事谱系图上，这也势必使“中华民族共同体”的历史文化得到更丰富的呈现。

自然、记忆、故事

——读龙仁青《青海湖秘史》

《青海湖秘史》于2018年11月由广州花城出版社出版。我会设想，当一位长居南海之滨的读者从书架上拿起这本以蓝色的青海湖鸟岛作为封面的书籍，从“青海湖，被高原上的山峦高高捧举在手心里，好似捧举着一颗珍贵的珠宝”①读起，直至“如此，这高原上的湖泊，偕同它四周的大山，以及这些蜿蜒的水系，成就了一片绮丽绝伦的自然人文景观”②合起书时的心境。这本书有这种让人一气呵成，读罢内心倍感充盈的力量，这种力量来自于它洁净的丰实、晶莹的饱满，使人即刻想要举步踏行高原湖泊。而对于整本书有了阅读经验的读者而言，青海湖已不仅是一片轻灵的高原水域，它还有了前世今生的命脉和生生不息暗涌的律动。

龙仁青用转湖朝觐的方式，极具地域感地对青海湖和周边的自然生态描摹和书写。以自然地理为支撑点，将目光延展到水域周边、土地之上的族群记忆、现世故事，使“人”成为与青海湖合为一体的圆融的自我。

这首先是一种来自于藏民族万物有灵的自然文学的书写。自然文学将人类的心灵图谱与地理图谱相依相附。龙仁青笔下的山川、河流、草原、生物与观察者的目光交相印证，作者书写的不仅仅是一山一水、一草一木、一鸟一鱼的名称和样态，更是它们背后人对自然持续美感的观照，一体共生的深情。作者严谨而博学地向读者介绍草原上的植物和动物：玄参科的马先蒿，藏族俗称“佐茂嫩玛”的异叶青兰，根部含有毒性的狼毒花，秋季开放的深紫色的翠花和龙胆花；为适应环境进入咸水青海湖的裸鲤湟鱼；湖边常见有

① 龙仁青：《青海湖秘史》，4页，广州，花城出版社，2018。

② 龙仁青：《青海湖秘史》，214页，广州，花城出版社，2018。

多个种类的藏语称为“觉茂”的百灵鸟，机敏而警觉的拟地鸦……同时讲述自己和当地农牧民与动植物生息与共的生命经验：异叶青因为花叶可以吸吮出甜美汁液被称为蜜罐罐花，狼毒花因为毒性可以驱虫而用作制造藏纸的原料，湟鱼的幼苗因为纤弱而被昵称为“燕麦芊芊”，喜欢在农牧民家墙上打洞的留鸟被拟人地称作“土钻钻”。如果你能听到当地土语“土钻钻”的发音，就更能体会出人们频生的一种对这小鸟儿的喜爱之情。如此一来，当你环湖行走俯瞰草原便会躬身探手轻触脚下这片土地。

龙仁青不仅是这自然生态的观察者、经历者和体验者，同时也是一位思考者。对于植物和环境而言，他呼吁“在合适的地方种植合适的植物”，青海的城市园林绿化应以本地植物的野生驯化为主，我们欣喜地看到，草原上的金露梅、银露梅已经成为青海部分社区的绿化植物。

草原农牧民在这片土地上俯仰生息，用自己的心、眼与智慧开启了对这片山水草原的命名，也接续了自古羌人部族文明的书写。这里的山川、河流和广袤的青海湖都饱含神奇而丰富的故事与人文历史。龙仁青精通汉藏双语，对于山脉水域的书写，除去自然风光的描绘，更有价值的是从汉藏典籍中抽丝剥茧般梳理出人文内涵。仅就“青海湖”的命名，就将读者带到《山海经》中蓬发戴胜的西王母，根敦群培大师《白史》中藏族的头盔羽饰，文成公主与印度莲花生大师等众多传说故事当中。天神化作夏格日、同宝、阿尼扎马尔、龙宝赛钦大山，从四方守护着青海湖，被莲花生大师感动，自愿从东向西流入青海湖的第 108 条河流——倒淌河流入青海湖。正如作者所说，这些故事“在藏民族的历史记忆中，成为一种文化基因，代代相传，流传至今”。它们共同构成藏民族文化性格中的一部分，将河流、湖泊和山脉赋予具体的形体和灵魂，达到一种人与自然、人与神灵共在的精神图景，使得后工业时代人类苦心追求的“保护生物社区的完整、稳定和美丽的”土地伦理精神在这里形成一种自然天成的圆融状态。

与鲜活的自然生态、传奇的神话故事并行书写且极具价值的是，环湖族群繁衍生息的历史和历史中无数细节的珍贵雕镂。开篇之于白佛寺九世拉茂夏茸尕布活佛系统的细致梳理，西海建郡历史风尘的拨云见日，让著书知“史”的价值凸显。《青海湖秘史》不仅仅是引导旅行者的导览图，更是可存于学者书房收藏查阅的文献典籍。作者书写态度严谨，史料未至之处常注以

“因没有看到任何这方面掌故、传闻的记载资料”戛然而止。当作者俯身汉藏典籍，终于找到可为读者呈现的历史细节的资料时，“湿润的泪水”会浸透他的眼眶。细致地呈现了转湖、祭海的仪规，“风马旗”的渊源、样式与文化内涵，“虎符石匮”的来历与发现过程，“宝瓶”的寓意和制作方法，沙画坛城的堆砌与勾勒……这些极具魅力的民俗、名物的书写极大地拓展了叙述的空间。这些从古至今环湖部族的生活细节，这些特殊记忆的妙谛，不会因为岁月的流逝而使其美的闪光消退。《兰亭集序》载：“仰观宇宙之大，俯察品类之盛，所以游目骋怀，足以极视听之乐。”读者脑际青海湖旷远的山水生物、密实的人文景观，与作者在史料中甄别品察的目光，在青海湖畔俯仰探寻的身影合为一体。

一位高原骑手的凝神与吟述

——才仁当智诗歌简论

一个骑手的诞生与一位诗人的诞生在才仁当智的身上是同步的。草原上的汉子“留一肩飘逸的长发 / 与胯下的骏马的鬃毛成为骑手的标志”（《草原上的汉子》）。当这位骑手以诗性的眼光凝望脚下的巴塘草原并开始缓缓吟述时，一位诗人便诞生了。

一

才仁当智的童年是在杜甫笔下“草肥番马健，雪重拂庐干”的安多草原度过的，安多人的爱马善骑、幽默达观的天性融入诗人血脉，留驻诗人笔端。经过若干年的求学之路，诗人落脚玉树——在康巴大地上三十年的驻足、行走、生息、血泪，使诗人对现实的观照、对人生的体悟以及对理想的期待都铺陈和洋溢在这片土地上。从地域文化角度看，安多藏族游牧地区和康巴藏族游牧地区有不同的地域族群个性，但它们具有依托于青藏高原特性的地理、经济、历史、文化的“生态共性”，这一点在才仁当智的笔下得到了圆融而富有生命活力的表现。诗人凝视生活的外部与内部世界，“诗本是最富于个性的艺术，离开诗人个体对世界独到的观察和感觉，离开诗人面对生活的心灵的颤动，离开诗人特有的艺术地掌握和表现生活的方式……诗歌失去了真诚的魅力”[①]。才仁当智诗歌的魅力恰在于用一个藏族沉厚而多情的目光注视着身边的山河溪谷、鸟木人兽，并用牧歌式的声调诚朴而清晰地吟唱出来。藏学家王尧先生说：“从表面上看，似乎吐蕃人是笃信宗教而沉溺于崇拜仪轨的民

① 吴欢章：《回首朦胧诗》，载《文学报》，1998 年 12 月 3 日。

族。令人感兴趣的正是吐蕃人在那古老的年代里把‘诗’和‘哲人’高度结合起来，将深邃的哲理写成完美的诗篇。头顶上悠悠奥秘的苍穹，四周浩渺广袤的宇宙，都能与自身心底下升起的玄理和道德追求共同融合在一起，从中可看出古代藏民族的幽默、达观和乐天知命的性格。有些诗歌虽然文辞浅显，但富有诗意，虽然单纯，却意味隽永。诗歌成为哲理的舟楫，哲理成为诗歌的灵性。”① 诗人的吟唱源自古老的血脉，“我自小目染耳濡，在奶奶身边度过的童年时代，受到《格萨尔》史诗说唱的熏染，在少年时的家庭教育及环境来往中学习了许多诗化的格言和俗语”②，作为具有诗歌传统的藏民族，诗人在天然血脉和后天浸润习染中，自然地开始用诗歌传情达意，描摹叙写。

在诗人笔下，浓郁的生活景象呈现文明交融建构中丰实灵动的人性书写。诗人找到足以安顿自己心灵和当下生命存在体验的东西。“大雪，三天三夜，/压在玛域草原上。/舅舅走上屋顶，/想必外甥家的破帐早已压垮……/未曾想到……/那里居然阳光普照，/帐房安然，/飘着大锅茶的热气，/母亲在党如的卷发中寻找虱子的踪影，/心里惦念着湖边受伤的山羊。”（《格萨尔王的传说》）诗中写草原冬日天气，写牧家日常生活细节中传达的脉脉温情，急忙赶来扫雪的舅舅、熬着奶茶的大锅，破帐中怡然安详的母亲——藏家生活情景的勾勒看似随意，却因鲜活具有触动人心的美学效果。我们看到诗人对诱人垂涎欲滴的“开锅肉”的诗意化的书写：“金黄色的脂肪如一段浓郁的夕阳，/绛红色的纤维传承昨天的记忆，/褐色的藏盐来自昆仑山下的湖泊，/紫色的花椒讲述文成公主的故事。”（《开锅肉》）藏族对色彩的敏感使生活处处充满了艺术，在诗人的眼里，入口的肉香有视觉的美感，有深藏民族记忆的历史的渊源，日常的佐料也可以荡开空间的视野，抵达文明的源头。

自古以来，吐蕃与中原、西域走马互市。历史上，以河西走廊为主的“丝绸之路”和以青海河湟为主的“唐蕃古道”在安多藏族游牧地区延展，东西方通过茶马古道和南丝绸之路在康巴藏族游牧地区相互融会。诗人笔下“勤劳的女人/备好盘缠、干粮、马鞍/汉子和岳父、舅子赶着驮载羊毛、皮张的驮牛/翻越大山换来盐巴、针线和茶叶”（《草原上的汉子》），藏地牧民们在日常生活中演绎千年相承的荡气回肠的传奇。法国导演雅克·贝汉监制

① 王尧：《藏族古歌与神话》，载《青海社会科学》，1986（5），92页。

② 才仁当智：《高原上的骑手》，14页，北京，作家出版社，2010。

的“天地人”三部曲中《喜马拉雅》展示了藏族在这种人与自然的斗争中的精神。同样关涉人与自然的关系，诗人还从一头偶然混入被人放养牛群中的野牦牛，表现具有野性的蓬勃生命力。“它性格暴戾 / 体格伟岸 / 粗壮的呼吸滚过山梁 / 四蹄腾空卷起雷霆万钧 / 吓退贪婪的狼群 / 狗熊远远察觉停止前行 / 母牛们把它围成花蕊忠实地尾随”（《一头野牛的故事》），野牦牛象征着长期以来藏族与自然生存角力中强大的生命能量，以及与自然息息相通的生命联系，而人在自然中繁衍生息、代代相传。诗人把它定格在了祖母的身影中，祖母“她背着炒熟的青稞或沉重的木桶 / 沿着弯弯曲曲的小路 / 到二里地之外的河边 / 或磨炒面或去背水”（《写给草原上的老人》），“奶奶背着炒面和我一起走出磨坊 / 外面是厚厚的冬雪 / 清湛湛的达加莱河穿着冰的坎肩 /……奶奶背上有整个冬天的口粮和踏实”（《童年万花筒》），藏族女性传递出温和、宽博的生命气息，正是这种气息让我们看到人性中稳如磐石的坚韧与通达的底色。

除了动态的生活情境的书写，才仁当智诗歌还善于即景式静态的富有构图意味的描画。《玉树　老人　黄昏》中一面描写穿着藏袍、擦着鼻涕，摔倒又爬起的小孩子，一面定格一幅“河里流动着耀眼的金子 /……一条趴在土里的黑狗 / 眼睛盯着晃来晃去的影子 / 脑袋像钟表上猫头鹰的眼睛一左一右机械地单摆 / 过来一个老人 / 把孩子冰冷的手贴在热热的胸膛”的场景，金水河畔，牧犬、老人与孩子相偎的画面跃然纸上。这是一种观看、感知、愉悦的凝视。《秋天的思绪》里“所有的颜色都在燃烧，/……薄薄的月亮，/ 越飘越远，/ 情敌的帽子挂在帐篷前的木桩上”，一幅色彩明丽、清亮，饱含藏地气息的构图完成了。诗人指明观看的路径，让读者用自己的双眼，感知自然和艺术，学会欣赏自然，从自然中学习理解诗歌。

二

奥地利作家斯·茨威格曾说：“正如一种疾病很少在它发作之前被人发觉一样，一个人的命运在它变得明显可见和其成为事实之前也很少被察觉。在它从外部触及人们的灵魂之前，它早已一直在内部，从精神到血液中主宰一切了。”斯·茨威格对于命运的认识可谓深刻至极。玉树人在地震中切身经历命运的无常，诗人用现实主义实境再现的方法，刻写甘愿为藏族游牧地区灾后重建默默奉献的阿爸和阿妈们的群像。如《当义务质检员的阿爸》中“文化不高，/培训班里听课最认真，/……无论路途有多远，/无论刮风下雪还是雷鸣闪电，/你的身影总和八十平方米的现浇房在一起/……牧民小区终于竣工了，/你却躺在了医院的病床上”；《阿妈的青稞地》里阿妈用二牛顶杠，“唤醒了冬眠的土地”，把这片土地让给援建单位“堆放建设新玉树的木材和钢材，/阿妈说：为了新校园、新家园我愿意！/她没有要一分钱”。诗人从藏族的春耕写起，“与‘二牛抬杠’不同，藏族对牛的犄角与身体间形成的力学结构有着深刻的理解。他们在角上缚绑犁架也更方便，体现二牛顶杠的独特耕作方式”①。在保有古老耕作传统的藏族阿妈面前，回报大地的恩情，来自远古的召唤使新玉树和青稞地一起回来了，阿妈又可以在田垄上“喝着醇香的藏茶,/蓦然回头，看见卧在阴凉处的老牛,/悠闲地反刍”（《阿妈的青稞地》）。诗人在书写田园牧歌式的震后玉树草原风物的同时，描写新玉树的实景状况，“三年重建日新月异/新城恍若北方的都市/未来敞开怀抱/玉树的孩子/不要哭泣/新的校园/期待你朗朗书声/新的家园/等待全部的感恩来此相聚”（《玉树的孩子不要哭泣》）。新的家园建立，孩子们还需要更长久的时间抚慰伤痛。

古老的民族与现代文明的触碰，在敏感的诗人笔下同样是对人心灵通透的映照。诗人写飞机夜航对大地的俯瞰，写都江堰“轻轨到达一片灰色的被编了号码穿着名牌的森林”，看“站台上，/橘红的灯光笼罩匆忙的人群。/时尚的女孩，/行色飘忽，/拉着一个红色的箱包。/火车徐徐晃动，/留下孤独，留下站台，留下喧嚣，/又驶向深邃幽暗的远方”（《城市印象》）。当诗人进入都市，飞机、轻轨、火车拉动了时间的进程，草原安稳恒常的生命体验被打破，碎片化的、变动不居的城市景象让诗人本能地在“匆忙”“躁动”“喧嚣”的背景下感受到都市人“孤独”的生命状态。

诗人同时敏锐地捕捉到极度逐利和过度开发浸染下给玉树草原带来的破坏，《一个骷髅的控诉》中“推土机、挖掘机/肆意蹂躏/雅龙沟哭泣/聂哈河同悲”，“噶加洛家族的墓群”被毁，“只留下一个孤独的骷髅”，一切不可修复的破坏“只为一个不能发电的电站”。诗人的笔触无疑是犀利而深刻的，对现实的批判让诗人的吟咏诚朴而动人。

① 尼玛江才：《风马界——青藏高原古风世界》，10页，西宁，青海人民出版社，2013。

黑格尔在《精神现象学》里指出，人的自我意识起源于与另一个意识的接触。拉康也认为，自我意识是在“他者”的交往、接触、碰撞或冲突的过程中逐渐形成并成熟的。诗人才仁当智笔下多种文化形态交汇与融合，形成一股文化合力。在不断开放、融汇的时代背景下，需要诗的歌喉。人既具有本民族文化记忆的深刻底蕴，又具有健全开放、富有批判意识的文化自觉性。

三

诗人的文化自觉来源于在原生文化背景下自然与人文的双重关注。这种关注首先来源于具有空间感的书写，藏族有一种与生俱来的空间意识，广袤的雪山、一望无际的草原、无尽的荒地……当诗人置身于这种巨大的自然空间之中，文本书写从空间开始也就顺理成章。诗人笔下“七月的巴塘 / 无数朵鲜花争奇斗艳 / 无数个花仙舞姿妙曼”（《花巴塘》），藏族苯教中万物皆有神性，花仙自然可以轻衣起舞；“富饶的当江荣草原，/ 湿地上洒满蓝盈盈湖泊”（《格萨尔王的传说》）。“莫曲河边无垠的湿地上 / 好多片小小的天躺在草地上休息”，“远方的西恰山 / 在高了又高的高大陆上屹立”（《索加草原》）。

在这样的空间中藏族生息，其中“马”成为生活中重要的成员。诗人把“马”与“青春”相连，“走过拓印着熊爪的山路 / 走过一座座伏藏着神话的山冈 / 走过一条条流淌着故事的河流 / 哦！我的青春，我的马”（《我的青春，我的马》）。在藏族游牧地区，“马”被称为“良马”或者“宝马”，把马具有的风范、特质与佛教中行德圆满的大德相提并论。“马”同时又是一种宗教象征物，在苯教观念中，人死后其灵魂由阴间的白马送行至天界，所以丧葬仪式上一般都要献祭“宝马”。马在藏族日常生活中一般只用来乘骑，很少宰杀或食用，男子一般到了十八岁之后就必须配以良马，能够成为一名骑手便成为藏族男子成年的标志。诗人诗作《一个骑手的诞生》有对一名藏族男子成为骑手的精彩描写：“公马愤然掉转方向 / 汉子一个跟头从半空栽下 / 马群从他的身上扬起浓烟般的尘土 /……人们驱散马群 / 汉子睁开眼睛 / 满脸血污泥渍 / 全身无站立的支点 / 他躺着，坚强的头 / 如硝烟中的日头升起。”这是每一个藏族男子必须要经历的成年礼，此后“他终于成了父亲”（《草原上的汉子》）。“马”与一个男子的成熟、一个民族的信仰形成紧密的联系。那个阴间驮行人灵魂的白马叫库绒曼达。曼达的身影被画在山顶的幡旗上，被称为“隆达”，即风马旗，诗人笔下“青海湖畔的雪山，/巴颜喀拉的脊梁，/飞舞漫天五彩的风马”（《巴颜喀拉的风马》）。

诗人生活的康巴地区从地貌特征上看，除草原之外，冰川、湖泊、高山纵横，河流密布，地势险峻，自古有“四水六岗”之谓，诗人依托大地，在现实描摹中浪漫抒情。“是谁默默守护着，/千百年来沟壑间过往的人。/这里是源头与外界握手的地方，/是曾为女人和财富翻脸的兄弟和好的地方。”沟壑中过往的有牧民，也有商贾。自古以来，这里便是多民族文化频繁交往之地，藏、彝、羌、纳西、回、汉各民族在这里并存交流。诗人生活其间，难能可贵地在诗作中表现出这种民族并置、相互尊重的多元文化和睦共生的图景。《秋冬之交》中“阿訇赶来/獒犬吠叫/铁链将要崩断/摸到羊的喉结一刀/血流如注/两分钟，一脸盆/老人摇着经筒：刀子比五四的方法快得多”，这是一幅藏回民族彼此尊重、共同生活的美好画卷。

才仁当智作品中民俗的描画强化了诗歌的质感，只有生活其间、浸染其中的人才能如工匠般将日常生活的名物、风俗细致地打磨和雕镂成艺术品。“没有越过分水岭的藏族/穿着秋天刮熟的羊皮/头戴狐皮做成的帽子/腰间别着一把长长的利刃/划剥动物的皮子”（《藏族和藏刀》）。在这身装束中“藏刀”是最为夺目的，它和“宝马”一同被视为男子成年的标志。是否能娴熟地使用藏刀被看作是藏族人能力高下的标志：“吃肉用小刀/男子第一次到女方家里吃肉/骨头上的肉没有剔干净——/这样的女婿不干脆”（《藏族和藏刀》）。才仁当智笔下的诗歌富有生活的实感和饱满的弹性，“把佛家的故事，/用竹笔写在狼毒花制成的藏纸上”（《开果肉》），“门顶上堆放着秋天打贮的柴火/院墙贴着神话里的牛粪”（《正午的村庄》），“藏纸”“牛粪”在藏族生活中是常见之物，却带着神秘的来自远古的悠远的气息。诗人在富有“文化感”和“历史意识”的向度上进行书写。

维柯在《新科学》一书中认为，人类进入文明以后，丧失了诗性智慧，精密的科学技术打破了初民与自然浑然不分的联系，切断了他们泛神论基础上的审美感觉。因此，诗歌与神话面临着灭绝的危险。而在藏族的意识中，神性是思维的逻辑起点，可贵的诗性审美感觉是藏族诗人诗作天然的气质底色。这种作为集体无意识深植于藏族群体观念中，成为藏族文化演变中长期流传下来的普遍存在的原始精神。诗人笔下的巴颜喀拉山、冈底斯山作为神山，是藏族朝拜的圣地，藏族人认为，屹立在高原大地上的山巅居住着众多的神灵。藏民族文化—心理结构中自觉地对“神山”有了久久仰望的敬畏与崇信。在这样的思维背景下，“石头”崇拜从实用到信仰，被历史记忆烙上了雪域文化的生存符号。“草原上光洁的石头，/被土著刻上了信仰的文字”（《河南支边青年青春祭》），在这里，石头成为心灵与自然沟通的媒介，成为藏族将客观自然与内心情感深度整合的一种显现。

才仁当智作为一位藏族汉语诗歌的创作者，立足汉藏双重文化，在现代文明与藏文明接触、交融的时代背景下，创作呈现出独具特色的多元文化融合、杂糅的特点。同时，生动、饱满地书写出本民族在日常生活中呈现的审美意识和民族深层文化心理，在清晰的凝视与深情的吟唱中，秉有敏感的反思与不断掘进的开放精神，这应该是藏族文学丰沛饱满、具有生命力的原因之一。

在记忆里点燃诗性的烟火

——江洋才让短篇小说集《雪豹，或最后的诗篇》读后

青海优秀的作家大多熟悉，却只见过江洋才让一面。那是青海作协第八次代表会议上，他是作为省作协连任副主席来参加会议的。江洋才让身形挺拔结实，黑边眼镜收束了康巴男子强悍的气息，目光敏锐、深沉，让人想起草原上飞旋的鹰隼。少见江洋才让是因为他居于距古城青唐近千公里的玉树巴塘草原，“巴塘的江洋”是藏族读者对作家亲切的称呼。很多个静谧的夜晚，这一端在江洋才让一个又一个文字书写的“记忆”里穿行的我，相信同一时刻，作家的笔端一定正在流淌着另一段被点燃的现世的烟火。

短篇小说所讲述的故事，一般来说不会是一个家族或者民族的宏阔的历史，而是从“现在开始，在现在结束”的某个片段。江洋才让的小说，从故事时间来看，多是“现世”一个不长的段落，通过主人公的“回忆”或超现实的构架追索人物隐秘、曲折、丰盈、动人的经历，它们存在于讲述者、主人公的心里，成为一种暗流涌动的心理事件，以此来成就整个故事的多个层面。就如小说集《雪豹，或最后的诗篇》封面云雾笼罩、层峦叠嶂在阳光里的群山，作家虔敬如红衣的朝圣者，俯仰在群山的褶皱中，对于这种站在一个中间点耐心地开始长线的回溯，再顺时间的绵延，细密地推演当下故事的叙述方式，有一种偏好式的喜爱。记得作家鲁敏做过这样一个比喻：“文风就是一个人走路的样子，很顽固。”江洋才让亦是如此。同时他还有一种能力，就是文字具有沉浸的“魔力”，每一次展开与回忆时，读者大概和我一样会大睁双眼，随着文字的流动寻找群山中的香巴拉。

小说集以《大树下面》开篇，江洋才让语调平静，仿佛作法的苯教师把老阿妈一辈子的故事都召回了，凝结在她手中“似乎提不动”了的“小小的念

珠”上。转动手中念珠的老阿妈实在太过苍老，人们会用物理的时间询问她“高寿几何”，而她只能用风霜岁月吹打过的“树皮一样的老脸”来回答，这是两种时间观的错置。现实世界的时间观是线性向前的。而周遭的纷扰中作为“不明身份”的老阿妈，始终闭目坐在大树下面，把现世的纷杂隔绝在了心理时间之外。故事中自然的声响也因为内心的专注变得极为生动，“树上的叶子像铜铃片哗哗地碰撞”，寒夜里火苗发出“哗啦啦哗啦啦”抖动的声音，身下的羊皮冻得“嘎嘎响”，这些现实的烟火气似乎是来自于神灵的声音。在各种响动中，老阿妈每天的生活就是枯坐在大树下面闭目“等死”。与枯寂的外界世界相对应的是老阿妈鲜活的“梦境”，在梦里“我真的很漂亮，皮肤像一面鼓绷得紧紧的。一群雪白羊围着我，我就站在这棵大树下面，等待着它的到来，我穿着一身揉搓得发白的羊皮袍，脖子上挂着珠串，在胸前发出淡淡的红色”。这里的描述会产生诗歌般的动人效果，颇合智利诗人米斯特拉尔《羞愧》的心理表现，“夜色茫茫，露珠儿落在草上，/你久久地注视着我，深情地倾诉衷肠，/等到明天，再到小河旁，/你吻过的人儿会变得非常漂亮”。如此这般一枯一荣，一静一动的书写，让爱情有了古铜般醇厚的光泽。如果没有时间的淘洗，爱情的质地就少了几分沉厚。杜拉斯在《情人》里让男人开口，“我更爱你现在备受摧残的面容”，就是人们渴望能够经受种种沧桑而爱情更加成熟的心声。江洋才让笔下的老阿妈，也是这样执着于情感，“哪怕我的面容备受摧残，哪怕我丢下所有的记忆，也会如初恋般地爱你”。如此，“枯坐”便有了眺望恒长久远的意义。

《卓根玛》和《老灵魂》赋予“濒死者”和“已故者”超自然的全知视角，他们可以如神灵般俯瞰万物，可以穿越时间和空间看到自己的前世、来路和周遭的人与事，甚至可以体验自己将要或已经终结的生命的瞬间感受。这种隐秘的经验，都通过类似于“说书人”的“我”言之凿凿地讲述和表现出来。一家四代对古老藏舞卓根玛的传承和他们经受情感捶打与弥合的历程跃然纸上。吐蕃“五茹”时期，佛教和苯教博弈，作为奴隶“将可”的“我”在杀戮与爱之间沉浮人生。两篇小说都让读者像看到海市蜃楼一样，感受真实的虚幻和虚幻的真实。小说仿佛是一场梦的演示，每个人在梦里寻找自己想要留驻的东西。

《风事墟村》的结构作为一种“有意味的形式”，成为作者想要表达的内容的一部分。小说的题目和结构让人想起藏传佛教的一种宗教艺术形式——沙画坛城。江洋才让如虔敬的僧侣，用细小的沙粒堆砌坛城，一旦成功则意味着这座坛城的消失。故事采用追述和补述的方式，形成了“不可靠叙述”的模糊诗意。“我”作为一个外来者，听到作为科研所科研人员、长期在墟村种树防风无果的“他”讲述墟村发生的故事。“我”则是“讲故事”场景的描述者、故事的聆听者和故事真实性的见证者。而故事讲述者“他”，继而又以第一人称“我”的身份，开始回溯墟村风事的始末。在讲述中，场景不断回到当下，提醒读者墟村当下风事之盛大。“回忆”的故事从当年狂风还没有四起的时候讲起，开始小说的叙事节奏显得缓慢，甚至会有意“停顿”下来，描述那个包围着墟村的密实的树林。随后猎手塔毕洛哲的猎手的视线成为指引，“岩下的一条青花白斑蛇正试图从缝隙中钻出，享受时日给它的快慰”——诗性的叙述源于自然的生机蓬勃，哪怕我们知道树林中暗藏杀机。叙事的节奏随着塔毕洛哲箭“嗖”的射出瞬间加快了起来，猎手误射了一个土匪，土匪死了。于是战斗开始，于是匪患平息。故事到此似乎应该结束了，一切刚刚开始。官家砍伐了树林，绝了匪患，风却开始刮起。直到塔毕洛哲的孙子出生，一切皆是祥瑞之兆，“是神的化身来平息风患吗？”——孩子却疯了，手握一把藏刀追逐着旋风。讲述者的故事结束了，“他坐起身子把烟蒂弹射出去……然后探手拉熄电灯……接着我听到他把一口痰吐到了屋子的墙壁上。‘啪’，那声音异常清晰，犹如苍蝇拍击打在墙上”。那个把痰吐在墙上的家伙的讲述可靠吗？——读者的疑问立即被“我”的见证重新确立起来。“第二天，我真的看见了那个挥刀追逐旋风的疯子，只是他已白发苍苍，步履蹒跚”。作者精心构架的故事形式如一座坛城，即显即灭、即明即暗、即有即无。作者的写作目的在于，无论讲述的墟村历史真实与否，墟村的“风”都真实地呼啸而过，而且“依然年轻”。这里经代，却依然与命运之手和来自更广泛意义的人类自身的行为之“因”结下的“果”对抗着。小说有着坛城般的意蕴，风吹沙散，意念中的坛城却在失去中显示了难以抹去的存在。

如《风事墟村》用外在紧张的故事节奏表现人物内在笃定的精神信念的短篇，在江洋才让的短篇小说中具有一种类型化倾向。《达瓦赛马》中，从日趋激烈的二十一天赛马前的备战，直到箭在弦上达瓦的焦灼，都被主人公执着地探索身世之谜的行动所暗暗联结。江洋才让的很多小说主题其实就是这样所谓的“我从何处来”的探问，指向人类精神追索的终极关怀。《男神班嘎》从班嘎大叔失踪讲起，开篇便一树三枝，同时推进故事。江洋才让善于“讲故事”，引导读者从片段式的叙述中拼出一个完整的图案。故事起始语调舒缓，讲述了三年前一对外国人在村里失踪的过往片段。这看似闲笔的故事，与班嘎何人、寻找班嘎这两条叙事线索在叙述中形成回纹式的交叉连接。“人丢了”，而作者并不急于带领读者去找人。开篇设置的阅读期待使读者急于去寻找失踪的班嘎，然而此时故事却“停顿”了下来，似乎在说“别急于点燃现世的烟火。让我们到记忆里去寻找班嘎，只有了解了班嘎其人才能了解班嘎会往何处去”。于是从“我”的记忆里，讲述者去探访班嘎。班嘎“傻”，有过两个媳妇，都离婚了，他仍然认真地寻找能来到自己身边的女人。村民怀疑班嘎不能生育，才使前两任妻子离开的。这让班嘎悲戚，他去找树洞哭诉，这使得他显得更“傻”，在众人的嘲笑中班嘎失踪了。故事这才开始展开对班嘎的寻找。故事依然保持缓慢的节奏推进，直到一个无法确认身份的尸体出现而使叙事节奏变得骤然紧张起来。好在因为班嘎缺一根手指头，而确定尸体非其本人。这时，读者才了解那根缺了的手指是班嘎从悬崖上背下已经腐臭的两个外国人的尸体而残损的，这样的事是所有“聪明人”都不愿意冒险去做的。班嘎的“傻”因此折射出关于人心、人性的问题，发人深省。小说结尾处，“我”发现班嘎在精明的弟弟让河道改道的工地上，救助困于水塘奄奄一息的上万条鱼儿时，不再觉得惊讶。班嘎大叔的“傻”与我们的智慧形成了一种隐喻与实质的异位感——没有子嗣的班嘎大叔似乎比村人更明了“生命”的本意。

《逃命》是整部小说集唯一没有发表而直接收入的作品，通过此前的阅读，当你认为已经非常熟悉江洋才让的文体风格时，这篇小说还是会给你带来惊喜。就像策马扬鞭的草原康巴汉子，忽然凝眸观赏与描摹马蹄下一朵有着层叠花瓣的花朵，其反差和别样的美意味深长，值得细品。这篇小说像其他作品一样跌宕起伏。故事发生在吐蕃赞普时期，讲述的是“我”和只认识十天的“他”的出逃记。奇妙的是，在奔逃中，“我们”却用对话把读者引回了“出逃之地”。于是“我”发现了铠甲，接着发现了“他”，而“他”又引出了怪异的村人和一个独居的瞎眼老人，老人则讲述他当年如何发现了这群村人。在俄罗斯套娃式的结构中，故事不断演进，真相逐渐清晰：当年一群战场上反战的士兵因为“逃命”隐姓埋名定居在这里。而当下“他们”为了“保命”又要展开杀戮。“我”和“他”反向而行要从他们的归宿之地“逃命”。小说人物的逃离和回忆的折返，形成反向的运动轨迹。故事的结尾意蕴深厚，沉入水中的“我”和“他”成功上岸，却看到自己死去的躯体漂浮在湖里。“生与死的状态该怎样区分?”如果以精神的不熄为核，那所谓的“死”其实不足为惧。在藏族人的观念中，灵魂的不断轮回就像流水。而水在藏族信仰中恰恰是一切生命的源泉，“是一切生命故事的续篇”。

生与死的主题流动在江洋才让关于记忆与现世的故事里。在这部小说集中主人公们濒临死亡、已然死亡、见证死亡等不同状态中，呈现出“生”的主题。海德格尔在《存在与时间》中这样阐释现代人的死亡意识，对日常的向死而生，人们一方面认为“死随时随刻到都是可能的”，另一方面在“死亡的确定性与何时死亡的不确定性”之间结伴中逃避死亡。江洋才让的作品中《大树下边》的老阿妈却随时迎接扑面而来的“死亡”，《卓根玛》中的非物质文化遗产传承艺人“我”平静地叙述“濒死经验”……藏传佛教中时间无限循环的意识，平息了人们对于生命结束的恐惧和焦虑，死亡并不意味着时间的终结，这使《逃命》中的“我”能够平静地与自己的躯体道别。前世、今生、来世的生死轮回的信念，让“我”拥有一颗勇敢的心。

我迟迟未谈江洋才让的小说《雪豹，或最后的诗篇》。很多时候，作家可能并不希望自己钟爱的作品传播得过于广泛，而仅想在私藏和小范围中被传阅、评鉴。《雪豹，或最后的诗篇》也许正属于这样的作品，甚至会让读者因为珍视而同样产生这样的情感吧。作家沿着时间顺序娓娓讲述，而这个作品是小说集中诗性的存在，晶莹剔透。如果你拿到这本小说集，从《雪豹，或最后的诗篇》读起，将会得到一种迥异于当代小说的阅读感受。

第三辑

“惜诵”与“抒情”间多重视角的诗意表达

——郭建强诗歌创作简论

青海诗人郭建强像高原上众多生长缓慢、内质优良的事物一样，沉着地锻打词语的金箔，专注地提升“语言炼金术”的技艺，不断写下辨识度很高的作品。写作近三十年来，郭建强只出版了《穿过》《植物园之诗》和《昆仑书》三部诗集，却凭借“奇崛、峥嵘”的诗歌品相，越来越被诗界所认可。2015 年，《人民文学》授予郭建强年度诗歌奖。授奖词这样概括他的诗风：“郭建强的诗精悍而细腻，汉语在他的笔下显得谦逊、内敛、从容；偶尔的激越与豪迈，使其整个诗歌谱系显得错落有致，且不失庄严，因而从侧面呼应了他生活的青海，也丰富了看起来必须奇崛、豪迈的西部诗歌。”①

一、地方知识与主体创作的感应契合

郭建强初踏诗坛的作品立足青海、立足西部。1992 年 8 月，《青海湖》诗歌栏目头题刊发郭建强的百行长诗《方向：塔尔寺》。这首得到诗人昌耀先生认可，并由他推荐刊发的作品，是郭建强在上海复旦大学作家班学习的成果之一。“血液干涸，草原的河流会更深沉 / 头颅垂落，远方的鹰成队飞起 / 喑哑琴弦啊 / 我听到了神赐你们的至美声音。”《方向：塔尔寺》以男性的喉嗓唱出了青藏高原生命雄浑壮丽的本色，而镶嵌其间的沉思和低吟，则让这首诗具有交响诗般的丰富、对照和交融。同年 8 月，《青年文学》推出郭建强的组诗《极地之侧》。这组诗或表达独行格尔木以西的生命感受：“格尔木以西 /

① 《人民文学》编辑部:《第二届“人民文学诗歌奖”授奖词》，载《人民文学》，2016（3），208 页。

金黄的阳光葡萄般饱满 / 落地，凝成坚实的沙粒 / 在眼瞳和脚下滚动”[①]（《格尔木以西》），或描写“冰封青海湖”的深水处“鱼儿们仍在水草中沉思 / 或者追赶实来的潜流”[②]（《冰封青海湖》）。一试新声的诗人，其歌唱的物象与意象来自雪域高原，却因为有意地在独特的地理、气候、生物样态中找寻一种普遍的生命感受，而与大量过于强调地域色彩的西部诗拉开了距离。这些发表于25年前的作品，标志着郭建强的写作具有明显的地理、历史、文化色彩，标志着诗人具有纵深挖掘词语矿脉的身份意识的自觉。

通读郭建强的三部诗集，地理、历史、民俗等文化因素并不是其诗歌的装饰语，而是诗人深入其间捞捕、淘洗的诗核。对于郭建强而言，以上元素其实和动物、植物等生命体一样是活着的存在。在这些载体中隐藏着关于过去（也即现在和未来）的重要秘符，郭建强诗歌的使命之一，就是在这一区域不断探掘。诗集《植物园之诗》收录了大量有着明确青海地理文化标志的诗篇。诗人追溯历史，根据《蒙古源流》记载，1206年成吉思汗西征柴达木时写信给西藏萨迦寺寺主扎巴坚赞，表示愿意皈依佛法。为此诗人写道：“火焰继续为蒙古照亮世界 / 弯刀仍然吞咽血肉，但它已找到合适的鞘套 / 道果，必在草原留下不熄的诵念。”[③]（《公元1206年，成吉思汗到柴达木》），诗人用“弯刀”剖开历史的一个侧面，凸显青藏高原地域民族融合、共生的多维面孔。青海省海西州霍鲁湖东保留着一处地质奇迹，它是千万年前因地壳运动海洋退去、地壳裸露而形成的底宽70米、高10米的贝壳堆积体。当直视远古物种，在穿越时间的空间共用体中，诗人写道：“亿万年前的风给双耳送来秘密 / 在青藏高原怒吼的地中海 / 昨天才刚刚退去 / 沙粒和盐收藏着海水的温度。”（《贝壳梁：海昨天退去》）诗歌将地理、地貌的沧桑巨变浓缩到今人可触可感的具体物象中。同时人类用自己的力量在自然地理中建造建筑实体，成为托载人类精神探索的物质形式，这种物质形式同时成为一种稳固的群体认同。“人起源于一种疏远的环境，他创造地方来为他提供根基，所以一个景观就是一部那种创造的传记……有些景观是个别的，是他们的创造者的传记；但是

① 郭建强：《穿过》，50页，西宁，青海人民出版社，2009。
② 郭建强：《穿过》，18页，西宁，青海人民出版社，2009。
③ 郭建强：《植物园之诗》，93页，北京，作家出版社，2011。

也有一些景观是普遍的，反映着共同形势中人类群体的经验。”[①] 诗人这样描述吐谷浑第十三世国王易度侯在青海省柴达木盆地腹地都兰县建造的观象台：“登天的梯子当然该堆垒在戈壁旷野 / 谁的心事盈涨到胸膛不能托举 / 谁就会弃绝兵事、钱粮、歌舞 / 独自夜登高台，仰首问天。”[②]（《问天：科肖图祭天观象台》）诗人将作为历史记忆符号的人文地理景观加以细致可感又贴合史实的雕镂，开辟了一种新的诗化的看待历史的眼光。诗人笔下的玉树藏族自治州 25 亿块经石堆砌的嘉那嘛呢石城亦真亦幻，结实而灵动：“双手摸出六字真言 / 云彩的纹路牵引着雕刀 / 石头上的眼睛，石头上的花朵 / 石头的轻盈类似幻觉。”[③]（《絮语：嘉那嘛呢石城》）诗人用触觉、视觉体察生命的隐秘意识，将外部景观移往内心，并成为特定地域背景下人们日常生活的构成。这些诗歌有的取材于历史事件，有的来自纯粹的地质地貌，有的来自文物遗存，有的截取于某个文化场景……都被郭建强强力冶炼造型，成为一个个活着的可供我们参照、修正，乃至融入的生命体。通观《鄂拉山侧：正在解冻的冰河》《巴颜喀拉：遗址或源头》《遗存：血渭大墓》《祷辞：塔里他里哈》等诗歌，可知郭建强地理历史的哦咏，不是风物志，也不是说教式的议论，而是一种高度的诗歌提纯，是一种历史和地理“把血一口一口吐出 / 让丹霞照人间 / 儿女们出出进进，长大成人”[④]（《红崖子》）的生动过程，是从一种大的历史观、时间观和宇宙观对事物的深度展现。

二、多重视角对现实元素的张力转化

郭建强是那种不断从过去、从记忆、从历史深处汲取能量，烛观今天和探察明天的诗人。因此，他所选择和打量的事物、场景、意象，常常并置于多重宇宙的视角下，从而使得他笔下的铜锁、吉他、台球、水晶、书、口红、镜子、雪、月亮、灯光、梦魇……无不同时具有多种色彩、气味和质地，传达出一种既是象征物也是被象征物，既是观察者又是被观察对象的奇妙感觉：

① ［英］约翰斯顿著，蔡运龙、江涛译：《哲学与人文地理学》，119 页，北京，商务印书馆，2001。
② 郭建强：《植物园之诗》，8 页，北京，作家出版社，2011。
③ 郭建强：《植物园之诗》，105 页，北京，作家出版社，2011。
④ 郭建强：《植物园之诗》，82 页，北京，作家出版社，2011。

“被一个隐喻或象征吸引 / 无力摆脱炽热炫目的幻象 / 一块石头因此长久揣摩 / 阳光的蕴意，露水的秘密。”①（《水晶》）难能可贵的是，郭建强具有沉思冥想品格的诗歌并不是一种书斋学院的产物，并不是精英的收藏品或者手把件。他的诗歌饱蘸着生命激情，语言张力十足。“一场大风带来了多少零落 / 一场血腥的战争”②（《大风》），“剑拔弩张的对抗我心醉神迷。/ 春天，岂是庸人以为之不请自来？”③（《残堡》），“而你们必须更有力地把握刀和心跳 / 必须更执拗地保持守望之姿”④（《致新一代诗人》），在激越的、带着摇滚风格，隐隐能够听到杜甫“风急天高猿啸哀”的啸吟中，郭建强将生命的盛开与凋零，将春天的明亮和血腥，辩证地编织成同一个“团块”，让诗句迸发出一种肉身在场的真切感觉。

诗人善于将个体经验融熔于诗歌的容器，提炼和塑形。语言是表达书写主体生命经验事实的载体，郭建强诗歌善于将生活中具体的、局部的细节转换为诗歌话语，建构起具有鲜明个性色彩的诗歌想象力模式。在诗人散文体诗歌《台球桌边的遐想》中，“一只球疯狂地运转有时只为逼远的另外一只。既而，无数无辜者受伤。复仇。战争。杀人狂。一只只球应声入网，众多的嗜血者却因刀锋锐利而杀意更浓，继续徘徊观望，寻找另外一个目标。也会有这样催人泪下惊心动魄的一幕：脆亮的撞击之后，两只球同时入网。梁山伯与祝英台。罗密欧的剑锋驶入朱丽叶的胸膛，朱丽叶的双唇上罗密欧走过了最为漫长的一夜”⑤。诗人将“台球”这一体育运动与“战争”“复仇”“杀人狂”这些人类复杂的群体关系与奇崛的个体形象编织在一起，由现实场景的描摹转入深层的经验叙述，由单向度的画面勾勒转入多元价值的自我思辨，将既往的狭隘理念看作是“非文学的话语”，引入诗歌领域，让诗歌恢复与时代、历史对话的能力。正如福柯所说：“为了弄清楚什么是文学，我不会去研究它的内在结构。我更愿意去了解某种被遗忘、被忽略的非文学话语，是经过怎样一系列运动和过程进入到文学领域中去的。”⑥

---

① 郭建强：《穿过》，59 页，西宁，青海人民出版社，2009。

② 郭建强：《穿过》，5 页，西宁，青海人民出版社，2009。

③ 郭建强：《穿过》，13 页，西宁，青海人民出版社，2009。

④ 郭建强：《穿过》，36 页，西宁，青海人民出版社，2009。

⑤ 郭建强：《植物园之诗》，131 页，北京，作家出版社，2011。[ ]

⑥ [法] 福柯著，严锋译：《权力的眼睛：福柯访谈录》，90 页，上海，上海人民出版社，1997。

郭建强在一篇诗论里说：“诗，是人与世界摩擦的结果。”这种强调词语触觉的观念，可能与诗人在大型冶炼工厂的电解槽旁边挥汗十年的经历有关。在郭建强的诗歌里，无论是书写和现实社会直面相撞的场景（如《冶炼工厂腹部取得四章诗》），还是语调温和、词语温润的作品（如《雨粒》《良人》《秘色青瓷》），都是“人与世界摩擦”的结果。郭建强的诗歌，无论激越或者悠长，无一例外是自身在这个社会、这个世界的身体反应、生命反应、语言反应，他的诗歌的“基本声调是苍茫、沉郁的，甚至略显喑哑，其中支撑这一声调的是对人生、对世界深刻的洞察和大悲悯的情怀”（诗人陈东东语）。

三、“生命”与“死亡”意识的诗学表达

郭建强的诗歌采取一种“惜诵以致愍兮”的吟哦，和他的成长经历有关，更可能与我们的民族历史有关，与人类艰辛的发展史有关。只不过他的“惜诵”虽然也不断指向内心的创痛，但是哀而不伤，进而能够反向运动，将哀歌化为沉思之曲，甚至是颂歌。2015 年出版的诗集《昆仑书》，开篇就是《十二颂》。这十二首短诗从不同的角度，用不同的音调、音量和音色，为世界万物、为生命歌唱，力图以词的金黄照亮某种沉沦与衰败，再次发出类似昌耀三十年前的那种激动人心的呼喊：“在善恶的角力中 / 爱的繁衍与生殖 / 比死亡的戕残更古老、/ 更勇武百倍。”[①]（昌耀《慈航》）但是，郭建强的声音更加沉郁、更加复杂。正如评论家马钧所指出的：“郭建强所熔铸出来的颂体诗学，无论在成色上，还是在音色上，都在努力还原着善恶悲喜交织共存的复杂世界及其真相……他摒弃了以往颂体诗里像感冒一样四处传播的那种具有浅薄、天真、廉价、粉饰等病毒体征的乐观精神。”郭建强的颂诗的精神深度来自于他对生命的沉思、对时间的沉思和对死亡的沉思。生命的种种创伤和事物的种种衰败，都是诗人体悟和反证生命的珍贵与丰美的证据。这个吸引过古今中外无数优秀诗人的命题，在郭建强笔下又一次产生了在夜幕下焰火明亮、喷泉激涌的效果。

在《穿过》一书中，郭建强的长诗《安魂曲》是明确献给昌耀的雄厚、锐利的歌曲；到了《昆仑书》，诗人又留下了一篇含泪泣血的诗文《与亡友书》。

① 昌耀：《昌耀诗文总集》，111 页，西宁，青海人民出版社，2000。

对生命与死亡的思辨，毫无疑问是郭建强诗歌的一种原动力。在这种动力的作用下，他的一系列以单字作为题目的组诗《植物园之诗》，他的悖论式的青藏地理书写，都强烈地表达了生命处于绝境时的尊严和美丽，并且在这样的绝境之中显示出一种“天行健，君子以自强不息”的勇气和信心。对此，诗人周瑟瑟这样指出：“诗在他（郭建强）笔下是一团‘血墨’，用血凝结的墨，这不是象征，而是诗的事实。他的诗是坚硬的器物，从肉身里冲出来，与时代发生正面的撞击。他的诗是语言的尖刀在沙石上磨得飞快，他时而急速，时而舒缓，但不管以什么样的角度，他的诗准确地刺在了咽喉上，生命的喘气激起了诗更强的斗志，他的诗是对世界的探寻与质问，更是挽救与抚慰。”①

在郭建强的诗歌中，当然有不少试图直接与死亡对话的篇章，然而，更多的是对于死亡的各种变体和象征的敏锐觉察。郭建强“发愤以抒情”的过程，是从个人内心到外在表现的流泻，是从个体生命到普遍生存状况的描绘，是从具象的“惜春悲秋”到抽象的生命观、世界观和宇宙观的思考。他的诗歌语言的织体，是一种充满灵性、关注现实状态、拷问存在意义的复杂抒情。《残片：赫拉克利特》是郭建强目前最长的诗篇，在这 250 行的巨大容量里，诗人动用白描、象征、隐喻等各种手法，以碎片化式的跳跃、穿插、重复，涵咏于一个巨大的时空场域，沉思与思辨生命的形质、变化和意义。整首诗的语言肌质纷复杂异，却又奇妙地呈现出一种类似露珠的单纯。诗人似乎正是以一颗颗露珠反映多彩霞光，并且呈现露珠相互叠映、此消彼长的自然的、也是哲学的形态。即使在这样有着《春江花月夜》《海滨墓园》高度抒情和沉思气质的诗篇里，郭建强依然强劲地保留了生命个体的呼吸和体温，保留了当下现实境遇的形貌和特征，从而显示了一种可以感知和感受的“发愤”的质地和意义。这无疑是诗人对于社会责任的担当，是对这一层面的公共意义的探求和阐发。

在文字学中，抒情的“抒”字，不但有抒发、解散的含义，也可以与传统的“杼”字互训，因而带有编织、合成的意思。在西方诗学传统中，抒情精神早已溢出了个人抒情咏情的边界，所谓抒情精神的求索，早已成为里尔克、艾略特、曼德斯塔姆、米沃什等诗人探索内心世界、探索生存意义、探

① 邱华栋主编：《2017 年中国诗歌排行榜》，335 页，天津，百花文艺出版社，2017。

索艺术的形式、探索社会构成和真实言说的根本动力。郭建强“惜诵以致愍、发愤以抒情”的诗学实践，就是力图在当下接续和汇集文学传统中的重要脉流，并且使之更具有在场性、时代性和现代性。这是当代中国诗歌的流向，也是诗人们的使命。

被湖水映照的丰富面影

——读郭建强散文《青海湖涌起十四朵浪花》

最初读郭建强的散文是《简史：柴达木油田 1954—1958》，文中这样描述西部地貌："西行，西行，西行——直到树林矮下去，变成草场；直到草场硬实无比，骆驼刺在石砾之间亮出孤独的刀尖——直到河流变细变小，成为闪烁着暗光的针尖，刺入地层。"作者锋锐的笔力让人印象深刻，他用敏感而钝硬的触觉，为"人"作为自在的灵魂体在自然中的存在而书写。而沉默如潮涌的西部，在作者深层的感官认知世界里还有另一种不同的表达。

《青海湖涌起十四朵浪花》的"第一朵"生命灵魂之浪花，是从梦境中叙述者流贯的行迹在大湖水底呼吸开始的。这里一改《简史：柴达木油田 1954—1958》凛冽的风格，开篇轻逸灵动，这是作者对另一种西部地貌之美的敏锐感受。他用具有层次感的想象力呈现出一个梦幻的经历：湖水流泻东行，"古城西宁已经在湖水的抚慰下回味往事"，所有的一切"成为水底世界的道具，焕发着一种原始单纯的光芒"。这种势能之力与浮游之轻的表达，是一种极具个人内在经验、精神气象和话语秘密的写作，同饶舌于山美水美的风光描绘式的散文有了清晰的区别。书写者的"体验"不仅是向外的观察，更是一种向内的发现，正如史铁生在《务虚笔记》里说："我不认为只有身临其境的事情才是我的经历，（很多身临其境的事情早已烟消云散了，如同从未发生），我相信想象、希望、思考和迷惑也都是我的经历。"这有理由让读者带着附丽于自身感受之上的个体经验，与作者一起开启"研察隐匿其中的巨大秘密"之旅。绮丽的想象，让经验、记忆和思辨成为生命信息的一部分。作者将青海湖置于天宇时空的背景下，超越人类历史和地域空间，从"月亮"中得到抚慰和启示。无论是人与湖交融的沉潜浮游，还是湖水与天宇的俯仰呼应，都表现出多维触觉的棱角，是文字与环境碰撞出的火花，是对某种被忽视的传统的唤醒。

这种向内发现的个体经验世界的拓展，在“时间的横轴”上是从作者十岁与青海湖的初遇开始的。这是作者的自我意识形成之初，外部世界在感官中强烈的投影。“我”从梦里醒来，晃动卡车中的眩晕，开阔空间里的抒怀……自我真实感受的杂糅与回望视野下“他者”叙述的融合，“他”望见“无数湟鱼浮尸水面……腥气直冲肺叶”，湖边触目的鱼尸与腥臭是完全不同于惯性思维中用“梦幻与理想”的维度对大湖的认知。人称的多元化，使文本在自我观照与外向体验中形成多重视点，折射出作者有痛感的精神思辨。“死亡的空白淡漠地等待着阳光的最后的吮吸和烘烤，直到在夜的阴风中成为一具具木乃伊。”托马斯·曼认为，文学中存在着“魔力”和“现实”两种要素，如果前者表达人类超越向上的灵魂跃升，是作为“观者”的人在与外部世界的体验中显现出的艺术高度的话，那么后者则表现文学直面世界的良知颤动，它体现作者面对生存时空，作为个体生命所拥有的精神高度。它的价值信念不仅是对于“美”的向往，更是对时间、死亡、焦虑与分裂的进入，体现作家精神负荷的强度。

作者沿着生命的来路和踪迹，追溯湖与人交融生息的悠远历史，确切地说是人在湖畔的行迹。如果我们按下快进键会发现，在亘古静处的大湖旁，人类行走的脚步如此匆忙。作者细梳史料：汉朝王莽刀剑泼血、兵戈铁马，留下西海郡的虎符石匮淹没在草海深处；六世达赖喇嘛仓央嘉措踏雪叩拜远道而来，最终又踏浪而去；白佛夏茸嘎布励精图治守护牧人家园，完成时代使命。人类的生命过程在青海湖天青色的图景下展开，犹如海德格尔所言，人类成为一般性主体后世界将被他把握为图像，而当人类把世界作为图像规划与征服时，他似乎具有了某种强大的伟力，于是大湖被强力豁开一道裂口，死亡的气息弥漫。在饥馑的生存状态和人类无止境的贪欲面前，湟鱼被捕捞、被困于生命河道无法洄游，于是生态链濒于断裂。湖水不再于清澈中见其深度，而是在血腥中浮游洞开口眼的鱼尸。作者一改空灵的诗意表达，用记者干练有力的笔法探察、记录、追问，以期唤起人对自身从遮蔽到澄明的拯救。

这种拯救的可能性，在作者的笔下来自于天地自然，来自于青海湖自在的强大的生命能量。正如湟鱼数量在几十年间锐减的背景下，今人能做的就是把它归还给大湖，“只有大自然仍然在辛苦而慈悲地维系天地平衡，努力赋予人类并万物生存的空气、土壤和血乳”。人力图将天地、自然把握为对象，而最终人类应该意识到自己只是天地间的人，“人通过反观自身得以真实地存在”（陈超语）。所以作者的笔下青海湖（自然）的世界比人的世界大。阳性的布哈河带着洪荒宇宙的元音注入青海湖；在静默中炸裂、分离的湖水的洞开；在“宝石”般与天宇的神秘的旷古呼应之间，人类借助于宇宙星辰所窥测到自己的命运，它揭示生命的伟力和个体生命深层的联系。

作者的文笔在这里显得开阔、从容，即如天地间从容的俯仰生息的代代族群。让我们静观这段文字：“朝霞。朝霞一次一次地从深沉梦境脱颖而出，像一位端坐高处的唐卡大师，耐心沉着而又饱含深情地雕刻黎明。一丝丝带血的光线，清亮地扑向湖水，湖水在隐约的响动中显现出水晶般的妊娠纹路。天青色的湖水一波一波地涌向湖岸，温柔而急切地发出呼唤，草叶簌簌；而后晨光修剪出一个个纤细的身影，光线让金露梅和银露梅露出动人的耳廓；银亮的鸟鸣四处轻击，鸟儿扇动翅羽正在抖落最后一片昏沉。最后，犬吠、人生，背着水桶的女人，顶着清寒牵驱牛羊的男人……又一个清凉夏，被带到了人间。”这让我们想起德富芦花笔下的《大海日出》《利根秋晓》，这里的“景物”即天地，它有大美而不言，它缓慢地变幻、瞬间的开落和若有若无的气息流转，只有身处其中和它们朝夕相对的女人和男人才有幸明了。作者为我们复原了人的深层感官认知中的柔软以及那个生动的世界。

读到这里我们应该可以理解，“第一朵浪花”的梦幻之“轻”是为了生命之“重”做出的反应。青海湖作为“母亲”的面影与海子笔下“少女”的动人身姿，在叠应中表达更为复杂、深广的含义。虽在其中，但是成为海德格尔所谓作为一般主体的人还需时日。他们只是“环湖而居的各色囚徒，兵卒乞丐，江湖远人”，这些“被人类社会逼崩而逃的艰难谋生的群体”正是我们共同的祖先。对于他们而言，青海湖更像是一位宽厚而又严厉的母亲。在这里，人的恐惧、分裂的自我悬置感消失了，大湖的气息成为人的生命借以呼吸的东西。作者对于青海湖的身体感触、现实批判和生命反思，融汇于天地运行生生不息的律动。正如郭建强本质是诗人一样，《青海湖涌起十四朵浪花》以诗歌《青海湖畔沉思曲》收束，在诗中感应和思辨的内外双重世界的相互打开，探寻人类深层生命本质意义，这让我们看到此文的底色仍是诗歌，是诗人“估价生命之思限度”的又一次尝试。

平安大地上的生命之花

——评雪归小说《时间给的药》中的拉姆形象

雪归的小说《时间给的药》以拉姆晚归翻车，脸被划伤留下疤痕作为女主人公的收场。但小说给人的情感体验却并不忧伤，而是对于主人公生活继续的更美好的期待，这种“哀而不伤”的气氛来自拉姆形象的丰富性。摄影爱好者唐冉的“他者”视角、作者的宏观叙述以及拉姆的自我意识的穿插描写中，一位青海东部普通藏家女子的形象跃然纸上。

小说的开篇，拉姆在家乡巴藏乡新开设的花海旅游景区卖“炕洋芋”，偶然出现在游客唐冉的镜头中。“炕”是一种西北地区烹饪食物的传统方法，“洋芋”是青海对马铃薯惯常的称呼。这女子一出场即与山乡大地融为一体，唐冉眼中的拉姆“顶着红白格头巾，现在就是乡下人也很少戴。头巾是方的，以前农村妇女会将它折叠成三角，把头包起来。头巾两角或是系在下巴下，或是拉过去在后脖颈处挽一个结。这两种系法唐冉看来都不好看，都显得土气”。就是这个显得土气的女子置身花海，给予唐冉人与自然相依傍而产生的巨大美感。他用朋友的诗句来形容眼前的人儿：“每一株朴素的花朵 / 站在大山厚重的额头上 / 是阳光下慈眉善目的菩萨 / 给人世间讲述生命的轮回历程。”主人公固然是花海之下诗意美的体现，但是唐冉更欣赏为生计而奔波的烟火气。小说用紧凑的语言描述拉姆一边炕洋芋一边卖洋芋的过程，熟稔炕洋芋的她之所以“忙到不可开交”，显得紧张和局促，不是生意太多，而是因为初次与陌生人交流。这个往日在家宅和田间奔忙劳作的藏家女子，此时在花海前人群中“如此与众不同……如此孤单，如此渺小”。在唐冉的目光中，忙碌的女主人公生出一种自在的生命律动之美，这是与观察者在城市娇美却飞扬跋扈的妻子全然不同的女性形象。

对传统食物制作的熟练和应对陌生人的慌张，在花海前拉姆的身上形成了鲜明的对比，表现出在进入新农村建设过程中，从传统农牧业向现代社会新的生活空间转变过程中人的重新定位，人际关系的重新组合。拉姆从熟人维系的“无机团体的社会”进入现代的不同个体相互配合的细致的社会分工的“有机团体的社会”，肯定既有新鲜的认知，也有不适的感受。生活经验与传统日常行为不同，所以便有了面对食客善意的打趣，“她的手也抖了起来，一朵红云迅速飞到她的脸颊上”的反应。商业环境与拉姆以往朝夕相对的父老乡亲、丈夫孩子的乡土经验形成了巨大的反差，唐冉观察到拉姆与众不同的孤独和渺小。

如此藏家女子何来？作者继而用全知视角呈现出拉姆的生活图景。村子旅游景区的开放，让拉姆看到在照养婆婆和孩子的同时，有增加收入的可能性。拉姆想要通过炕洋芋获得收入的动力，并不是意在改变自己的生活状态，让她产生巨大行动能量的原因是那种能更好地供养家人而产生的巨大幸福感。作者在这里将叙事的节奏放慢，丈夫外出打工，拉姆生活的全部是照看年迈的婆婆、上小学的儿子、长大了有爱美之心的女儿，还有那几只羊和几十只鸡……这些是拉姆生活的底色，也是拉姆劳动的动力。由此，一个紧挨乡土生活的少妇形象的轮廓被勾勒出来。当遇到必须独自驾驶三轮车把炕洋芋的家当运到景区这一让她“心惊肉跳”的难题时，拉姆依然用坚韧的毅力克服了困难。当最好的售卖季节——夏季也接近尾声时，乐观的拉姆安慰自己“先练练手，让自己熟悉起来，明年再早早开始”。主人公遇到事情总会以善良、积极的心态面对，这个藏族女子有一种温暖向上的气度。拉姆收了唐冉买洋芋的钱之后，回家便开始精心挑选洋芋，即便第二天天气阴沉，拉姆依然守约前往等候的地点。

好的小说是观心之作，拉姆内心的丰实与单纯，在主人公自我意识的显性书写中得以明晰地展现。如前所述，在唐冉的眼中我们看到拉姆美的自在性。在拉姆的精神世界中有着对现实生活的笃定与自信，这来自于日常劳作的充实感受：她习惯于从泉眼背水回家，从炉底铲上炭火放进香炉，向着阿伊赛迈神山虔诚地祈祷，照顾一家老幼的一日三餐……而当自己能有机会改善一家人的生活状况时，她果断决定、周全准备，这本身便具有质朴和坚韧的美感。而小说中让拉姆发现自己的美则是通过唐冉的摄影镜头，相机里的影像定格让拉姆有机会反观自己，凝视朝夕劳作的自己，“有一张是她微笑着歪着头拿夹子翻洋芋，她身后的花海五颜六色，非常好看。她就想要这一张，唐冉不会拒绝吧？她想，不由得再次微笑起来”。拉姆发现自己的美，并且想将它收藏起来，是女主人公美的自我发现与追寻的起点。

拉姆处于不断的自我成熟的过程中，下窖取洋芋的细节颇有味道。答应给唐冉带洋芋，丈夫又不在家，拉姆决定自己下窖。婚前拉姆怕黑，怕老鼠和臭板虫，有了孩子之后，为母的责任感让她克服心理障碍，适应黑暗，甚至捕捉鼠虫和孩子一起研究。这个有寓意性的描写，将农家妇女拉姆坚实的成长历程清晰地勾勒出来。此后小说情节急转直下，拉姆因为雪天路滑驾车摔倒，脸上添了伤疤。面对美的失去，拉姆“濒临崩溃”，更加难受的是，“本想挣钱给儿子买一个漂亮的书包，这下不知道要等到什么时候”。如此生活中的遗憾竟然大于破相的伤痛，这样的结果只有在将家人的幸福置于自己之上，才能够出现。在作者的笔下，这成为“美”的更深层次的表达。

至此，一个与平安大地紧实连接在一处的乡村时代新女性的饱满生命形象在字里行间跃动闪光，成为平安大地上的一朵动人的生命之花。

以肌骨听取河湟春泽

——了然诗集《干净的雪》浅读

读鲁迅先生翻译日本作家鹤见祐辅的散文《落日》："当冬天的晴朗的清晨，秩夫的连山在一夜里已经变了皓白，了然浮在绀碧的空中。"我自然想到了诗人了然和他笔下的河湟，如诗人的名字，那静谧、微凉的河湟在诗歌中了然呈现。

如刘晓林先生所讲，"对河湟风情的展示，成为青海诗歌的一种地理标识"，河湟诗人的诗学中充满了情感认知的"诗歌地理学"。这是一种以河湟谷地为地理原点的饱满而紧实的书写。了然笔下的河湟是安静的。整本诗集中，自然万物潜滋暗长，农人、农事无声无息，只有偶尔的"鸟鸣"在"练习春天的发音"。同是河湟诗人，杨廷成笔下的河湟乡山弯镰嚓嚓，鞭炮摇响，耕牛长哞，铜锣响处有女子的歌吟，甚至河水也会愁肠百转地呜咽——这是一个活色生香的河湟。了然却有意味地将乡间大部分的响动净化了，似乎是为了听到更加细碎、微小的声音，正如诗人在跋中写道："她薄薄的，如风中的一片叶子……她悄悄地来，也会悄悄地落入尘埃。"这彰显了诗集整体的精神气质。

静谧安稳的大地之上，诗人用密集的物象呈现来自河湟乡村的微凉骨感之美。"沉向水底，顺向风"的芦苇，"柔弱、谦卑"地站在"穿透世界无处不在的风"中的不知名的草，"借助一场风挤进门缝"的雪。诗人自己也会"屏住呼吸"，在薄冰上行走，他"怕脚下的冰会碎裂"。这种"微微的苦凉"化作诗人"凄楚的泪"闪烁最后的光芒。同时这片土地之上的河流，"被浩大的天空扼断了脖颈 / 它四散弥漫开，破碎"，"流着流着就断流了"，它"弱弱地流淌"，"承载不了一艘船"。此处"从白头的巴颜喀拉山走下"的浩荡的、运载船工的大河消失了，诗人用微痛的笔调写出北方土地上"坚硬的骨骼"，这骨骼"是污垢紧裹的一块琥珀"。诗人敏感于生命之痛，却在骨殖深处磨平伤口，哪怕“它碎裂的声音被挤压出来”，也在“无法剔除的痛中”用“诗歌取暖，照亮脚下的路”。

微凉的生命感受在了然诗歌中进而体现于一组不断“下落”着的物象中。正如诗集的名称《干净的雪》，诗人爱雪，诗集中“落雪”的情景俯拾皆是，一场雪“只为将苍凉掩埋”，“结成了一张干净的白纸”，雪将万物净化，雪可以“压住悲伤”，可以“漂洗人间”。同时我们会注意到，诗人笔下如“无边落木”萧萧而下的，不仅是如樱落雪，还有一如鹤见祐辅钟爱的“落日”。“低下去的光线”中，“春天的花瓣落了下来，秋天的叶子也落了下来”。同在瞩望河湟村落的杨廷成笔下多是生动和温暖，与了然形成对应：“炊烟四起的乡村”，“以天梯的傲然之势/搭上辽远的云端//他们祖祖辈辈/就沿着这北方的云梯/牵儿携女地向上攀登/仰望苍穹里伸手可及的星群”。两位诗人一个伸展向上，精神状态中的超拔之气立显；一个俯身向下，那些“落雪”“落日”“落叶”“落花”，还有种子和果实落入土地——葵花籽“果敢地撕裂坚硬的胎衣/那么多孩子蹦了出来/像大地上的蚂蚁/蹦蹦跳跳，遍布四野”，终于同“干净的雪”相融相生。了然的诗是扎实的，有着大地之上神秘的、蕴含生机的黎明之前的平静。“我们同花朵，葡萄叶，果实交往/它们说出的不仅是岁月的语言。/从黑暗中升起一种彩色的显现/其中也许还有那肥化土壤”。在里尔克《献给奥尔甫的十四行诗》中，我们也找到相似的低唱，在一次次的降落、融合与更生中丰富着生命的形态，在不断的涅槃中获得永生，这是一种生命的循环观。于是诗人再度靠近神谕，“那是故乡深翻后的一抔新泥/是待将迎娶的新娘/是超越律文的一声佛语的低唤”。这种“未许木叶胜枯槎”的笔法，接续中国传统的审美精神，微凉骨感的书写中蕴含一片萧疏秀朗之气。

“万物流形”，诗人的笔一触及农人、农事，便多蕴含出春之光泽。诗集中少有的丰腴意象“脱土而出”——“思来想去，我还是秋天的土豆/谢绝金黄怀里的高贵/我在泥土里长大/喜欢做自己胖乎乎的梦”，一向皴擦的笔法转而泼墨渲染起来，梨花初谢的谷雨，擦亮犁铧的立春，昼夜相长的秋分，木柴羽化的炉火，暗夜长明的灯盏，打打闹闹的炊烟和熔铸铁石的镰刀、锄镐……如此一来，静谧的河湟谷地便显得生机灵动。

大音希声。只有长久身处其中，与这片泥土耳鬓厮磨的人，才能如穿行其间的蚯蚓，用他的“肌骨和心脏”听到来自河湟地底的声浪。

语言的深度

——阿甲诗歌初读

20 世纪的西班牙，在毕加索之后出现的伟大画家塔皮埃斯说过一句定义艺术的话，“给平庸的东西以威严，给日常的现实以神秘”。

阿甲的诗集《雪上的日子》让人想起意大利导演米开朗基罗·安东尼奥尼和德国导演维姆·文德斯联合执导的名片《云上的日子》。影片用四个不同的故事探究人性的复杂、深沉和神秘，爱与罪的双声咏唱表达着人们内心的丰富、孤独和明亮。《雪上的日子》同样旨在于幽暗的时间、历史和人心深处探寻生命的奥秘。阿甲的诗歌语言明亮而剧烈、纷繁而质朴、多维而集中、雄辩而沉郁，用多种方式和声调，用青藏高原的风清洗现实的泥垢，还词语以原初、灵性的纯粹和深度。

诗集《雪上的日子》开篇以一首回响着荷尔德林、惠特曼、帕斯和昌耀声音的诗歌——《河流汇聚之处》代序。这首诗以明亮的诗句“时间将我流放到这里——”开篇，所传递给读者的是关于汉语源头诗人屈原命运遭际的叩问，是对于写下宇宙、世界、社会和人的灵魂结构的佛罗伦萨诗人——但丁背影的投望，是骆一禾在他的诗歌《世界的血》中庄重、肃严而自信、明亮的琴弦再次拨动，也是早逝的天才诗人海子站在黑夜大地上，向天空群星发出的忧伤而灿烂的再次约请和自我命令。阿甲在这首诗里清晰地看到了自己的使命：“为了抵达一个明亮的核心——/ 人神狂欢的浩大时空。”而这个明亮的核心就是澄明的语言的世界。因此，诗人必须在“语言创造了我”的先天条件中，以卓越的勇气和智慧重新擦亮与复活词语，给予语言以深度。只有这样，在诗歌中人与世界、人与灵魂才可能回到“这里：语言明亮的内心”，诗人才能凭借语言的复活而复活，进而“安于命运丰厚的馈赠……/ 倾听——/

语言将我静静诉说”。阿甲的诗歌建立在语言的重构和歌唱之上，其基础则是个体在命运流转中的砥砺与洗礼，是敏感于诗歌触及词与物、词与人的词根，是青藏高原高峻而凛冽的语言环境。

纵观中国诗歌新诗的创造者们，胡适、郭沫若、闻一多、冯至、穆旦等诗人大多学贯中西，涵养丰厚。而朦胧诗人们则多具有知识分子气息，却因为种种原因没有接受过正规意义上的高等教育。北岛、多多、芒克等诗人身兼唤醒生活与词语能量，复活诗人社会发声能力的双重使命，他们以良知、道义、情感与同时代虚弱的被规定的假民谣式诗歌和苍白的颂体诗歌角力。他们从两方面革新诗歌语言，使得汉语诗歌面目一新。第三代诗人在语言的深化和语言的直接表达两个层面反对朦胧诗群，前者一脉以西川、欧阳江河、臧棣、王家新、翟永明等诗人为代表，借助西方现代诗而使汉语诗歌呈现出新的气象；另一脉则以重现中国古代诗歌精神与美为旨要，在万夏、赵野、宋渠、宋炜等诗人的作品中异常生动。与之相对的后者是以于坚、韩东、杨黎等倡导的口语诗，他们强调语言的瞬时跳跃，拆除知识、技术和语言之间的各种预设，力求直接地以语言呈现世界和内心万象。虽然如此，无论是强调诗与思贯穿世界的诗人，还是即兴、灵活，在瞬间爆发中舞蹈着的诗人，第三代诗人大多来自高校，两者对于语言的理解和应用，其实都可以在西方诸文学与哲学理论中找到背景。而他们血色的、原质的语言弹拨，相较于北岛们反而有所不足。阿甲恰恰在这二者之间，如同江河在横山峻岭中切出一条生路，他的诗歌带着浓厚的个体意味和青藏色彩。同时其语言具有一种穿越西方诸多诗人殿堂，并在汉语流脉中找到新的激涌点。“我攥紧记忆，攥紧滚烫的沙粒——/‘让时间停顿，雨滴悬在空中/让破碎的镜子，重返一面湖泊的幽静/让我再摸一摸：未曾蒙尘的树叶/未曾定格在土层里的鲜活面孔！’”（《断裂的声音》）这样的修养必须建立在长久地追求诗意的基础上，更建立在保持诗人内心血质的基础上。在今天高等教育大众化的背景下，博学的诗人众多，而青海诗人中阿甲、郭建强、张正等人却没有接受过正规高等教育，阿甲的诗歌和另两位一样具有一种孜孜以求并且努力自我发声的特点。可能是这几位诗人在青少年时期已经远离高校，接受生活的锤炼和磨砺的缘故，在他们的诗歌中始终保持着一种原质的、朴素的生命感觉。

阿甲把这种感觉和同样经历生活磨砺的世界诗人联系起来，在他的诗歌里，我们不时会和一大批西方现代诗人的背影、面容、声调、气息相遇。阿甲更感兴趣也更能被激发的，是在严酷的时代和社会中那些能够看到“黄金在天空舞蹈，命令我放声歌唱”（曼德尔施塔姆语）的诗歌诸神——曼德尔施塔姆、阿赫玛托娃、茨维塔耶娃、帕斯捷尔纳克、索德朗格等俄罗斯与北欧诗人。他们诗歌中语言玉石般的清朗和内里炽烈的气质，与阿甲在语言生动、强健和诗艺自由成长中产生共鸣。而惠特曼、聂鲁达、帕斯等美洲诗人的宽厚、玄秘和蓬勃，是阿甲诗歌对应于青藏地区高耸、阔远的另一种语言生成。尤其需要说明的是，阿甲诗歌中对于尼采、荷尔德林、里尔克、保罗·策兰等德语诗人尖锐深邃的生命体验和语言表达，本能地显示了一种亲缘的关系。“现在我踏入了家门……”（《风中的柯柯》），“黑黑的车厢：结实，巨大 / 悄无声息地向后运行着 / 透过玻璃，你看不清 / 里面装的东西”（《反方向的列车》），“漂泊者的头顶 / 渐渐呈现一片清明 / 一种引领，一种光明 / 一种幸福，将要伴我一生”（《遥远的诵经声》）。阿甲诗歌中俯拾皆是这些描述人类共同处境和命运的诗句，这是对于里尔克“秋日盛大”的续写，也是对海德格尔“诗人何为”的青藏即时回答。

而青藏高原四布的如父如母的雪山冰川、江河溪流、云杉圆柏、雪豹牦牛也将一种清洁向上的品质回赠给了诗人。阿甲的诗歌因此奇妙地超越时空，与荷尔德林的大地、河流、高山、森林的颂歌以及神灵和人类进取的颂歌形成了呼应。长诗《生长之夜》直抵生命与语言之核，从诗歌的体量、结构的别具匠心，到意象的纷繁明丽、诗体流转的气势和灵动，可以读出这是一首融汇与创造的命运之歌。在《生长之夜》里，我们与神话、历史和当下同时迎面相遇，我们的身体和内心在一种既具象又抽象的境遇中，感受浓缩的诗意和永不放弃的探寻。这首长诗由“空心：人之挽歌”“深渊，灵之结构”“飞行：神之探问”三大部分组成，隐隐与但丁的地狱、炼狱、天堂相对应，诗句直指人的命运的救赎和改变。在饱浸西方诗歌经验中的《生长之夜》，还难能可贵地保持了阿甲个人体验、青藏色彩和中国景象。“只有投身湘沅之流的楚国王臣 / 只有借那断头台的月光抚琴啸吟的竹林贤士 / 只有盛唐的秋风里挨饿受冻的瘦弱诗人 / 只有沿途布道，累累如丧家之犬的乡村教师 / 只有喜马拉雅山麓修行的僧侣 / 只有骑牛远遁于西天落霞的诡辩家 / 试图说出些什么。在古老的屋檐下”（《生长之夜》）。这样的呈现可以说是建立在中国新诗百年来的自我体认和成熟的基础上的。我们在阿甲的长诗中可以看到骆一禾“屋宇”与“飞行”式的，对中国经验提炼为人类整体命运感的努力，也可以看到海子“土地”式的生命的叹息和吟唱，而昌耀“明耀的，哭泣着追求”的形象和意象，也如七彩虹霓，成为诗歌的精神。阿甲的诗歌起源来自于一种至深的矛盾，所谓“我起源于大地和天空永恒的冲突、和解”（《生长之夜》），这是人类发展的永恒矛盾，是人类命运所面临的永恒矛盾，也是所有艺术家、诗人必须面对的永恒矛盾。因此，这也是所有诗歌所要面临的永恒的母题。

阿甲处理这些超验的经验时，所运用的材料有逻辑的抽象思辨，更多的是平凡的、平常的，乃至在当下物质富庶的社会几乎被忽略的事物。他的作品中有大量“劳动”“围墙”“力量”“书桌”等词语，显示了一种于普通中见本质的诗意。“一件洗得发白的工作服，渐渐露出大地的颜色”（《工作服》），“铁路边上的一间房子里 / 时常，我感到轰响的列车从头顶 / 轧辗而过——”（《书桌》），“但他依然站在那里，太阳一遍遍刻画着他的脸 / 诗行的绷带里，醒着，伤口般的眼睛”（《伤员》）。阿甲笔下如此的诗歌恰恰是劳动者（无论是体力劳动者还是思想者）对劳动本身的认识和尊重，换句话说，也是诗歌作为劳动的一种可感可触的预言。

每一位艺术家都有自己的神谱，阿甲的组诗《群像：生命的浮雕》以诗句刻画了梵高、伏卢贝尔、夏加尔、波洛克、毕加索、塔皮埃斯五位西方画家。这五位画家都有着在普通事物里锲取出神圣光彩的金手指，都有着对生命巨大而深刻的认识和体验。他们绘画语言的精深、纯净和炽烈，也应该是阿甲的诗歌追求。请让我再次重复塔皮埃斯的那句话，作为初读阿甲诗歌的结语：“给平庸的东西以威严，给日常的现实以神秘”，这是艺术的神秘之处，也是艺术家的使命。

在一缕青铜的芬芳里，抵达最明亮的黎明

——马敬芳诗歌浅读

诗人马敬芳在青海一所高校里工作、生活、写诗。他的安静，很像是一抹碧波之上流云的投影，无意于风扬浪涌潮头的热闹。他只是以诗歌定格时光的影姿，追溯历史的长梦，以期达到史前神话般的单纯和明亮的自然状态。

一

在诗人的诗作中，密集地书写历史、深入历史、感悟历史，是马敬芳的写作地标之一。“今夜我头枕高原横卧于苍茫神州 / 上下五千年的梦境落满金秋的原野”（《祖国啊，祖国》）。诗人驻足高原，俯瞰斑驳的历史。《梦见庄子》《晚钟》《俑》《独坐于全唐诗中最阴冷的黄昏》《甲骨文》《钟鼎铭文》《发掘现场》……乃至于直接命题为《历史》的诗歌，犹如散发悠远时光的钟声，穿越一层层时光的雾霭，直接抵达“文化层以下的泥土”，需“一次又一次用古老的陶罐汲满清水扑灭内心的火灾”（《祖国啊，祖国》）。除却这些诗题明显枝生于历史的作品之外，在马敬芳的其他作品中，也大面积地布满了来自古代的碑碣石刻、农具乐器、车马金银，以及诗酒啸饮，南山独坐。叠叠层层、密密麻麻的考古事物、历史意象，以及饱浸汉文化光泽的诗书传统，在一个偏居青海的当代诗人笔下，闪烁着一种泥垢尽洗的青铜的原光，传递着一种来自文化上游的“惟兹佩之可贵兮，委厥美而历兹”的芬芳，也承继着一种“夜中不能寐，起坐弹鸣琴”的忧愤。诗人如此反复地瞻望、体味和思悟古代，不知不觉间和当下一些标新立异、投机取巧的写作拉开了距离。

二

马敬芳诗歌的历史写作显示出回返和反思的双重面貌。表层是目光回溯式的历史行走，深读则显诗人追问历史的凄厉长嚎和泣血独吟。在历史深处，尤其是度过史前明朗早晨的历史深处，诗人神接范蠡西子，却早知自己“再也不能开怀痛饮 / 我怕饮下一杯滚热的酒水 / 伸手入怀，却摸出来一串结冰的句子”（《初冬》）的困窘，北望神州，明了的是“指模早就遗落于潮湿的墓砖和破碎的陶瓶”（《远足》）的现实际遇。毫无疑问，马敬芳的历史漫游、典籍漫游、人文漫游，远不是“胜日寻芳泗水滨”的那种安闲，也不是“江湖浊雨浇漓酒，苍莽芝草荟萃茶”的安定，而是深怀忧时、愤世、疾俗、嗟生地探寻人生、探寻历史，以求解“我心忧”的沉重书写。诗人心知肚明，任何盛载辉煌与美的事物，其实都经过了黑暗的锻造，而在这一过程中，历史过滤了太多的来自活生生的人的血和泪，“把青铜冶炼成音律 / 需要多少人的体温 / 才能达到合适的火候 / 失传已久的配方中 / 泪有几分 / 血占几成……”（《编钟》），这几句写在《扶起时光中的倒影》书封的诗句，其实是解读马敬芳诗歌的一个密码，显示出诗人测探历史的器物并非是某种仪器，而是来自生命本身的温度。诗人对于历史的所有触感，全部来自现实的触探。诗人叩问历史、神游八荒的诗歌旅行，旨在破解生命之谜、社会之谜、心灵之谜。因此，诗人不惜慨言“我是在喝光了以往的歌声之后 / 不得不像一座沉重的大地 / 背负着从骨骼中提炼出的丛丛钢铁”（《我若静默》），这样才能“囟门凿开一个洞口 / 再向前 / 掘进五千年 / 拜谒先祖的亡灵”（《历史》）。马敬芳的拜谒实际上是满腔血涌的拜谒，他想叩问亡灵，“自己的血脉是否纯正”，“金戈铁马 / 只为了争夺几寸握在手里 / 暖不热的光阴”究竟是有什么意义，他想要清算“骨骼里寄附了多少寒毒和热症 / 经络中纠结着多少黑暗与光明”。

诗人心生如此巨大的问难和求解，与他生活的实状有着直接的关系。通读马敬芳，则见诗人的精神状态，一是在历史地理中的精神漫游，一是现实生活中的境遇和感触。在马敬芳的表述中，现实生活犹如一头闯入内心的怪兽，使得在远古“生”与“活”本为一体的生命感觉被野蛮撕裂。在马敬芳的诗歌里，此世之不适的生活感觉，是以钢铁、水泥和电子信息为表征的“都市”——“今天，更多人在不断涌入都市，其实不是我们居住在城市，而是城市入住了我们。有时我感觉自己就像是一匹流落到街心的病马，条条道路穿心而过……都市生活无疑加剧了人性异化的过程，我们流落于自己的体外，找不到原籍。其实就是找到了，又有几人愿意回去？事实上，我所说的都市不是生活环境，也不是生活状态，而是一种心灵状态”（《众神的群山》后记）。

在都市这样一种心灵状态被严重异化的精神指代中，失去灵魂、失去家园、失去文化之根的诗人，流布于诗行的满是各种灵与肉皆不可安置的苦闷和不适。当诗人言说“今日就让我脱掉沉重的盔甲与姓名 / 轻快地去往东方以东”时，看到的却是现代人“以乌黑的墨镜将形形色色的目光拦回体内……半截手套里伸出的怪异手势顿时将我挡在今生”（《远足》）。马敬芳具有强大的将抽象具象化与形象化的能力，在这首诗中，他将内心与现实的隔膜与冲突，具象在“桃花飘曳的渡头”，通过如此的形象对比呈现现代人理想与现实的割裂与痛苦。而在另一首名为《孤独》的诗中，马敬芳吐露那让心灵裂痛、几乎不能承负的痛苦，“再也不能坐在水面抚弄掌心的一朵浪花 / 再也不能隔着茫茫烟水数一数两岸的牛羊”，诗人的痛苦显而易见既是个体感觉又带着群体的记忆；既是对当下某种处境的反应，也是穿越时间的历史共感。

每个诗人都有自己的通灵法宝。马敬芳将日常生活经验与历史经验深度融合的能力，是他的诗歌的基础之一。他在《众神的群山》后记中自白：“我感觉自己每写一首诗时总有着一种与日常经验不一样的体验，仿佛处于连自己也无法解释的特殊状态，经历着一场灵与众的分分合合，常常物我合一或物我两忘，逡巡于幽明之际，飘飘然不知所之。”

我总觉得马敬芳的诗风与魏晋阮籍有几分相像，只是马敬芳内心的燥热感和孤独感比阮步兵表达得更为直接。但在寄兴幽远，以此身看永恒方面，他们却有着不少契合，旨在直刺千秋万代共嗟叹的生命本相。为此诗人让现实穿透自己，覆盖五脏六腑；诗人借着沉痛而飞身历史深度，“既然所有的门户都已关闭 / 门环上落满破碎的月亮 / 就让我独自逡巡于寂寞宽广的路上”（《徒步去天堂》），他要抵达更深处，以求得为什么这样生存的根本答案。

三

马敬芳被困扰和寻求解决的问题，和屈原《天问》参差仿佛。一方面，诗人受困于自我命运的囚禁，苦闷顿生诗酒解忧。同时诗人并没有将自我个体的命运理解为世界的秘密，生命的唯一密码。诗人说："一头是血肉之躯 / 一头是生生死死的命运 / 小小秤盘哪能称量出 / 孰轻孰重 / 面对死亡，我惧意全无……"（《扶起时光中的倒影》）另一方面，诗人更关心的并不是肉体的、个体的生命困境，绝对意义上的人类命运走向、人类精神的增损、催动人类和世界健康明亮地运行的血液，才是马敬芳的诗歌主核。个体和整体的关系，在《晚钟》里有着形象的表述："我仿佛意外地拾起了过去遗失在街边的种种愿望 / 我的手掌上堆满了苍凉的文字和青铜之晕"。马敬芳最终想知道的是："古老的渡口啊 / 告诉我 / 渡过这条阻断方向的河流 / 前方究竟有多少因缘多少劫数 / 为什么我总被秘密吸引 / 又总被秘密掩埋 / 刻在陶罐上的稻穗 / 可能装满亿万年后的仓廪。"（《问津河姆渡》）

我们基本可以确定马敬芳都市（生活）—历史（文化）—神话（生命）的三维写作模式。在三者之间，现实生活是历史的延续，历史则是现实的青铜镜面，而神话是二者的母体和未来。在诗人的两部诗集中，关于三者的词语遍布其间。历史的青铜质感，既是现实峻切征象的直接根源，也是接近源头和神话的启示和坐标。马敬芳这位"走不出酒杯"的怀念精神原乡的诗人，以递进的方式，由都市文明而退至高度发达、也深埋腐蚀因子的古代文明，继而由古代再退至人类的萌芽时期，在小河、河姆渡等文明初醒之地，一洗魂灵。最终，马敬芳一马远驰，直至天地初成的美好状态。

马敬芳将多年的生活经验、生命感觉和诗歌性灵，凝聚在长诗《众神的群山》中。这是迄今为止，诗人体量、气度和深度最为可观的长诗。此诗隐含人类文明的发展历程，"人"在历史长流中的俯仰，命运在时间中的锻造，以及"人"最终的自省反思和自我重造。全诗以"引子　诞生于蛇尾的生日"起始，以七节主题诗为隆起，以"尾声　走向远方"结束，较为完整和清晰地展现了马敬芳的诗歌风貌和诗歌风格。

《众神的群山》长度近五百行。"引子　诞生于蛇尾的生日"，用大地、花蛇和河水等意象，缩写了流传于世界许多民族的创世神话，也隐含着今天大众较为认同的生物进化史观。“伴随着大地的微微震颤 / 大地深度的疼痛瞬息传遍全身 / 而你若也不能忘怀 / 另一条花蛇入梦……”诗人起笔以现在追溯往昔，以回忆的语气追述创世远古，在二重时间里构成了语言张力。

接下来，诗人分别以“走向群山”“少年部落”“圣洁的家园”“手掌上的前夜”“塌陷的梦境”“罹难的岁月”及“重建家园”七部章节，展开七幅巨型壁画，绘制了人类的历史和处境。诗人描绘了人类离开伊甸园，全面开创自我之路的历程与困顿：“用方言和地势 / 建成朴素又繁荣的家乡”；回忆了文明初生之时的那种单纯和明净：“我们是黎明时分在湖面上 / 游憩的少年众神 / 在太阳升起时身披一领瀑布……”与诗人的现实和历史相比，还没有被文明的锈迹深深蚀染的氏族时期，几乎等同于天上神话在地下的投影和再生：“我们安睡于花瓣飞扬的梦境 / 静静地养大月亮和火种 / 袒开胸腹 / 就是一片广阔的草原 / 唯一的边疆是围在腰间的皮裙”……原初之美在于，人类的一切行为尽在一种巨大的庇护之中：“就算偶尔失足 / 跌落到另一个无名的星球 / 不久也就能和自己的真身会合……”诗人在此表达的“真身”，和法国学者保罗·维纳所认为的“实相”有所相似。保罗·维纳认为，“实相”远远不是简单至极的现实主义经验，“实相”实际上是想象的产物。这种实相和真身，应该是更高意义上的“真切”。因此，通过马敬芳诗眼灵视的是一种物质的、精神腐败的虚假短暂和神话的、生命本质的纯真和恒远之间的角力。诗人对于初原状态的描摹，很有几分亲身经历的细腻：“清晨我拨开盖在身上的干草和睡眠 / 从胸怀里放出野兽和鸟群 / 我看到小鹿跟着心跳 / 跑出鲜花和树林 / 我看到花蛇沿着脉搏 / 游入水流和草丛 / 每一座山头挂满了清脆的鸟鸣”。

在追忆了梦境般的创世和安世的场景后，诗人用第四章、第五章和第六章，以农耕文化的气质，寓言式地书写了一种礼崩乐坏、精神委顿的形态，发出了郁结于心，久久不能释怀的焦虑，镶嵌其间的中国神话场景在词语的碰撞中产生了悠远、尖锐的回响：“我也梦见过最高的一根手指 / 被愤怒的兄弟一头撞断”。如此暴烈的反抗，是因为人类已经与明净天空日远，所以“我们必须在烈火和大水中居住”，以便“经过猛兽的食道走向未来”。诗人的忧患如此深重，他已经看到生命之源的干涸、精神之骨的朽毁，导致的结果必然是人类从外形到内在的石化：“冰冷的岩层渗入肌肤 / 如今我们穿戴着昔日

安坐的大地 / 仿佛住进上苍赐予的甲壳 / 再一次成为 / 包裹在石头中的男胎女胎……”并且，“无人问起哪里还有火种和水源”。

经过追忆、描述和反思，诗人在一唱三叹后，于第七节“重建家园”中，呼唤经过黑夜和罹难的同伴们鼓起勇气，再树信心，像远古神话中的英雄们一样，去射日、逐日、杖化桃林，“走过洪水退尽的山脚 / 从趾缝里涌出 / 大片大片的净土”。诗人的深邃之处在于，他的神话重述里，并没有将被神话的历史视作一种绝对和唯一，而是辩证地讨论了善恶相互依存的关系；也没有在自己的神话再造中，单一地描绘一种新生的状态。马敬芳矛盾式的语法结构，使得他的诗句在接近“实相”中显示出半明丽半幽冥的质地：“我们把一半用于耕种 / 种出稻麦桑麻 / 养大叛徒和英雄”，因为“大地不会遗弃我们 / 也不会赦免我们”。

鲁迅在《中国小说史略》中写道：神话是美术所由起，文章之渊源。马敬芳的《众神的群山》则是基于时间的碎裂感，而向神话靠拢的一种写作。这样前接屈子《天问》借神话和传说问天和自问、借《离骚》“帝高阳之苗裔兮”的追忆，而表达“路漫漫其修远兮”的紧迫和担当；后应闻一多的《死水》和艾略特的《荒原》，立足现在的咏叹，在青海诗界别具一格。在古代复活神话中，一种是个体复活，这是复活再生神话中的基本形式，也是复活再生神话中的原生形态。还有一种是群体的复活。中外普遍流传的洪水灭绝人类以后，人类再度繁衍的传说改编于此。马敬芳将个人的体验上升至对人类整体命运深远的观照，以“复活再生”的神话原型结构其《众生的群山》，他的胆识和气魄当值钦佩。

四

支撑马敬芳诗艺的一个核心点是神话思维。马敬芳借助神话思维洞察当下，穿行历史，构建新的语言神话。马敬芳的起始处是现实，是一种来自个体体验之后，被深化了的融合柏拉图洞穴叙述和古代阿拉伯人的“洞穴”世界观。凿通洞穴，走出洞穴的生命哲学，和屈原、阮籍、杜甫的历史喟叹，以及诗意的源头观照，融合成了马敬芳的《众神的群山》。

这样一种写作，首先要依靠诗人特殊的感觉器官才可能成立。马敬芳除了保持了儿童般奇妙地感知世界的直觉，还借助“酒和酒杯”——他的诗歌里充满了大量酒和酒杯的意象，颇有借酒浇胸中块垒，借酒而濒临幻境的意思；也借助“病”——借助阴虚体弱，继而近神的意图；最后借助于“梦”——作为生命的多维的置现、时间的弯曲和回环的载体，而有所醒悟和体味。随着这样的书写，诗人的想象力四处漫溢，跨过各种物理阻碍，造就各种类似“再也不能从你湿润的眼神里 / 自由游进游出”的超现实的语言风景。

把现实折入历史，把历史折入时间，把时间折入神话，然后，又把神话折入其他要素。马敬芳因此让自己的处境和阮籍的咏怀，同在青铜器的铭文中找到了一种先在的应和。他把青铜器的沉重和灵幻同做诗材，而在一股通天的金属气息中直飞远古黎明。其要素体现在诗歌里，就是如同列维 - 斯特劳斯对于神话的一种认识：“以一种尽可能简便的手段，来达到对整个宇宙的总括性的理解——不只是总括性，更是一种完整的理解。”在今天的碎片化阅读和片断式写作的时风里，马敬芳这样一位把个体境遇主动融汇在时光之书中的诗人，其总括和全整式的咏唱，自有不可替代的意义。

极目淬火　落目如磐

——土族作家衣郎印象

暮色深沉，灯下取笔开始书写衣郎。用文字的形式描摹一个人不如先看他的照片，打开衣郎诗集《蓝调的刀锋》，封面一角在山石前站立的男子，衣襟微敞衣领竖立，一副随时都会举步攀岩的模样。这种沉静里的迅敏还在他极目望远，充满了淬火光芒的眉目之间闪现，敏感的人在诗人寻常的言谈中也能捕捉到这种光芒。现实中初识衣郎是在一次诗人聚会中，在座的臧棣、朵渔、宇向、肖黛诸友，无论故交还是初识者，衣郎敬酒总是畅快地一饮而尽，身旁斟酒的妻子董梅亦从容淡定，一看便知这是衣郎为人惯常的风格，敦实沉厚的不仅是诗人的体态，也是他待人落目的神态，这样的目光会让人想到稳如磐石的亘古恒常。这两种神思在衣郎身上贮存融汇，在衣郎诗里沉潜暗显。

不知道衣郎极目远望时，目光中如铸剑淬火般的光芒是什么时候开始在生命中出现的。但这种锐利似乎从诗人降生吉家湾村落开始便在生命中潜滋暗长，衣郎生性喜好读书，对文字之美甚为敏感，但中学校园里的他并不仅以文质彬彬的翩翩少年形象示人，更多的时候会见到在足球场上挥汗如雨的衣郎。恰同学少年英姿勃发，青春的生命具有无限延展的可能性，此时的衣郎如一株清健的树木，枝丫在空中恣肆蓬勃地生长。许多年以后当衣郎自觉地开始用文字的形式展开犀利的精神求索的时候，这种自少年时期便形成的“静如处子、动如脱兔”的生命状态便成为他观照现实的精神原点。

生活中的衣郎沉稳、周到，很少显现诗歌中锐利的锋芒，只一次在一位诗人的读诗会上，众人多选择一些长诗娓娓念诵，而衣郎则读一首两行短诗，迅疾、坚硬的语调掷地有声，似乎是要打开诗歌的外壳，直抵生命本相。这也是在衣郎自己诗作中一种鲜明的精神特质，他急于用淬火铸就的刀剑劈开事物，削除表面的积垢，将自己浸润其间，开始生命体验、淬炼的历程。诗人说：“将一切劈开后，卷进这 / 命运的织布机里”，“我剖开这一身的伤疤 / 想倾尽一生 / 托起黑夜沉重的外壳 / 挂满孩子眼睛一样明亮的星辰”，“我要长久地住在自己的灵魂里”。衣郎自诗歌写作的初始便有了自觉的垂直向下的探究意识。那个从吉家湾一路前行的少年在大学期间就开始发表诗作，同时自觉地打开文学阅读的宏阔视野。听衣郎讲过读书时一个有趣的故事，图书馆借来的书爱不释手不想再还回去，就谎称丢失了，因为聪明的衣郎发现大多数书原价几角钱，十倍的罚款就像买到一本珍贵的书一样，在衣郎看来很是值得。因着热爱与坚守，2007 年，不到三十岁的衣郎出版第一本诗集《夜晚是我最后的家园》，时隔七年，第二部诗集《蓝调的刀锋》问世。

谈诗人当然离不开读他的诗作，诗人的锐利还来自于他对自我的审视。就像鲁迅把自己比作猫头鹰，常在暗夜里审度人性，勘察自我；昌耀称自己为大街的看守，在深夜或黎明捕捉人生本相；衣郎成为长夜看守者，以此寻找进入自我的路径，“灯光躲在暗处　守夜人 / 此刻宛如一只老练的麻雀　静观 / 麦粒缄默地成长”。即使是在白昼，他依然静观自我，《水在看我》中，“我”在水缸前伫立良久，我在看水、水在看我、我在看我。自古希腊神话中的纳蕤思临水自观起，从瓦雷里、纪德、希尼到何其芳、卞之琳、梁宗岱都在不断书写“临水自视”中个体生命确证、求索的过程，这种对于自我锐利的剖检在衣郎这里自觉地得到了接续。

衣郎诗作中多次书写普拉斯，这个一生沉浸在丧父之痛的阴影里不断靠近生死边缘，最终在三十余岁结束自己生命的美国自白派女诗人。衣郎的锐利来自于他对“死亡”主题的径直逼视和直面“死亡”时从容的生命状态。“淡淡的　命运像刀片一样打开或者关闭 / 但我仍然习惯在夜晚静静地等待死亡的到来”。衣郎敏感于普拉斯如“生锈的铁骑”般的孤绝，他们同样是精神的孤行者，“夜里是孤独的　酒里是孤独的 / 我才得以在孤独中 / 保持自己内心的真实”。而与普拉斯不同的是衣郎源于吉家湾质朴醇厚生命意识的无形教化，面对死亡的态度里更多了一种澄澈、淡定的气蕴。他会坐在铺满“太阳光芒”的墓地旁的草地上“读于坚的诗 / 对一群乌鸦开始命名”。常会在暗夜中秉持刀剑逼视世相人生，诗人在爷爷的墓地却表现出少有的生命松弛、自在的状态，这应该是来自家乡故土浑厚生命意识的熏染吧，“从年前开始　健康的父亲 / 就为死亡做着细心的准备 / 像古代帝王　精心挑选着陪葬品 / 请来木匠　用上等的木料 / 赶制松柏柳的棺材”，当诗人的目光落在青海高原，沉厚、健壮、富于包容性的诗歌书写便展开了。

衣郎的诗歌是有“根”的，这个“根”既扎在诗人生活的自然意义的大地上，也扎在现实生活的“土壤”里。

诗人对于“生长苜蓿和挂满酸杏的故乡”给予天地恒长的瞩望。“我将一生赤脚走过青海高原 / 在雨后的窗前打量湿掉的记忆 / 以及汉字在墨水里游弋”。衣郎书写故土的长诗成色十足而稳定，他仿佛在用长长的摘果竿择取精纯而高高在上的“往事”之果，书写故土上人类对生命繁衍的历史记忆。而他又不低仰从风，很少刻意在诗歌中植入牵强的地域、民族元素以期博取唯“文化”是举的读者的好奇心。他像磐石“静静地蹲在山口”，“像一个年迈的老人，看时光在他面前哗哗作响又悄悄流走”。生命中的某一天，远行的诗人回到吉家湾，村子安静的院落中，母亲像寻常一样劳作，衣郎安坐在古树下的木桌椅旁，《北方的天空下》中河流、飞鹰、男人和女人、大地的影子、母亲……联袂徐来，在他的诗里有一条清畅而敏感的脉管，通向朴拙大地的精神内核，他眷念生命，流连光景，神清韵远，明心见性。

衣郎的“根性”还来自于他在生活的褶皱中发掘令人触动的生存和生命的细节，诗人的目光深植土壤，《站大脚》《打工的兄弟》《暗伤》《金客》，这里的“叙述话语”无关宏大，诗人用平视角和小视点写出生活细微处包含的真实性。《自行车》是其中的精品之作，它让我自然地想到于坚的《罗家生》，都是对一个具体小人物近乎克制的叙述，却有效地引发读者沉重的悲悯，都纹理清晰得有着现场“目击感”，普通人的日常生活方式、时代命运的颠踬，都在波澜不惊中得到显现。

与诗人交往，更多的是在谈诗。即将收笔的时候望夜空苍穹，似乎又看到那个“在青海高原上守着粮仓打盹 / 而后又在旧书摊里拿起发黄的诗集”的青衣少年。姑且搁笔，读起衣郎锋利、浑厚的诗句：

就在这个夜晚　我握紧一支笔
握紧青海高原上这些贫瘠里鲜活的词语和

高昂的头颅、生硬的大地、贫穷以及
男人的黑　女人的红
敬畏里充满信任和忧伤
它用大片大片的田野和河流接纳着
足迹、歌声、流浪
还有男人怀里的刀子，女人怀里的种子
——爱恨里繁衍着的生生不息

静穆中的嘶鸣与飞跃

——读刘大伟诗随感

诗人王家新喜欢探访哲学家和诗人的故居，荷尔德林的努廷根、席勒的马尔巴赫、海涅的杜塞尔多夫、艾米莉·狄金森的阿默斯特……正如荷尔德林后来在诗作《当我还是年少时》中动情地追忆努廷根“我在神的怀抱里长大”一样，诗人们最初的栖息地赋予他们体验爱和痛苦的敏锐感知力。这个具有个人色彩的记忆、经验形成的原生地，在日后的若干岁月中将成为诗人“语言的家园”和不断穿越后最终抵达的精神居所。在高原一隅、湟水之畔出生的诗人刘大伟亦是如此，居于达坂山和龙王山之间被称作“林川”的村落，以及随着年龄稍长穿行其间的湟水之滨，成为诗人成年后无数次用目光浸润、言语摩挲的土地。

刘大伟诗歌隐喻的基础不是来自历史和时间，而是来自地理和空间。湟水河岸的故土在诗人自我思想建构过程中起到的塑形作用尤为明显。诗歌的自我主体意识在地理、空间特性中逐渐生成，北方乡村漫长的冬季、清静甚至沉默的空气铺就了刘大伟精神气质的底色，同时自我的生成和地方性的复杂关系，使作家主体进行着不懈的自我改写，不断增加自我内部的认知距离，发展主体自我的多重性。

地域的意义之于刘大伟首先在于诗歌经验形成的基础，诗人的感受和情感从本源意义上来讲是在具体的事物秩序中产生的，进而在思辨中提炼、升华。思想有它的可见性，诚如“观念”形成的基础是“观看”，是从视觉感知起步的，诗歌之思往往托付于视觉。刘大伟诗中“可观”之物众多：显得清晰的溪流，游向浅滩的鱼群，被大雪覆盖的一座城，背负夕阳、微尘拂面的朝山转湖的藏族，飞扬如瀑的鬃毛，描摹冰花的孩子……如此这般事物见证了诗人的个人记忆、亲历的事件及其间的快乐和痛苦。诗人与世界的美学关系，主要是通过这些目光来建立联系，诗人的职责之一就是把目及实见的存在之物化为内心的元素，把外在世界内心化，继而锤炼成诗歌的金箔，记忆变成审美的经验。因此，在清晰的溪流中诗人看到“薄薄的命运”和“悖谬的世界”，在游向浅滩的鱼群中看到“时间的叶片”，在大雪之城中看到“破碎”和“疼”，在飞扬如瀑的鬃毛上看到“不断弹射颠沛的灵魂”，在转湖藏族的身上看到“引渡灵魂的语言”。

刘大伟的诗作，诸如《湟水谣》《等一场风把我们吹绿》《戈壁》《林川雪》《驰骋》中的事物、地点和风光，隐秘地化为诗人自我认知的符号。对河流、树木、村庄的书写已经成为构筑抒情主体和话语主体的重要组成部分，成为对美学化话语主体的自我确认。同时诗人又与描摹的世界拉开距离，从事物的细节中抽身而出，把情感一丝一缕地抽出来，像在黑暗中吹箫，和雪后的沙粒一起带给人夙夜匪懈的沉缓诉说。刘大伟的诗是个人化的、静穆的，在不断探寻的旅程中，伴随着一种不为他物所牵动的知识分子冷静的智性和与生俱来的孤寂心境。“太阳升起来了，世界上 / 有很多地方蕴藉温暖，雨水流淌 / 你走过青海荒域，沙棘如灯……触摸怀头他拉的矿石，结构精美 / 你看到一个人住在沙粒上 / 孤独成王”（《戈壁》）。诗歌用微妙的语言接续孤独沉思的诗歌传统，对一个地域所包含的意识结构的探索在自我主体意识的复合书写中不断显现。

《孤树》的开篇“卸下冠冕，山河轻盈 / 青海长云裹紧我细小的破碎”，在广袤的高原地域中，诗人的自我体验常闪亮在“细小的破碎”间，而领受“沙尘”在“世间所有的静谧已变作震颤”的孤绝扬起，“铺满一个人的苍穹”。“我知道，这些小小沙粒 / 行走在广袤的天地间，身不由己 / 它们微弱的身世，源自 / 针尖般的宿命”（《格尔木沙尘》）；“尘埃，风阵，合力掀起一个人的轻……挑破时光泥泞的暗门”（《北杏园》）；“我不敢张口，生怕 / 满世界的尘埃，裹挟了金色词语 / 让青草倒伏，来路迷蒙”（《方向》）；“身世，尘埃里变色的骸骨 / 有谁会前来认领”（《这个世界没有名字》）。这“飘散于天际”如“时间的颗粒”的“尘埃”，是诗人个性主题鲜明的自我体认，也是人类在洪荒宇宙间亘古恒长的精神标的。这与阿赫玛托娃诗作中关于“尘埃”的体验意蕴相通：“在傻瓜的每一句蠢话之上，/ 在每一粒尘埃上，我战栗”（《你赋予我困顿的青春》)。与此同时，诗人把“尘埃”与少女的温性隐喻连缀，意味深长。“雨滴降落，由大风安抚 / 那些飘摇的身世，为落尘认领……那些叫落尘的女子……任由清风明月，扑满深秋之怀”(《那些叫落尘的女子》)，坚硬、弥漫“飘落生活碜牙的微尘”在这里有了温润、清朗的质素，有了“白牡丹和紫青稞”植物的气息，带着“时光里走漏的记忆”使得诗作中美学化的话语主体丰盈、饱满，静穆、孤绝的美学品格在旷野、落雪、孤树、冰川的书写背景下有了诗人刘大伟独特的印记。

地域给诗人的教诲是复杂的，地域是想象力的产物，也是近乎无法逃脱的命运的载体，诗人孤绝的自我经验还来自于对待生命中生与死主题的书写。在塔儿湾，《孤树》在《等一场风把我们吹绿》，诗作在微观的层面描述诗人同时遇见和面对的两个世界，以及这两个世界之间的生死相依。“多么稠密，带着湿湿的表情 / 像你的大眼睛，告诉我——世界寒冷……如果，在找到你的那一瞬 / 风把我们吹绿，我会将你高高举起 // 像一株蒲公英举着生命里 / 揪心的小花黄”，“铭刻，剥落……你收好一小撮土 / 留给我揪心的蓝色”。这种“揪心”的感受大概是人类对于失去生命挚爱的最动人的心理描绘。

在刘大伟的诗篇中，地理特性和自我特性似乎是一个相互发现的过程。当诗作触及这片地域上生存的动物、植物以及活跃的人物时，静谧、孤冷的笔触便会鲜活、灵动起来。“一只蝴蝶飞跃骨头，翩然于我们的头顶”(《一只蝴蝶飞过》)，绽放、妖娆的蝴蝶穿越时间，似乎是从远古走来；“马群依旧在远方，嘶鸣如弓 / 声声带箭，不断弹射颠沛的灵魂 / 而现在，我们回来了”(《驰骋》)，奔驰的马穿越空间，从文明与迷惘的栈道中穿过，最终驰骋草原；绣鞋垫的妇女“从彼此的阅读中，松动着 / 越缝越密的怅惘”(《绣鞋垫的妇女》)。诗人孤寂的性情在故乡人情的温暖中提亮了描摹的色度。在近乎于戏剧情境的描画中，我们看到晨起烧茶的老奶奶，人物的举手投足间细致的临摹，在“她悠然的话语里，含着一个暖暖的春天”(《烧茶的老奶奶》)；除了烧茶的老人还有回归百里林川温酒的“我”，“温着整个世界……在你投向窗棂的柔波里 / 深深沉醉”(《温酒》)。这些故园的人们如同霍夫曼斯塔尔所言，“那时，与我们共同度过漫长岁月的人 / 和那些早已入土的同胞 / 他们与我们仍然近在咫尺 / 他们与我们仍然情同手足”。而那个在旷野大雪中、在尘埃密集的风中、在荒城沙粒中孤绝成王的男子，此刻也终于在这“低矮的屋宇内”

安享“一个殷实的暖冬”，这是诗人远行后无数次回眸远望不断穿越，最终回归的精神故居。

故土地域给予诗人静穆、孤寂的精神气质，由此诗人努力创造出一种令人动情的智性与情感融洽无间的美。其间有沉静、灵动而触动人心弦的情，无论是怅惘的、忧郁的还是欢快的、热烈的，都是“生命的美的瞬间的展开”，诗人用一种天乐齐鸣的清音“等待冰河裂出春天”。

用文字重绘生命的图景

——读朱立新散文集《河岸》

读《河岸》时常让我回想起几个月前，在贵德黄河北岸初次见到朱立新先生的情景。盛夏长河流云的光影反映在远处丹霞的山体上，他站在欢愉的朋友们中间，俊朗沉静。这片水域和土地就是朱立新的生长之地。大河古村，当年那个迎河独立的少年，在日复一日潺潺涌去的河水声中，在宽厚丰实的河岸上一步步成长起来的时候，自然地开始用追根溯源的方式讲述与之情感生长蔓延牵绊的地方，与之肌肤相亲的世界。于是，这河岸之地也成为朱立新文学的诞生之地。

朱立新描写的故乡是从个体生命深处开始的，是从古老的村庙开始的。作者说："我相信，凡在我心灵深处，淤积着疼痛的地方，抑或记忆深处某种被唤醒的苦衷或哀怨，都与这座庙宇息息相关，与我对眼前世界的基本认识息息相关。"作者是在"文昌庙的流年碎影"里最初发现"自我"的。开蒙在此的"我"因为"天性里的执拗和狂躁"，因为飞檐走瓦式的儿童的顽皮，被关在庙宇的大殿之中。直到黑暗降临，在巨大的空寂与恐惧里，"我"从观看外物而转向对自我内心的体察，于是"寻光"成为具有仪式感的、来自生命深处的渴求。"趋光，是人类的本性。"古寺"寻光"如同隐喻，驱使这个懵懂的孩童在时间之轴上，在与故乡同声相应的同时又跳出这个世界，用不断攫取的精神之光照亮内心，照亮田垄，照亮古庙。

作者和世界发生的最初且深刻的连通之气，用自己的眼力向外感受世界，向内凝视自我，都是从被乡民们称为"文昌庙"的庙宇开始的。"光束"被不断地发现：庙宇是粮食的收集、储存之地，是乡民在锣鼓镲钹喧响中的精神安顿之地，是"我"体察乡民信任与情义的原初之地。生命状态从局促到舒展，内在的充盈使“光束”逐渐化为作者身上的秀蔚之气。即使在当下整体乡村经验与情感逐渐瓦解，土地经验破碎化和意义不断疏离的背景下，作者依然能够“收视反听，耽思傍讯”（陆机《文赋》），这种寂焉凝神之功，即来自于庙宇之光。

记得那个夏日的傍晚，万古苍茫如斯的黄河依然在我们身侧汩汩东流。河对岸的石滩上，一棵树孑然矗立。那时我并没有读到《风过河岸》里那棵作为作家亲近家园坐标的柳树。只是在众人中感觉身姿峻拔、手持便帽的朱立新，似乎与那岸之树神思相通。人识树，树亦可识人。人和树最初的一切都来自于土地，无语的树见证河岸上人的生长、来去，生命的完美、残缺。大概只有在劳动中和这片土地结为一体，与这片土地气脉相通的人，才会始终感觉自己是这片母体之地上不能剥离的一团泥土、一株植被。诸物有情，那些“乡间词物”：麦草垛、镰刀、犁铧、稻草人、碌礴、马车、草帽、背篓、风匣……都沉淀在作者记忆的河床里。它们与作者的劳动紧密相连，它们带着劳作者的体温和智慧，是乡村物性诗意的外化。这些“物”不仅仅是“词”的声调，更是在作者身体里长久发出回响的银铃。它们是作家精神世界中形成的一粒粒圆润而饱满的种子，它们季季葳蕤生长，成为作家内心奔腾不竭的汁液。这让我想起格非先生的散文《乡村教育：人和事》，同样来自于祠堂里的小学，来自于蹲在碌礴上喝粥的教师。物的教化是人类共同的精神源泉。

陈超先生在《散文之路——兼与诗歌本体依据比较》里谈到，散文的“价值信念，不应是‘乐’的向往，恰恰应该是对焦虑、时间、死亡、分裂的直接进入”。《河岸》里对“死亡”的直面，是在对“生”的建构中完成的。“河”与“岸”本身就有对“生”与“死”的隐喻。作者在《隐遁之河》里写道：“更多时候，我所有的欲念都浸染在对河流的认知里——苦难无数次侵蚀着躯体，悲伤无数次拍打着头颅，但我依然享受着河流给予我的灵性和荣耀，就像我摔倒在河岸的沙砾路上，爬起来，身上却留下了花粉、青草、露珠的暗香。”在河流南岸遍布的坟茔里，如今也躺着作者的父亲与母亲。他们生命的印痕留驻在了作者的笔下，这里都饱含了“生”的意蕴。就像文昌庙涵容了学校、谷仓、卫生所、社火曲艺排演地等多重功能一样，朱立新父亲身上集农民、民办教师、会计、大队赤脚医生、农科所技术员和广播员于一体。

这恰恰体现了乡村巨大的复杂性与包容性。而在父亲诸多的身份中都与生命之源——粮食、生命之本——身体、生命之光——精神有着紧密的联系。父亲是一个巨大而复杂的存在。当作者从精神的隧道中重新抵达少年的河岸时，当他亲手拨开黄河苍茫浩瀚的晨雾时，父亲正与蓬蓬勃勃的庄稼在一处等待他的归来。那是在庙宇里脖上的青筋勃起，告诉少年的“我”粮食都是土地里的金颗颗的父亲；那是将“我”从大殿房顶喊下来，给予棍棒教育的父亲；那是深夜提着马灯带“我”急行在村路上，给病家送去希望的父亲；那是用铿亮的镰刀在麦子间划出优美弧线的父亲；那是在母亲殁后催我出门远行的父亲。

《你是一条河》无疑是散文集《河岸》中最为厚重的作品。文中将母亲的生命喻为河流而非大地，原因想来是黄河被谓为中华民族的生命之源，而黄河上游较之于长江又多温润之气、温柔敦厚之心，且如作者的母亲一生多有怒却从无怨。较之于父亲对作者显性的影响，母亲则是在日日的劳作中使少年作者的手、眼、心、身融入土地、融入大河。让我们一起来读这段高度凝练且具动态感的话语：“通常是男人们干的活你干，女人们不能干的活你也干，在生产队臭气熏天的饲养院里掏粪；往县粮站上缴公粮；收割麦子；三更半夜去地里浇水；挽起裤腿驾驭骡子一天犁五亩地；踩踏云梯摘梨；挖水渠；到麻巴滩开垦荒地……你用体力和耐力与强大的岁月角力。”马克思在评价黑格尔的《现象学》时这样规定了劳动的意义：人类的劳动中“现实地把他的族类的力量发挥出来”。母亲的劳动因为体现“族类”的价值而赢得尊重，文中描写“你”对自己“越来越清瘦的脸颊和越来越佝偻的身躯”满不在乎，“你真正在乎的是，我们一家的温饱，以及村民对你竖起的大拇指”。母亲对“生”有本能的敬畏与信仰，这让她长达八年作为村义务接生员而辛苦奔波，从另一个侧面与父亲作为大队赤脚医生的使命有了隐秘的呼应。正是这种为“族群”所躬身奉献的朴实的“生命之河”状态，这种悲抑不伸的真切体验，滋养着作者在年少面对母亲离世的苦难境遇时，在自我精神雕镂的历程中，不囿于自伤身世的狭窄格局，而是“借纸笔以悟死生”，在大河与土地中寻求生命的真谛，才使自我不断的精神思辨成为可能，才能在与痛苦保持一定心理距离的前提下，完成收心敛性、质朴谦恭的品格塑形。

在散文集中，作家童年与少年时期有两次“出门远行”。一次是 11 岁时来自卡车上解放军帽顶五角星的召唤，让“我”在迷幻与眩晕中扒上车厢，随车远行；一次是母亲去世后，父亲让“我”出门散心，而“我”随性踏上了不知名的草原。两次出行都偶遇老者，童年遇见的那位老者收留并送“我”回家，少年遇见的老者让“我”的灵魂找到了安歇之所。生命似乎就是在未知中，在不断地更新中吸收丰富的营养。如果童年的“我”是懵懂地在老者身上感知生命的沉着与踏实，那么少年的“我”则是凭借自身敏锐的感悟力，从老者身上找到对待生命的智慧。正是在充满智慧与温馨的人情味的土地上，肌肤与心灵之痛才能与深情相伴，给予少年前行的力量。只有在个人精神顽健的捏塑之中，才使得作者找到了在城市与乡村之间，在“动”与“静”之间的生命平衡点。进入苏轼“莫听穿林打叶声，何妨吟啸且徐行。竹杖芒鞋轻胜马，谁怕？一蓑烟雨任平生”的洒脱、轻捷的生命状态。

定格在记忆中“乡村词物”的农事多为“人事”，它们充满了浓郁的相互守望的人间气。而当作者的笔触点落在当下乡间时，农事多为“钱事”，乡村平整而修葺一新的广场上，只有“长期自闭孤寂”的老者，看似忙碌的乡民栽培树苗只为多拿政府的补偿款，一夜暴富的青年死在了赌桌前……尽管文集中作者多有对经历人生沉浮后取得卓越成就的朋友们的赋笔，但更多的篇章里作家敏锐地感受到的是淹没在故乡世界中的人们未必可以体察到的沉痛的一面。这是作家对乡村原生文化在城市化进程中衰落的刻写，是对故乡深沉之爱的感伤、讽喻之情，是在保持世俗人情味的书写中对乡村现实的鞭挞。

朱立新执着地用文字表达思想，让自己的精神世界靠近土地，靠近同样用智慧创造着的朋友们，使自身的精神元气不被当下的喧嚣所侵扰，强健地在文学原发的生气里散发浓郁的乡土气息，用文字重绘个体与乡村多维的生命图景——孤独且真实，繁复又单纯，富有德行和动人的精神尊严。

张力叙述与乡土经验的书写

——李明华长篇小说《马兰花》叙事分析

李明华的长篇小说《马兰花》是河湟文学中第一部以女性个人史为书写脉络的小说。从广义的概念上说，河湟区域涵盖了今天青海省的海东、西宁地区和黄南藏族自治州、海南藏族自治州、海北藏族自治州、果洛藏族自治州，以及甘肃省临夏回族自治州和甘南藏族自治州等地。在这片广袤的土地上，自汉代赵充国屯田以来，汉族作为移民大规模进入河湟流域，与当地族群交流融合，自此农耕文化的气韵在河湟谷地逐渐形成。小说的文本内容正是在这样的地理文化背景下生成的。在后记中，作者记述成书的初衷时说，一生在这片土地上劳作的母亲百天祭日的情境带来的创痛需要通过小说的写作，“一个字一个字来化解着痛苦难受的心结”。显然，这部具有回忆性文本的书写，对于作者而言，具有文学性的疗愈作用。对于读者而言，那个从泥土中走来又最终回归泥土的河湟乡土女性，如植物般生根，开枝散叶。这个《马兰花》中在沟沟坎坎上谋吃食的女人，在小说的字里行间鲜活地跃动起来。

一

小说开篇通过一个秉有全知视角的叙述者，对主人公马兰花进行终极回顾式的评价：“骂名和好名一样能让一个人出名，就像一枚石子扔在平静的湖里，响声过后一圈一圈的波纹还在继续着。”这文字具有张力和隐喻性质，关于人物的矛盾性捏塑我们将在后文分析。这里先看关于“水纹”的隐喻。费孝通先生在《乡土中国》中对“伦”的释义，即“从自己推出去和自己发生社会关系的那一群人里所发生的一轮轮波纹的差序。‘释名’于伦字下也说‘伦’

也，水文相次有伦理也。”① 马兰花一生的命运是在乡土“差序格局”的水纹中延展开来的。李明华在乡土中生长，真实经历过在土地上长期谋生存的艰难和其中藤蔓错结的人伦情感。

作者将如泥土般朴实的个人经验和以母亲为原型的女性形象的塑造深刻交融在了一起。这种贴合泥土的“在地经验”，在乡土小说中看似平常，但随着城市进程的不断推进，真正地在生活中掌握土地耕种劳作、生产的完整经验，并能将其有效书写的作者日渐稀少。传统粮食生产从选种、育苗、施肥、除草、灌溉到收割、储藏一系列的环节中，对节气、时序、天象的感知是一整套神秘的、完整的乡土经验，而这种经验很难从今天大多数知识分子和作家的习惯性知识获取渠道中取得。“在地经验”的缺乏、整体经验不可阻挡的碎片化，使得“劳动”这个曾经富于变化和鼓舞人心的场景，在文学文本中的书写会越来越因为缺失而显得珍贵且感人，马兰花的形象就是在这样鲜活生动的乡土劳作中树立起来的。

记得十几岁读汪曾祺的《受诫》，开篇有一段话印象深刻：“就像有的地方出劁猪的，有的地方出织席子的，有的地方出箍桶的，有的地方出弹棉花的，有的地方出画匠，有的地方出婊子，他的家乡出和尚。”② “弹棉花”“画匠”的手艺在生活常见，唯有对“箍桶”和“劁猪”感到神秘，直到读《马兰花》时才明白，箍桶的是马兰花的爹，马兰花的嫁妆里有一对木桶，为了结实，木桶被箍上铜圈儿。“人们亲眼看见她刚才还在泉儿眼上踏着旱船布儿挑水，水桶上的铜箍儿放射着夺目的光芒”③。而掌握劁猪技能的妇人竟然是马兰花，她用一把小柴棍大的刀子劁猪，准确、干净、毫不含糊。小说中对马兰花从捉猪到迅速准确劁猪过程的描写活灵活现，对于劁猪的俗语“奶劁”“伢劁”的差别，“跑劁”的可能性津津乐道。一种对于古老的世俗乡土文明的接续，对于乡村农事的熟稔，使乡村技艺至今悠远而鲜活地存在于乡村日常生活中，作者用文字将这些生活情态停留在了时光里，这是一种对于传统古典主义“可以感知的形式”的延续。

塑造人物，尤其是乡土小说中的人物有一个前提，就是作者必须有能力

① 费孝通：《乡土中国》，44 页，北京，北京大学出版社，2012。

② 汪曾祺：《汪曾祺全集一（小说卷）》，322 页，北京，北京师范大学出版社，1998。

③ 李明华：《马兰花》，41 页，桂林，漓江出版社，2019。

写出与人物身份相匹配的劳动场景。李明华在母亲离世的一刹那，对母亲复杂的情感，在文学中是将其回归到乡土生活的切身经验的书写中。马兰花的形象是伴随着她的劳动一点一点建立起来的。她因为身材弱小挑不起扁担，便卸下扁担环来继续挑水，因为盛水的缸太高无法倒水，则挖地埋缸，她因为要多割麦子而半夜起身磨镰刀……李明华在农事的描写上放慢笔触，一样一样地写马兰花挑水的旱船步、割麦的镰斩麦落，嚼茯茶代替喝水的休息方式，如春天布谷鸟般磨石的热情……如此这般，读者闻到了马兰花手上麦草馥郁的香气。强烈的乡土意识，丰富的乡土经验，感受的敏锐捕捉，都让李明华笔下的马兰花朝气蓬勃地立于河湟大地之上。

二

前文引述小说开篇即写“骂名与好名一样能让人出名”的“预言”，这是对于马兰花形象富有张力的矛盾性刻画，是小说的一条隐线，同时也是成书的基础架构之一。小说从马兰花娘家大树桩村里第一富户杀一头举村无双的肥猪的情节展开叙事。丰收的盛况与随后而来的饥馑年代形成鲜明的场域对比。富农家的马兰花从乡土家族教化的传承中，形成了一整套价值体系和行动方式，将在未来的家庭生活中发挥至关重要的作用。家族传承中的乡土文化，具体到作为木匠的父亲的巧手和巧思，传统乡土代代积累的勤俭品质，都在马兰花身上彰显出来，成为她在枫洼村赢得尊重、艰难求生的根基。

马兰花自我意识的发现和形成，在两次揽镜自视中得以表现，第一回在出嫁前，母亲为她“开脸”。马兰花在自己的小厢房里偷偷看了一眼镜子，她意识到作为女人，自己独立的个体命运即将展开。然而等待她的是比自己大十七岁的贫农李解放的家，这个常年没有窗户纸，炕塌下窟窿宁可掉进去也不去修补的懒汉之家，因为马兰花的到来而幻化出生机。十八岁的马兰花被禳床的人们视为瘪尻，在河湟文化中，这是对女性生命力与生育能力的质疑与否认。马兰花的柔弱娇小与她的巧思和巧手构成了人物形象的两端，提不起水桶她便卸扁担的铜环，水缸太高她便挖地为坑把水缸放进去。马兰花由此开始了在陌生的枫洼村，在丈夫家艰苦的生活。用巧劲儿胜蛮力是马兰花赢得尊重、建构自我形象的核心。于是我们看到了劁猪的马兰花，黎明磨镰刀的马兰花，轻盈爬树的马兰花，干净利落割麦胜于壮汉石娃子的马兰花，一种勤劳的、有无限蓬勃生命力的，机巧地渗透着因劳作而散发浓烈汗腺味的马兰花，跃动在河湟大地之上，在生活的严酷磨砺下，在岁月星河流转中，诞下龙凤胎的马兰花，像三月里含苞欲放的杏花。此时，她无意间再次看了一回镜子，却把自己吓了一跳，因为被母性催生的马兰花，强健的生命力正在澎湃生长。

随着饥馑年代的到来，个体生命被抛掷在荒谬的社会现实中，马兰花在枫洼村建构起的美名在与饥饿的抗争中被解构，这种解构恰是对当时社会环境的反讽。依旧是巧思与巧手，马兰花精巧制作的三层芨芨草编织的挎篮，在田间地头完成着偷偷为家庭收集粮食的任务。挎篮上担起的是公婆、丈夫和孩子的生命线，而她却因此背负上“偷嫂”的骂名，自尊的马兰花忍受着精神的重压，依然为“吃”想尽办法。至此，小说中的男性——马兰花的丈夫却始终缺位。从叙述者视角，类似画外音的言语中，读者可以看到，之所以多年之后四个儿女成才，不仅是母亲给予的粮食的哺育，更多的是这种坚韧气韵的传承。马兰花一直以隐忍克制的方式对待自己，在高强度的劳动中，她用干嚼茯茶的方法恢复体力，这一具有象征性的情节，可以看出她只将水、粮食视为生命之源。她把自我需求降到最低，直到生命的最后一刻，才饱饮故乡的泉水，才将自我的生命舒展，最终化归乡土之中。对马兰花的性格和形象富有张力的刻画，并没有把她作为“母亲”而一味地美化她。李明华写马兰花私存粮食，因高强度劳动如男人般的汗腺弥漫，且与丈夫自始至终没有情感的交流，但终其一生她又无怨无悔侍奉公婆。这一切如费孝通所言，在乡土社会中，家中的主轴是父与子、婆与媳。夫妇只是配轴，夫妇之间感情的淡漠是日常可见的现象。在这一系列的乡土伦理中走出的马兰花，顺应天命中却有着与命运不竭的抗争。

三

生与死是文学作品探寻的终极命题之一。海德格尔在《存在与时间》中曾经论及动物的死亡与自身无关，动物只是消亡就是自然的终结，而不是本己的死亡，只有人才是向死而生，人是面对着死亡来看待生存。小说中对于人们面临饥饿而濒临死亡的书写，形成马兰花形象塑造最丰满的部分。马兰花凸显了女性柔弱却坚韧的生命状态，与石娃子强悍却易折形成对比。“天地不仁以万物为刍狗”，在食物匮乏的年代里，乡村大地上人的死亡甚众，甚至用尽了村里所有木板将死去的生命抬出村落。因此生的意义就显得尤为珍贵，在此基础上，“吃”的主题便从作者褶皱般的文风中显现出来。

马兰花想到可以为家人谋取粮食时“眼睛里放射出一道兴奋不已的光芒，宛如饥饿的婴儿，看到母亲两只取之不尽用之不竭的乳房，顷刻间他脸上的表情兴奋得有些癫狂和疯傻”[①]，当孩子们嗅到炒麦的香味儿时，“他们扬起别开生面的小脸，宛如听到惊蛰的雷声，从地洞里爬出的两只旱獭，眼睛机灵地转动几下，准确地做出了一个惊喜的判断，是炒麦的香气，然后就对着锅灶的方向贪婪地掀动着小小的鼻翼”[②]。只有经历过饥饿，在生死线上徘徊并面对死亡来临而升起巨大求生欲的生命才会将对寻找食物，将对吃的渴望，用工笔式的笔触刻写得如此精微而生动。

“天地之大德曰生”，李明华笔下的马兰花，生命的原发力和终其一生为家人谋生存的历程，在鲜活、流动的表达中窥其实质，即生命的文学性和文学的生命力。《马兰花》是隐含在一个家族的、一片土地的生生不息的传承中，生命力全部灌注在了女性马兰花的身上，让她变成了大地的精魂。

① 李明华：《马兰花》，93 页，桂林，漓江出版社，2019。

② 李明华：《马兰花》，147 页，桂林，漓江出版社，2019。

第四辑

柴达木文学发展状况调查研究

作为柴达木文学所依托的“柴达木”，首先是一个地理名词。柴达木盆地是我国四大盆地之一，属国内海拔最高的封闭型内陆盆地，略呈菱形，东西长 800 千米，南北最宽处约 350 千米，面积 25.66 万平方千米。地处今青海省海西蒙古族藏族自治州（简称海西州）内，占全州面积的 85.28%，是海西州的主体地域，因此柴达木又为海西州的代称。[①] 在当地蒙古族、藏族语言中都有“柴达木”这个称谓，蒙古语意思是“盐泽”，藏语意为“盐泥”，本义都指潮湿而湿润的盐泽之乡，它揭示了柴达木盆地基本的地貌特征：盐湖众多、盐类储备丰富。除此之外，作为盆地，它在昆仑山、祁连山和阿尔金山三大山系之间，山间多谷地，因冰峰积雪消融，盆地中间有水草茂密的牧场和农作物种植区。同时，追溯远古地质运动与演变的过程，这里矿产资源丰富，早在中华人民共和国成立初期，柴达木便有了“聚宝盆”的美誉。这便是承载柴达木文学的行政区划范围和地理空间坐标。

在此地理空间内，早在 13 世纪 20 年代，随着蒙古帝国的建立，蒙古人开始进入柴达木；藏族以驻牧天峻县境内的汪什代海部落为最大，这个部落原牧地在黄河以南的贵德地区，迁徙至柴达木的时间大致在清嘉庆和道光年间。进入 20 世纪，该地区又陆续迁入汉族、回族、土族、撒拉族、哈萨克族、东乡族等民族，长期以来多民族共生发展。现在，蒙古族、藏族的人口总数为 7 万多人，占柴达木人口的 18% 左右。[②]

作为文学研究者，当我们严肃地思考文学和地理的关系时，一定会提出一个问题：“文学地理是否永远必须依附在政治的或历史的、地理的麾下，形

① 张珍连主编：《海西蒙古族藏族自治州概况》，19 页，北京，民族出版社，2009。

② 张珍连主编：《海西蒙古族藏族自治州概况》，19 页，北京，民族出版社，2009。

成对等的或对应的关系。”[1]如果从柴达木文学产生的背景来讲，答案是肯定的。虽然柴达木地区人类活动历史可以从旧石器时代晚期算起，但是有文学自觉创作意识且形成基本文学风貌，则是在中华人民共和国成立后的20世纪50年代。从某种意义上来讲，柴达木文学是与中华人民共和国成立之初“舍身忘我”的经济开发建设同调的，外来的汉语文学是随大批建设者、先进生产力一起进入的，这种在短时间内强力的文化输出，异常强烈地影响了柴达木原本脆弱的与游牧民族一路游走而散落的原生文化。随着50年代国家“开发柴达木”进程的启动，大量建设者以及一批因其他原因迁居此地的人，他们带来了以汉文化为主的外来文化并成为这个文学地域空间的主体文化，蒙古族藏族文化为代表的柴达木原生文化因失去与后来者“抗衡”的物质基础，呈现一种亚文化状态。与同时期青海省其他地区相较，柴达木作为地理概念的同时加入了文化、文学的元素，在这片土地上书写出具有鲜明时代烙印，并且在全国产生广泛影响力的文学作品，这个时期以李季的《戈壁旅伴》、李若冰的《柴达木手记》等作品为代表。

另一方面，如果从文学特性来讲，“文学”与“地理”的关系应该是一种动态的对话关系，而非严丝合缝的对应关系。文学从虚构特性的角度，使文学创作者在面对生存境遇时，既可以有共时性的场域描写，又可以有历时性的文化探寻与思考。从这个意义上来讲，现实、政治和历史不及之处，文学往往可以填补空缺，因此“文学地理”的内涵往往要比纯粹的地理概念更加丰富与宽厚。就柴达木文学而言，在原生文化的文学表现形式以外，汉语文学创作的空间同样是巨大的。它是一个创作者带着自身文化背景和经验与柴达木的地理文化碰撞后，形成更加广阔和生动的文学想象的界域，从而极大地展示和丰富了柴达木的文化地理空间，给文学研究者提供了一个宽阔的论述场域。

从总体发展风貌而言，青海文学呈现出一种不平衡的现象，柴达木文学作为一种文学现象真实存在，并且在青海当代文学史上许多有分量的作家研究都不能回避他的柴达木文学创作，但柴达木文学研究与河湟文学、藏族文学研究相比，对前者的研究远远滞后于后两者。因此全面梳理、研究柴达木文学是建构完整青海文学史观的必要前提。柴达木文学作为对一个时代特有的人文精神的书写，有鲜明的区别于同时期其他地域文学的精神特质，却又

① 王德威:《现当代文学新论：义理、伦理、地理》，119页，北京，生活·读书·新知三联书店，2014。

和时代精神紧密相连，从地域上的偏于一隅到思想上的活跃律动，形成了其独特的叙事风貌与精神内质。柴达木文学的发展对青海文学乃至中国文学的影响并没有得到充分关注，柴达木文学作为有影响力的文学形式，在整个中国当代文学领域中的地位还有待论证，从共时性和历时性两个维度的梳理研究将呈现出地域影响的延展性和历史影响的深刻性。

柴达木作为一个自然地理概念，以其神奇的自然景观和神秘的历史文化元素对世人有着很大的诱惑力，随着时代的发展，它在作为国家经济建设的能源重镇的同时，也成为异地人探寻青海神秘、古老文化的必到之处，成为青海省重要的文化名片，在此背景下充分挖掘其精神内涵，对加深柴达木文化的历史厚重感、增强青海文化的融入性具有重要的作用和意义，使青海省精神文明建设具有更丰富扎实的内涵，以积极主动的自信心态与经济建设并行发展，使文学成为青海文化观念对外交流的传播者，显示出青海省经济快速发展背后强大的精神动力。

一、柴达木文学研究现状及开展调查研究的意义

（一）柴达木文学研究现状

“柴达木文学”的概念是在20世纪50年代西部开发背景下出现的，这使它一开始就不单纯是一个地域文学的名词，还涵括着“开拓者精神”发音器的功能和任务。1979年，《瀚海潮》的创办使得“柴达木文学”逐渐形成了稳定创作群体，作家们具有相对一致的文学观念。通过《瀚海潮》这个平台，柴达木作家逐步实现与省际甚至国际文坛的思想交流。新时期以来，出现了与时代相关的“开发大西北”“西部大开发”“保护藏羚羊”“保护三江源”等热点话语。柴达木文学作家群肩负使命，在艺术表现力上下功夫。许多人脱颖而出，成为青海乃至全国的知名作家，其中白渔、杜连义、刘红亮、王文泸、雨翁、肖复华、王贵如、金荣辛、王泽群、高澍、董生龙、肖黛、邵兰生、时培华等人颇具影响力。

对柴达木文学评价研究集中在对“以开拓、奉献为核心的柴达木精神”的艺术展现上。无论小说、诗歌，还是对散文的梳理，大多着眼于“崇尚奉献的盆地人生”和“无悔的青春岁月”的书写。除少数散见的论文，集中论述

的是2007年由刘晓林、赵成孝两位教授撰写，青海人民出版社出版的《青海新文学史论》。书中将“柴达木文学”归为“边缘化的文学写作”。笔者理解所谓“边缘化”应指柴达木在地域上的处境，如果从文化精神而言，柴达木文学发生之时便处在核心话语圈之中。与之对应，青海省对在柴达木文学背景下成长起来的作家创作的个案研究较为活跃，但是对于群体性的柴达木文学的深入阐说，以及柴达木文学精神资源的多元性、内涵的丰富性与深刻性研究还未见具有影响力的论述。

（二）开展柴达木文学调查研究的意义

就总体发展风貌而言，青海文学呈现出一种不平衡的现象。柴达木文学作为一种文学现象真实存在，并且在青海当代文学史上具有重要地位，其研究却不能与河湟文学、藏族游牧地区文学相比，远远滞后于两者。因此，全面梳理、研究柴达木文学是建构完整青海文学史观的必要前提。柴达木文学作为对一个特有的时代人文精神的书写，鲜明地区别于同时期其他地域文学，其独特内容和审美，呼应主旋律而律动，形成了不容忽视的叙事风貌与精神内质。柴达木文学的发展对青海文学乃至中国文学的影响并没有得到充分关注，具有开拓、延续、深化特点的柴达木作家群在整个中国当代文学领域里的位置还有待考察与书写。需要从共时性和历时性两个维度进行梳理和研究，较为客观地揭示柴达木文学的价值和意义。

柴达木的自然景观和历史文化元素因其独特、奇崛和丰富而具有审美价值。随着时代的发展，在作为国家经济建设的能源重镇的同时，也成为感受青海神秘而古老文化的必到之处。成为青海省重要的文化名片，因时因事充分挖掘其文化特征和精神内涵，对于丰富青海文化具有重要的作用和意义。通过褒扬柴达木文学，将对青海省精神文明建设发挥作用。

二、柴达木多元地域文化状况调查

（一）柴达木原生地域文化构成状况

1. 昆仑文化

柴达木文化作为与河湟文化、环湖文化、三江源文化并列的青海四大区域文化之一，文化内涵丰富而多元。青海省的标志性文化——昆仑文化便发源于此。昆仑文化也是柴达木文化的重要内容，昆仑山在柴达木盆地西边，是昆仑神话的起源地之一。在中国人的观念里，昆仑山是至高无上的神山，《离骚》中有诗句“邅吾道夫昆仑兮，路修远以周流”。许多传奇故事也是围绕着昆仑山展开演绎的，如共工触怒不周山、女娲炼石补天，以及精卫填海、夸父逐日、后羿射日等一系列神话，西王母的传说令人信服地表达了中原政权和昆仑西海一带部族的关系。在中国的民族构成中，至少有包括汉族在内的三分之一以上的民族，与曾经生息在柴达木地区的古羌族群有渊源。他们的神话传说和文化内容大多可以归集于昆仑文化这一母题。正因为如此，著名诗人吉狄马加认为：“昆仑山不仅仅是一个自然高原，更主要的它是中华民族的一个文化象征，一个文化高度。”昆仑山在中华民族的文化史上具有“万山之祖”的显赫地位，国人称昆仑山为中华“龙祖之脉”，承载着昆仑文化的柴达木地区，享有丰厚的思想资源。

2. 诺木洪文化

如果说昆仑文化更多地依托于神话传说，表现先民们的原始想象的话，那么能用文物证明史前柴达木地区古人类活动的遗址也很多，被称为诺木洪文化。诺木洪文化因 1959 年发现于柴达木盆地南缘都兰县诺木洪塔里他里哈（蒙古语“五个头”之意）而得名，属青铜器时代遗存。大约在西周昭王、穆王年代，这里的古羌人已经拥有相对先进的文化。从出土文物中可以看到，诺木洪文化的创造者们已具有很高的审美文化品位。他们的装饰品、毛纺品、角器、骨器造型十分精美。从骨哨的发现可推断，先民们在狩猎、歌舞等社会活动中，已具有相当成熟的群体组织协调能力和表达权威、公正的意愿。诺木洪文化是卡约文化的延续，下限延至汉代，覆盖整个柴达木盆地，是柴达木文化重要的组成部分。

3. 吐谷浑文化和丝绸南路的兴起

晋泰康年间，生活在今辽东地区的鲜卑慕容部吐谷浑率领自己的 1700 户族人，经内蒙古阴山一带，过河套，逾陇山，渡洮水，最终在今川甘青交界的地方定居下来。晋成帝咸和四年（329 年），吐谷浑之孙叶延嗣位，正式在白兰（今都兰地区）建立政权，以古礼“公孙之子得以王父子为氏”的古制，号“吐谷浑”。452 年，树洛干之子拾寅继位为十二世王，势力强盛。拾寅一代在南北朝战乱频仍，北丝绸之路不通畅的背景下开辟丝绸南路，拓宽了与中亚、南北朝的贸易通道。以香日德为中心的东西贸易曾长期在经济文化的双向交流中发挥极大作用，都兰热水和香日德出土的文物印证了丝绸南路的辉煌。

（二）柴达木多元地域文化的特征

从地域上来说，柴达木自古因孤悬于青藏高原一隅，交通不便。横阅柴达木地域，这里几乎少有可耕种的土壤，也缺乏蒙古草原一望无垠的牧场。日月山阻隔了河湟地区传统农业文明的走向，祁连山的绵延隔阻了丝绸之路的商队，南部苍茫的昆仑山和通向西部的阿尔金山让西行格外艰险。也正是地域的阻隔和生存环境的艰辛，使柴达木原生文化保持了孤独的精神气质，并成为一种社会文化地理结构，植入当地民族的集体无意识中，在日后的文学表现形式中不断地凸显出来。

纵观柴达木历史，在这片粗粝广袤的土地上，留有大量原始社会的遗迹。小柴旦湖遗址、三岔口遗址的发现表明，旧石器时代和新石器时代的柴达木盆地就有人类生活和文明传播的足迹，后来西羌牧野、西王母古国、鲜卑慕容部吐谷浑西迁建国、吐蕃唃厮啰统治，直到明清固始汗部族、清蒙古八旗，柴达木一次又一次地成为游牧民族的生息地。但我们很难看到其内在的延续性，这与游牧民族的特殊性有关，彼此之间的影响和传续较弱。就算是因战事而阻断的丝绸之路，迫使东西方商队、僧侣以及其他文化交流改道青海，柴达木地区在这个时期成为著名的“羌中古道”的组成部分，延续几百年，但遗憾的是，这种繁华随河西走廊的战事平稳而冷却，之后几乎没有再兴盛过。因此，柴达木文化总体上呈现出一种断裂性和非传承性。

以元朝为历史分界，之前的柴达木经过西羌、吐谷浑以及吐蕃的统治，受羌文化、鲜卑文化和西域文化、藏文化的影响甚大。这些文化随吐谷浑王国被吐蕃吞并和部分东迁，重心转移到今天青藏交界的黄南、果洛、玉树一带，向西延及柴达木东南部，以藏文化为主体的文化模式便随时代发展沉淀下来。13 世纪以后，从东部迁徙来的蒙古族统治了柴达木地区。在长期的共同生息中，吐蕃文化与蒙古族文化相互影响，从而在历史上构成了柴达木地区以蒙古族文化为表体、藏蕃文化为主体的双重文化特征。20 世纪 30 年代，部分哈萨克族迁入茶卡、大柴旦马海一带，给柴达木带来新的游牧文化元素。

中华人民共和国成立后，开发拓建成为时代主题，大批建设者从五湖四海进入柴达木，形成了柴达木文化多元有机融合的特点，多元的地域文化、不同的习俗在这一地区相互交流。

三、柴达木汉语文学发展状况调查研究

汉族进入柴达木的早期历史已难以稽考，在民国时期，迎来青海东部农业区的大量移民。20世纪三四十年代，民国政府提出“柴达木开发”的兴边政策，军阀马步芳实行屯军垦务，柴达木的农业经济有了初步发展。中华人民共和国成立后，为满足国家因经济建设急需能源、矿藏的需求，“柴达木开发”作为全国经济建设的重心被提出。从最初的地质小分队的挺进，到建设者大规模的迁入，一种具有多元融合的文化形态开始形成。

自20世纪50年代起，汉族外来人口进入柴达木已成常态。此时的柴达木移民多属于政治和经济双重作用下的省际移民，他们多怀揣“奉献柴达木”的时代精神，踏上西行征途。埃维瑞特·李认为，“迁移行为与迁移者的年龄、性别、受教育程度等因素都密切相关。那些受教育程度较高，身体状况良好，富有进取精神的迁移者，不但比那些迁入地的一般人更趋向迁移，而且能够适合较长距离的迁移，还能较快地适应迁入地的社会生活”。这一规律正适合这一时期柴达木移民的总体特征。表达他们情感、表现他们生活的柴达木移民文学，因为“移民”本身就是我们时代最丰富的隐喻之一。隐喻这个词，其希腊词根的意思就是横越，指某种迁移，把理念迁移到意象中。移民——跨越空间实现新的自我——就其本质而言，是一种隐喻性的存在物；而迁移作为一个隐喻，是我们周围随处可以辨察的。我们的创造性工作在于越过边界，在这个意义上，我们所有人都是移民民族。柴达木汉语文学就是在这群具有一定学养积淀、文学情怀，保有开拓进取精神的最初柴达木移民身上展开的，与移民文学伴随而来的便是新的移民文化的建构，这是一个交汇、融合而后不断构筑的过程。

（一）中华人民共和国成立前对柴达木人文与自然的书写

从屈原的《离骚》中关于“昆仑”的记载开始，直至唐代，留下了很多

描述青海的诗词，如唐代诗人王昌龄的《从军行》："青海长云暗雪山，孤城遥望玉门关。黄沙百战穿金甲，不破楼兰终不还。"但这些"边塞诗人"大多数并没有到过青海，因此他们诗中的青海湖、昆仑山、江河源多为遥想之作。到了明清两代，产生了一批以青海人为主的"河湟诗人"，其诗作反映亲历亲见，但他们眼中的高原地理也只限于青海湖周边，如尤榁、杨揆等。只有极个别诗人到过河源并有诗作传世，如僧人宗泐等。20 世纪以来，黎丹成为身临其境以汉语诗歌形式吟咏柴达木盆地的第一位诗人。这位 1871 年出生于湖南湘潭官宦之家的士子，在青从政 20 年。1934 年 6 月，他从西宁出发前往西藏考察，途经柴达木，留下数篇诗作。当黎丹行至茶卡盐湖时，写下"鲜海千顷青，盐池一片白。幻出各种奇，开此万古塞"的诗句。在柴达木河两岸，即从香日德到诺木洪的广大原野，诗人撷取风物入诗，写下《柴达木河滨平原》："西荒千里无人境，揽辔源头百感兴。低草长进宜牧马，乱云平处好呼鹰。天笼四野晨张盖，地涌孤星夜作灯。一事东南偶相累，蚊雷时向耳边腾。"诗作中记录了当年柴达木地域上真实的自然风貌，牧场丰饶却人迹罕至，"天笼四野晨张盖，地涌孤星夜作灯"，寓情于景，可以说是诗吟柴达木最早的经典名句。

（二）20 世纪 50 年代柴达木汉语文学初期的高起点书写

20 世纪 50 年代以来，柴达木汉语文学的拓荒是从李季和李若冰开始的，他们也是最早构筑"柴达木"精神内涵的人。柴达木丰富的石油矿产资源吸引了大量开拓者与建设者，沉寂了几个世纪的柴达木走向历史前台，成为国家主流话语——"开拓精神"的具体承载者，柴达木汉语文学从起步就与国家的经济发展、同时代中华民族的精神历程同步。20 世纪三四十年代就已享誉文坛的作家李季、李若冰与石油勘探者们踏足柴达木腹地，成为这一历史的亲历者与书写者。李季的短篇小说集《戈壁旅伴》于 1959 年由上海文艺出版社出版，作品收集了作者 1946—1959 年所写的短篇小说。集子里的四部作品，是作者运用不同的形式探索和尝试创作的小说，以戈壁为题材的小说极具历史与文学价值。诗集《心爱的柴达木》于 1959 年 2 月由百花文艺出版社出版，这是作者 1958 年秋冬之间所写的短诗集，主题是对柴达木的建设者和自然风光的描写和歌颂。这些诗歌反映了工人、技术人员和其他工作人员的生活和工作状况，展现了那巍峨庄严的昆仑山景色。当年开发建设者们真挚的劳动热情扑面而来。李若冰著名的散文集《柴达木手记》于1981年由人民文学出版社出版。此前他的《柴达木盆地》于1954年在《人民文学》第2期发表。李季和李若冰的创作奠定了柴达木文学的基调：作家书写那段有力的、开拓的历史，真情讴歌那代人及其精神风貌，并将其放置于一个时代的高点。1959年由中共柴达木工作委员会宣传部主编、青海人民出版社出版的多人诗歌合集《柴达木战歌》，是1958年社会主义建设“大跃进”的留影，是在开发柴达木工作中建设者们豪放的战斗史诗。这些诗清新刚健，气势磅礴，生活丰富多彩，用语朴素生动，不仅热情地歌颂党所领导的革命事业和战斗生活，同时，对美好的未来也充满无限的希望。由此，汉语文学在柴达木文学中的主体地位也随之显现，在被汉语文学历史观照的过程中，本土文化和民族文化也汇入了宏大的历史共振话语中。以李若冰的第一篇散文《寄给依斯阿吉老人》为代表，维吾尔族、藏族牧民在这一时期的文学作品中成为从旧制度中翻身的形象，成为积极投身建设事业的“向导”和“引路人”。事实上，牧民群众也积极地融入到开发建设中来，有人甚至献出了生命，这是一种特殊年代在历史上罕见的多元文化融合的过程。青海作家程起骏以地质队员资源勘探为背景创作的《阿兰山探宝记》在《人民文学》上发表，也代表了这一时期柴达木文学的特点。

（三）20世纪七八十年代柴达木汉语文学成熟期的多元化书写

经历了十年“文化大革命”之后，国家以经济建设为中心的政策一经提出，“柴达木开发”又成为国家发展经济的重要抓手。开发建设的队伍再次拥入，柴达木汉语文学再接李季、李若冰开创的步履跟进前行，这群作家续接前人的开拓精神，成为这一时期柴达木汉语文学创作的主流。与前辈作家不同的是，这一时期的作家正值青壮年时期，思想活跃，具有较为深厚的学养沉淀和较为开阔的文学视野。他们慷慨讴歌时代的同时，又有对于时代的冷静观照和反思。从大江南北、五湖四海来到柴达木的作家们，带着不同的原生文化圈背景和经验在柴达木进行文学创作，在构筑“开拓”主题的风景里，各自呈现出不同的地域文化色彩，出现丰富多元的“文化混杂化”特点。混杂化是由于交往增多，融入更多异质因素而引发的，它表现为文化异质因素交错附着的状况。文化的交流和交融不可避免地出现文化再造的过程，成为柴达木汉语文学鲜明特点之一。

自1979年《瀚海潮》创刊之后，柴达木汉语文学形成了一批相对稳定的创作群体，同时也从一个侧面体现出彼时柴达木经济建设蓬勃发展的图景，这是当时青海唯一的地市级文学刊物，在全国形成一定的影响。值得注意的是，它不仅仅积极刊发柴达木作家作品，而且积极刊发青海其他地区和省外作家的作品，刊物设置介绍外国文学的栏目，展现出宽阔的文化交流气度。如早在20世纪80年代就刊载过西班牙诗人、诺贝尔文学奖得主维森特·阿雷桑德罗，日本作家渡边淳一、川端康成等人的作品。

这一时期走上文坛的柴达木汉语文学作家大多是在此长期工作和生活的创作者，他们聚合在柴达木油田青海石油管理局，20世纪70年代以后开始呈现一批优秀作品，如肖复兴的报告文学《柴达木传奇》、巍巍的诗歌《不着戎装真猛士》、刘元举的散文集《西部生命》。80年代，青海油田作者笔耕不辍，徐志宏的诗集《油海情》、肖复华的报告文学《当金山的母亲》和报告文学集《世界屋脊神曲》等作品产生了广泛影响。肖复华获得首届青海省文学创作奖。金青平的报告文学《柴达木的母亲》获得全国石油文化大赛金奖，来自重庆扎根青海石油事业的李玉真的小说《我的同龄人》，后继者如来自湖南的甘建华等作家都加入了柴达木文学这个群体。

从西宁到拉萨的千里青藏线，集公路线、管道线、通信线为一体，在很长时间中以格尔木为大本营，由青藏兵站部执勤。早期的青藏公路修筑，特别是后来的青藏线运输、管护过程中，反映青藏线军民的军旅文学应运而生。青藏线文学与石油文学一样，是柴达木现代文学的重要组成部分，主要作家有王宗仁、窦孝鹏、张鼎全、韩怀仁、柳静、周永禄、耿毅等。20世纪60年代，几名创作骨干调离高原来到北京，其中柳静担任总后文化部部长，窦孝鹏任职《后勤》杂志社副社长，王宗仁为总后政治部创作室主任。70年代后期，这批作者大部分改行，只有王宗仁依然创作势头不减。他以格尔木古迹“望柳庄”作为自己的书斋名，创作出版了30多部文学作品，其中代表作有报告文学《昆仑日出》、散文集《季节河没有名字》等，散文短篇《夜明星》《女兵墓》《拉萨的天空》和《藏羚羊跪拜》被选入初中和小学语文课本。

第三部分作家群大多生活在海西州州府德令哈，他们有来自北京、毕业于清华的高澍，来自山西的刘玉峰，来自山东的肖黛、王泽群、时培华，来自河南的于瑛，来自四川的白渔等，还有来自青海省贵德县、毕业于青海师范大学的王文泸，来自陕西，毕业于兰州大学的王贵如，来自青海省湟源县的井石等，以及偏居大柴旦、来自上海的陈登颐等。根据王文泸先生介绍，当年“到了德令哈，《瀚海潮》正在酝酿当中，海西集中了一批文化人，比如王贵如、高澍，在格尔木的王穗军，在乌兰的安可军、张健生，他们都是兰大中文系毕业的，还有比我们小一轮的井石、时培华等，形成了看起来很松散，其实文学凝聚力很强的小团体。那时候文化生活非常单调，业余时间就是今天在张三家里，明天在李四家里，熬上一壶茶，海阔天空聊文学。那是互相切磋的过程，时间段是在1969年到1978年之间。环境造就了我们这群人，开始拿起练习本写东西，大家互相有激励的作用。最可贵的是，当有人有了一个构思告诉大家，别人就会补充一些细节，或者把自己的想法讲出来，有时有人又会让你放弃，因为已经在某个杂志上看到了类似的作品。这是很好的方法，大家都是推心置腹的朋友，没有说谁又下不了台。就是这样的氛围之下，我和王贵如写了《送信》”①。80年代，以游历的形式踏足柴达木，以此地自然风物、文化风俗为创作内容和精神滋养的一批行走着的作家，留下了很多脍炙人口的篇章，代表性作家有肖复兴、朱奇、海子、昌耀、西川等。

这是柴达木文学活跃发展的黄金期，小说创作领域成就斐然。1984年海西蒙古族藏族自治州建州30年之际，是文学创作前期成果集中展现的时期。这一年由海西州文联主编、中国文联出版公司出版的短篇小说合集《火狐》出版。作品集收录了王宗元的《惠嫂》、王文泸的《火狐》等15篇短篇小说作品。这部小说集突出反映柴达木盆地的社会主义青年一代，以饱满的热情投身于柴达木的开发建设中，不屈不挠地与艰苦的环境做斗争。王宗元写于1960年的《惠嫂》是其中的典型。他以一个初到柴达木盆地搞地质勘探的上海姑娘为观察者和叙述者，展开了惠嫂这样一个在荒无人烟的青藏沿线安家，富有顽强生命力和热情感召力的女性的生活画卷，使惠嫂成为特定年代柴达木女性形象，甚至新中国女性形象的代表。1962年，小说被导演董克娜改编为《昆仑山上一棵草》并搬上大银幕；1963年，被李扬改编为独幕话剧剧本《昆仑草》，由上海文艺出版社出版，这是柴达木文学较早在全国产生广泛影

① 郭建强：《小说生涯从德令哈开始——王文泸访谈》，载《瀚海潮》，2015（芒种卷），120页。

响的代表作品。同年，由中国文联出版社出版王贵如创作的短篇小说集《风儿吹过田野》，收录了12篇短篇小说，主要反映党的十一届三中全会以后牧区人民的生活景象。其中《萨木乃赫》用传神的笔法描写了在阶级斗争年代，达那哲芒山区的两个牧民在意外情境下遇到被称为“萨木乃赫”的黑熊正要袭击老猎人的故事。在那个年代，阶级斗争意识压倒人性基本准则，而使老猎人命丧黄泉，造成悲剧。作品含有尖锐的政治批判意味，情节、结构富于戏剧冲突，对牧区生态描摹细致，是这一时期的代表作品。同年，由中国文联出版社出版高澍的短篇小说集《活佛》，收录了9篇短篇小说作品。每篇作品从不同角度展现了开发和建设中的柴达木，其中《活佛》以新颖的美学追求，从民族文化的角度，表现了作者对历史、宗教、个体人物及命运的关注。作为清华大学的毕业生，高澍丰厚的学养和原生文化的开阔视野，使得作品虽以宗教题材为核心，但叙事时间上从民国时期跨越到1958年“政治运动”，叙事空间从青海湖畔的藏族牧人家到玛曲河岸的茫拉寺院，再到异国他乡，叙事情节上突破了对传统宗教皈依的盲目崇拜，而是从一个侧面窥探宗教徒内心的丰富精神世界，带有鲜明的批判反思的色彩，与藏语文学中端智嘉的《假活佛》思想内涵遥相呼应。同年8月，花城出版社出版了李嘉楼的中篇小说《柴达木传奇》，这是一部真实感人而又具有浓烈的浪漫主义色彩的小说。小说讲述中华人民共和国成立初期石油地质勘探队进入柴达木盆地寻找石油的故事。小说中的“我”，细致而纯真地讲述了一支地质勘探队首次进入柴达木艰苦而传奇的经历。小说通过柴达木自然生态的描写，恰到好处地映射了建设者的艰苦与快乐。那鲁莽的求爱与爱情的成熟，那仇恨与和解的故事，以及对在绝境中、在失踪的部落中，甚至对于勘探队员成了人质的描写，使小说人物闪射出力与美，充分表现了20世纪50年代我国年轻建设者的内心世界。1989年，由陕西人民出版社出版了井石的中篇小说《湟水谣》和陈天虬的中篇小说集《市井细民》，这是当时身处柴达木而以作家原生文化（井石的河湟文化、陈天虬的齐鲁文化）为背景创作的作品，凸显出这些作家的一个显著特点，即两种（甚至多种）文化在作家身上的交融与书写。1989年，青海人民出版社出版了王文泸的短篇小说集《枪手》，这部小说集精选了作者在80年代创作的部分作品，包括13个短篇小说和1个中篇。其中的《火狐》最早发表在1982年第1期的《瀚海潮》上，同年即被《小说选刊》转载。作家长期生活在典型的河湟农业文化区，小说中细致的自然环境、动物形态和植被描写，处处可见作家对柴达木的熟识，以农耕文明所塑造的细腻的心性为秉持，将传统的藏族牧人生活展现得鲜活而富有动感。这种专注细致的描摹，“往大里说，这是一种人类亘有的天问式的探求；往小里说，这是一种移民心理——要不断留下标识和记忆的行为。从笔法上看，王氏写作除却来自古典——现实主义小说写作的基准外，多少与藏族唐卡式的工笔有相近之处；从个人经历来说，王文泸从贵德盆地出生，徙往西宁读书，再到海西工作的经历，也是一种微观的移民路线”①。

在这个时期，散文、诗歌、报告文学、翻译等方面也取得丰硕成果。1984年，由中国文联出版社出版的多人散文合集《柴达木，你早》《花海采风录》以及1978年6月由青海人民出版社出版的诗歌合集《啊，闪光的柴达木》，作者大多来自基层一线，可见当时柴达木地区文学气氛的浓厚。这也为来年《瀚海潮》杂志的出版发行奠定了基础。除此之外，1984年由中国文联出版社出版的董生龙的《草原的风，飘去》、王泽群的《五叶草》和多人诗歌合集《瀚海歌潮》都值得论说。报告文学的代表作是由陕西人民出版社出版王贵如、于佐臣合著的《西部大淘金》。在文学翻译方面，陈登颐的成就斐然。1958年，他从上海来到柴达木大柴旦，任教期间致力于翻译外国文学作品。这位精通英、俄、法、德、日多国语言的翻译家，用流畅而传神的文笔翻译《世界小说一百篇》，这部上、中、下三卷，共150万字的巨著于1983年由青海人民出版社出版，这是柴达木文学的重要收获，也是青海乃至全国文学翻译界的重要收获。

这些作家的创作从最初以强大的政治热情讴歌“开拓奋斗精神”的作品开始，到对长河大漠、荒野沼泽、草原戈壁、绿洲沙漠、少数民族风情的描摹刻画，总体审美风格具有雄浑阳刚之气，恢宏博大之美。他们对那些置身粗犷凶险自然环境中求生存的探寻矿藏的群像的塑造，成为柴达木早期文学风格的基本标志。1984年、1989年，海西州文联组织出版了《瀚海丛书》第一辑和第二辑，成为这一时期柴达木文学的结晶。这两套丛书是柴达木文学20世纪80年代的文学汇总，除地方作者之外，还收录了邵燕祥、李若冰、叶文玲等书写柴达木的作品，具有极高的史学价值。

① 郭建强：《“移民青海”的本土叙事和人文追问》，载《瀚海潮》，2015（芒种卷），111页。

（四）20世纪90年代以来柴达木汉语文学转型期的艰难书写

经过20世纪七八十年代柴达木汉语文学创作者的共同努力，此时的柴达木文学已从最初“载道”之唱，借助地域文化的优势取胜的阶段，进入了深刻地对自然与人、历史和文化命运进行追索的过程中，呈现出一种哲学和美学的自觉。最初多元化的文化背景也在不断的文学创作过程中共同建构为一种交相辉映的，以柴达木自然环境、生活方式为主体的新的文化模式，它既具有广博的包容性，几乎影响了所有柴达木创作者的心态，又具有个体显现的丰富性与深刻性，在每一个创作个体身上都呈现出独特的创作风貌和个性。这种文化认同，在以后这批作家创作者的文本中不断显现出来。

进入20世纪90年代，随着市场经济浪潮的冲击，柴达木经济发展进入转型的困难时期，文学骨干先后调离柴达木，一度红火的柴达木文学进入沉寂期。政府财政收入的锐减影响到文学期刊的创办，《瀚海潮》刊物的发展命运似乎可以折射出这一时期柴达木文坛所遭遇的困境。问题来自于两个方面，一方面，政府拨款逐年递减，刊物从纯文学向市场化转型；另一方面，柴达木创作群体开始离散。虽然这个时期白渔、言公的报告文学《走进柴达木》还在对往昔开拓情怀进行深切追索，但当整个民族处于精神变革的历史节点时，这种文本讴歌的精神已经不能再统领人们的精神生活。柴达木文学创作受到前所未有的冲击。大批作家离开柴达木，或回归原生文化圈，或往异地继续开始行走的脚步。毋庸置疑的是，这批作家中的大部分将自己的青春年华与这片土地紧密相连，柴达木成为他们的精神故地，与中国文坛的“寻根”大潮同步的“西部文学热”开启了柴达木文学对青海省乃至全国部分地域发散性的影响。

回到河湟文化圈的王文泸、井石、肖黛、时培华等，走向全国的具有代表性的山东齐鲁文化圈的王泽群等人，回归陕西三秦文化圈的韩怀仁，回归北京的王宗仁等作家的书写，使此时的柴达木汉语文学的界域从“在柴达木书写”转变为“书写柴达木”。从这个意义上讲，柴达木汉语文学有了更长足的发展，就如曾经生活在柴达木七年，20世纪60年代就回到北京的王宗仁以柴达木军旅生活为题材的《藏地兵书》获得第五届鲁迅文学奖一样，对柴达木文化的认同感已根植于这一代作家心中。2012年，曹有云的诗集《时间之花》获得由中国作家协会、国家民族事务委员会共同主办的少数民族文学的国家级文学奖项“骏马奖”。2012年底，郭占雄的《百年祈祷》获得“五个一”工程奖。

值得一提的是，油田文学在20世纪90年代以后的接续发展，从另一个侧面展现了柴达木文学的蓬勃生机。90年代初，青海油田成立石油文联、石油文学协会，经文学作者选举，由肖复华任协会主席，李玉真任常务副主席，油田形成一支文学队伍。到90年代后期，已有10余人加入青海省和全国石油作家协会，肖复华、李玉真加入中国作家协会。在石油文联的鼓励和资金支持下，出版个人文学作品集10余本。这期间，肖复华获得庄重文文学奖，肖复华与杨启寿合作的报告文学《大山驮起的丰碑》、李玉真的散文《柴达木生命之旅》获得全国石油职工文化大赛金奖，甘建华获得青海省首届青年文学创作奖，李蕾获得青海省第五届文学创作奖。由辽宁电视台拍摄的李玉珍的电视散文《西部女人》1998年在中央电视台首届电视诗歌散文栏目播出。

进入21世纪，柴达木石油文学有了更大的进步。肖复华（已调到中国石油文联）与《石油管道报》杨方武合作的报告文学《走进撒哈拉》、李玉真的散文集《西部柔情》、甘建华（已调湖南衡阳日报社）的小说集《西部之西》获第二届中华铁人文学奖，李蕾的散文集《漠风如水》获第二届中华铁人文学奖提名奖。四名柴达木石油作者聚会在人民大会堂参加颁奖大会，被传诵一时。被选入各类文学作品集的柴达木石油文学作品已有百余篇，其中青年作家曹建川的中篇小说《花海子客栈》入选《小说选刊》2001年第7期，短篇小说《青春只有单程票》入选《小说精选》2004年第8期，中篇小说《草原水站》入选《小说选刊》2006年第4期、入选《2006年中国年度中篇小说》，散文《穿越青海长云》《关于柴达木的另类叙述》《朝圣者》入选2006年度《中国西部散文百家》。李玉真的散文《美丽的困境》《西北女人》入选《（20名）西部女作家写西部散文精编》，《西部的柔情》、报告文学《残霞如梦》入选《2001—2006年全国报告文学作品选》。杨振在《柴达木开发研究》上发表的纪实散文《戴眼镜的钻工学杀羊》被中国散文学会选入《2004年我最喜爱的100篇散文》。多次在央视播出的李玉真的电视散文《西部女人》被选为长江大学文学院播音主持艺术朗诵基础教材。肖复华的散文《骆驼赋》被选入湖北省语文教材初三第一册，被选为新疆高考试卷阅读问答题。

四、柴达木少数民族作家的持续书写

如前所述，柴达木原生文化在几千年漫长的历史发展过程中，在多民族交融的背景下，呈现出多元文化的融合性，同时因游牧部族长期迁移及多民族交替统治的原因，文化的传承性弱，直至康熙、雍正年间蒙古固始汗部族迁入，咸丰年间藏汪什代海部落在天峻一带落户才逐渐形成较为稳定的原生文化群落并影响至今。

（一）汉语创作形式下的原生文化书写

当下，在全球化影响席卷世界各个角落的背景下，柴达木文学以其开放的心态站在时代前列，如前论述柴达木汉语文学正在进行积极的调整与创作，少数民族作家使用汉语形式的创作也逐渐走向历史前台，并成为柴达木文学重新焕发生机甚至生存发展的核心要素之一。正因为创作者面对全球化的历史语境，知天下之大而进一步认识到与他者文化的差异，从而获得了对自我的全新看法，也就是所谓“文化认同”。对自我原生文化的认识，并不是在狭小而封闭的视界中孤立的“我思”产物，而是在全球化视野背景下与他者文化的差异相较中体现出来的。“只要不同文化碰撞中存在着冲突和不对称，文化认同的问题就会出现。在相对孤立、繁荣和稳定的环境里，通常不会产生文化认同问题。”[①] 这种认同在柴达木汉语文学创作中表现为对本民族文化历史的文学性书写，从考古学角度进行的文化挖掘、阐释与建构尤为明显。

程起骏先生对诺木洪文化、吐谷浑古国历史的研究论著可谓丰厚，先后著有《古老神秘的都兰》《吐谷浑古国史话》《归耕集》等著作。曾任海西州文联主席的作家、诗人斯琴夫，一方面用诗人的笔触礼赞柴达木历史、风物、人情，另一方面在文化艺术领域对蒙古族历史、固始汗文化的研究与推广不懈努力。

藏族中青年作家的汉语创作在20世纪80年代以来便呈现出较高的文学艺术水准，他们对藏族文化的艺术表达自觉而灵动。早在80年代，来自阿亥达拉草原的索宝，以极富才华的汉语写作在柴达木诗坛留下浓墨重彩的一

① [〔英〕乔治·莱瑞恩著，戴从容译：《意识形态与文化身份》，194页，上海，上海教育出版社，2005。

笔。1989年7月，由民族出版社出版的索宝诗集《雪域情》，收录了诗人的《牧歌》《马帮》《部落遗址》《草原月夜的印象》等47首诗。索宝把生活与理想、历史与现实交融一体，为表达现代牧人的心声做了勇敢的探索，同时诗人对藏族生活、人物细致的描写与勾勒，显示极强的描绘能力。他写《藏族老人》："岁月从鬓角悄悄爬下来/偷走了他满嘴的银齿/可蠕动的言语越来越多/像老伴在世时捻不完的羊毛线。"[①] 诗人在传神叙写藏族阿尼样貌时，看似不经意，却用一个神来之笔表现了藏族日常生活的基本样态。索宝的诗作更多的是对本民族历史感的体认，诗人在表现游牧民族历史断裂感的同时，从时间绵延的角度书写藏民族强大的生命力："部落的后裔们远去了/远古的岁月湮没了匆匆的背影"，"燃烧千年/藏家的香烟……/慢慢就被时光云集成蓝天的云朵/这些云朵被风吹到哪里/部落的后裔就迁徙到哪里。"[②] 诗人的创作与藏族文化互为彰益。同时期的另一位藏族作家诺日仁青，除了在散文、小说方面的探索外，致力于藏族传统民间故事的收集、整理、翻译工作以及在此基础上的儿童文学的创作。这样的工作对于藏族文化的深层挖掘，对于文化的传承与发展无疑具有重要作用。藏族作家三木才不仅是一位进行小说创作的作家，同时是一位执着于民族历史探索与考证的学者。他的《千年汪什代海——一个古老藏族部落的历史文化新探》无疑是对汪什代海部族发展史一次有益的梳理与探索，对于部落历史有意识的研究是民族文化认同的先决条件和重要因素之一。以上成果让我们有理由相信，柴达木少数民族汉语创作与文化研究未来会取得更丰厚的成就。

（二）柴达木蒙古族文学、藏族文学语境下的原生文化书写

如前所述，柴达木原生文化在几千年的发展中总体呈现出断续性和非衔接性特征，在多民族交互影响的背景下形成了多元文化的融合。中华人民共和国成立后，少数民族文学风貌呈现出蓬勃发展的态势。

德都蒙古族当代文学的发展应从20世纪50年代开始。1958年，德都蒙古族作者包·苏那木的诗《我们青海的学生》和巴·巴图的短诗《走进发展的道路》等作品分别发表在内蒙古文联《花的原野》（蒙古文）杂志第7期和第

① 《瀚海潮》编辑部：《瀚海诗苑》，59页，西安，陕西人民出版社，1989。

② 《瀚海潮》编辑部：《瀚海诗苑》，70页，西安，陕西人民出版社，1989。

10期上，填补了德都蒙古族当代书写创作的空白。1980年，海西州创办油印版刊物《花的柴达木》，填补了德都蒙古族没有正式蒙古文期刊的空白，柴达木蒙古文作品接连发表，其中有代表性的作家作品有图格的诗歌《朋友，游到雪域高原了吗?》、包·苏那木的诗《和硕特蒙古的神地》、达·却苏荣的诗《美好》、齐·布仁巴雅尔的小说《被嫌弃的女婿》、才布西格的小说《黑颈鹤的故乡》、萨仁格日勒的散文《青海湖边》等。青海民族学院（今青海民族大学）教授、内蒙古籍作者巴·乌云毕力格图撰写的评论《欺骗那些不知道的人而已》，为后来蒙古语文学评论起到典范作用。

1984年，图格、达·却苏荣等主编了青海蒙古族第一本文学集《聚宝盆》，这是从《花的柴达木》创刊以来作者所发表的文学作品中选编的一本选集，共收录了49首诗歌、9篇短篇小说和散文、22篇民间文学作品等。1984年4月，民族出版社出版了江木尔等主编的文学作品集《柴达木啊摇篮》，编入43首诗、4篇短篇小说和散文等。1994年，民族出版社出版了齐·布仁巴雅尔等主编的文学选集《高原回声》，编入21首诗歌、17篇短篇小说和散文。随后陆续出版了诗歌集《德都蒙古神韵》（达·孟克巴特尔等主编）、综合文学集《德都蒙古当代文学选集》（可可西里主编）等。

以上先后出版的文学作品集，首先反映了德都蒙古族30年间不同时期文学自身发展的状况，同时展现出蒙古族原生文化在新的历史时期蓬勃发展的景象。此外，2000年之前陆续出版的个人专集有：齐·布仁巴雅尔的短篇小说集《夜明珠》（1989年）、卡木特尔和图格的诗歌集《献德吉》（1989年）、巴音的诗歌集《梦中的青海湖》（1994年）、那仁居格的诗歌集《梦之叶》（1996年）、江木尔（已故）的诗歌集《梦幻骑士》（1996年）、齐·达来的诗歌集《高原·额吉与太阳》（1999年）、斯琴夫的诗歌集《离太阳最近的山》（1999年）、可可西里的诗歌集《穹庐晚照》（1999年）、格·孟和巴雅尔的诗歌集《洁白的礼物》（1999年）等，标志着德都蒙古族文学进入了一个新的阶段。这些作品集的出版，充分反映了20世纪90年代德都蒙古族诗歌方面取得的成绩。有的作者，虽然在这个时期没有个人专著出版，比如布仁特古斯（已故）等，但他们对德都蒙古族文学的发展所起到的推动作用是不可忽视的。

2000年后出版的个人专著有：江木尔的《被太阳取笑的孩子》（2000年）、杨金措的诗集《父亲》（内部资料，2004年）、娜·彩丽格尔的诗歌集《心韵》

(2004年)、叶·图布新巴雅尔的诗歌集《撒满阳光的原野》(2005年)、巴音的诗歌集《心灵的露珠》(2005年)、巴·热·额尔德尼孟克的诗歌集《神秘的石头》(2005年)、高卫星的诗歌集《晶莹的项链》(2005年)、策·吉胡楞的诗歌散文集《落在心里的霜》(2005年)、巴特那生的诗歌集《我在诗歌里》(2005年)、达·却斯楞(已故)的诗歌散文集《早春羊羔》(2006年)、阿·萨仁高娃(已故)的散文集《童年的欢唱》(2006年)、阿尔布拉格的诗歌集《崇高的奉献》(2007年)、巴·巴拉玛道尔吉的诗歌集《蒙古印》(2007年)、巴·巴拉玛道尔吉的散文集《阿兰雀鸟的啼鸣》(2008年)、达·公保加布的诗歌集《牧人颂》(2009年)、高·才仁卓玛的诗歌集《新声的世界》(内部资料,2010年)等。这些专著的出版,反映了德都蒙古文学进入新世纪后的发展状况,这个时期短篇小说以及散文成绩尤其显著。

2010年后,德都蒙古族的作家开始创作长篇小说,个别作者已出版了个人长篇小说。20世纪末期,也有作者尝试写长篇小说,比如,作家可可西里的长篇小说《喧腾的哈吉尔河》,在1995年《花的柴达木》杂志上开始发表但未能写完就中断了。2000年初开始创作可那木盖长篇小说《逃亡的路》,虽然2001年开始在《花的柴达木》杂志上连载,但未能写完就中断了。虽然如此,他们有益的尝试对德都蒙古中长篇小说的发展起到了一定的助推作用。到2008年时,勒·傲登撰写了长篇小说《命运赌注》,并于2008年开始在《花的柴达木》杂志上连载,2012年正式出版。2011年,巴音撰写的长篇小说《神奇的青海湖》在内蒙古人民出版社正式出版。这两部长篇小说的出版填补了德都蒙古无长篇小说的空白,使德都蒙古文学的发展翻开了新的一页。

柴达木地区藏族的文学历史悠久、丰富多彩。早期,生活在柴达木地区的大部分藏族为游牧民族,居住不集中,处于比较散落的状态,但勤劳智慧的藏族人民始终传承着民族文化。随着时代的发展,柴达木藏族文学不断焕发生机。百十年来一些农区藏族迁入到柴达木后,柴达木地区藏族的文学更加璀璨夺目。

藏族民间文学十分丰富,内容涉及神话传说、诵词、格萨尔王传、谚语、谜语、民间歌谣、民间故事等。语言朴素、简练,不但生活气息浓厚,还给人以清新、刚健的美感。自20世纪80年代开始,柴达木地区的藏族民间文学得到唤醒的机会,搜集整理到大量丰富多彩的柴达木藏族民间文学资料,主要包括民间歌谣和故事，如《说不完的故事》《海西民间故事》《柴达木藏族拉伊汇集》《海西民间歌谣》《海西民间谚语》《地方诵词》《婚礼诵词》《骏马诵词》等等。80年代末，海西州文联创办了藏族文学期刊《岗尖梅朵》。《岗尖梅朵》是柴达木藏族文学发展史上的里程碑。在《岗尖梅朵》刊物的培育下，柴达木陆续成长起一批藏族文学爱好者。之后，《岗尖梅朵》编辑部编纂了海西州第一部当代藏族诗歌集《心潮》。与此同时，本土作家也纷纷创作佳作，柴达木著名藏族青年作家年乃亥·哇热出版了文学作品集《爱的呼唤》《爱的祝福》《绿的心声》《年乃亥·哇热文集》等。他的文章具有感情真挚、意象鲜明等特点。此外还有普日科的《复活的牧童心》《藏族医学诗歌初探》《父母叫我如是说》《妈妈的牛粪饼》《神卓玛和人卓玛》，彭措加的《彭措加随笔》《瀚海札记》，扎西东主的《双列诗注》，李本加的个人专辑《心灵的独白》，普化太主编的《瀚海藏文文集》，东主才让主编的《进球的收获》和个人专辑《瀚海行迹》，仁青东智的《我正想生活》《沉思》《仁青东智诗歌集》等各类文学体裁的作品集。除此之外，一些农牧民作家，甚至寺院的僧人也纷纷加入了创作的队伍，如牧民作家普华杰的《牧人的心曲》，僧人土旦洛主的《火焰》《心语》等。这些作品主题鲜明，语言朴实，叙事清楚，生活气息浓厚，具有藏族传统的文学特色，散发着浓郁的民族气息。

五、文学生态背景下柴达木文学的建构与发展

（一）文学生态背景下柴达木文学的建构

柴达木文学是踩着中华人民共和国成立初期工业兴国强音走上历史舞台的，在大举进行能源开发的历史大潮推动下，曾在解放区开展文艺创作的急先锋李季、李若冰等作家来到柴达木进行创作，这一现象本身即可说明柴达木开发在当时国家政治活动中的重要性，文学书写在这个时代不可避免地带有强烈的政治色彩。几乎基于同样的原因，在“文化大革命”结束后，在国家着力发展工业建设、复兴民族经济的大背景下，柴达木知识分子在短期内的高度凝聚，也是这一政治因素直接影响的结果。政治话语的中心性使得20世纪80年代初以王宗元、王文泸为代表的一批柴达木文学书写者的作品在全国迅速产生较为广泛的影响。

进入新世纪以来，随着中国经济的稳步发展，文化思想界对民族文化多元化的倡导，国家政策逐渐倾向于对地方文化事业的扶持。地方文化的书写和整理开始成为一种潮流和自觉。互联网时代的来临，逐渐打破了话语垄断的窠臼，信息的海量融通，使得地处边远的柴达木作家思想与全国先锋文化思想乃至世界多元文化思想相接轨。经过十多年的发展，柴达木汉语文学以包容的文化气度走向更广阔的文学发展空间。首届“海子诗歌节”于2012年在德令哈举办，这个诗歌盛会已成为继“青海湖诗歌节”之后，青海省又一国际国内知名的诗歌艺术节，成为柴达木文学对外交流、不断演进的平台。

创刊于1979年，在20世纪80年代中期在全国颇具影响力的刊物《瀚海潮》，几经沉浮后在2004年被迫停刊。2013年，这个文学名刊的复刊，让人们看到柴达木汉语文学自我建设的意图。复刊后的《瀚海潮》在保有地方性的同时，坚持纯文学的立场，并以更广博的胸怀吸纳国内文坛新鲜力量。

（二）柴达木文学的继续探索与发展

柴达木文学经过了半个多世纪的书写，从最初的萌生到活跃于青海文坛，再到自觉进行调整，出现过精品佳作和成熟的诗人作家。今后可从以下几个方面继续探索与发展。

1. 自觉发掘、整理本土原生文化的丰富内涵，以此作为文学创作的思想资源

柴达木地区原生文化丰富，但长期处于自在式存在状态。这些文化资源不论是在蒙古语、藏语还是汉语文学书写中，都是不可或缺的重要思想资源，对它们的发掘、认识、再现是一项基础性但却具有重要意义的工作。包括蒙古族历史来源及演变、蒙古族民间文学、蒙古族格斯尔传说、蒙古族民俗文化、藏族汪什代海部族发展历史、藏族文学理论、藏族医药诗歌、藏族拉伊等，都将给文艺创作带来启发和滋养。

2. 培养一批柴达木本土具有原创能力的作家

地域文化背景下的文学创作，必须依托于本地的一支稳定的创作队伍，当下的柴达木文学还不具备能与此前的柴达木作家群相比拟的整齐阵容，新出现的作家有实力、有潜力，但整体力量比较单薄。地方作协应创造条件有意培养一支长期在柴达木工作并进行创作的作家队伍，采取作协内部的学习

与交流、以刊物为依托的定期文学创作培训班、推荐优秀作家尽可能到更高层次的组织学习实践等方式，对相对集中的作家，如德令哈作家群、青海油田创作群组织专题性质创作研讨，加强本土作家队伍的建设。

3. 重视文学刊物在柴达木文学发展过程中的重要价值

《瀚海潮》自1979年创刊以后曾一度成为国内知名度高、发行量大的优秀文学期刊，同时也培养了一大批在全省乃至全国有较大影响力的文学创作名家，为发展和繁荣柴达木文化事业、培育弘扬柴达木精神做出了重要贡献。随着时代发展，因多种原因《瀚海潮》于2004年停刊，时至2013年复刊，它的几经沉浮折射出柴达木文学发展的基本景象。此外，《柴达木》《大昆仑》《巴音河》《今日柴达木》等刊物的创办标志着柴达木文化事业的持续发展。仅以《瀚海潮》为例，它的复刊不仅凸显了地域文学刊物与本地区文化的联系，在聘请资深编辑的同时，培育放眼全国、环顾域内的大视野、大气度，而不仅仅将刊物定位为地方宣传的名片，更具有独立的文化品格，能够规避商业化影响，避免低俗娱乐趣味，而坚持文学的严肃、纯粹、典雅气质。

4. 充分开掘在以往文学书写中没有完全呈现的柴达木发展历史，并以时代的眼光表现

包括的内容主要有：一是柴达木的资源开发。第一次资源开发，从1956年青海地矿局物探一队进驻柴达木开始，给国家勘探资源，这中间产生过许多传奇式的故事和人物，到目前为止，没有一部系统表现这段历史的作品。当时参加这一工作的很多人已经离世，还有一些人已回故地生活，如再不进行抢救式整理，今后这段历史将被湮没，是柴达木文学的损失。二是柴达木的公路养护史。养路段的存在，与柴达木的发展是密切相伴的。从20世纪50年代，骆驼拉着刮沙板缓慢地在搓板路上行进，到今天柏油路的四通八达，这里燃烧了几代人的青春，这也是一段缺乏文字叙述的历史。三是柴达木的绿洲农业。从20世纪50年代建立劳改农场到后来搞青年农场，柴达木的高产田、大面积的小麦农田，是几代农业人耕耘的结果，也有待历史的书写。四是柴达木的生态。从第一次资源开发一直到十年前，生态破坏延续了很多年，造成的永久性创伤难以恢复，留下的警示也是寓意深长，这段历史的书写对于以什么样的科学态度对待柴达木的开发具有很大的启示意义。

柴达木文学创作经历了半个多世纪的发展，这在文学历史上只是匆匆一

瞥，但它却是中国以经济建设为背景催生多元文化在相对集中的时间段、相对独立的地理场域内相互碰撞、交融与建构的典型。作家创作经历了聚合、离散和回归的道路，同时在新时代的背景下继续生发与不断探索。时至今日，多元文化的交融与建构正以文学创作为基础的多种艺术形式继续进行，种种迹象表明，当下柴达木文学又呈现出饱满的蓄势待发的力量。

以“历史的接力”书写文化自信

——“柴达木文史丛书”读后

中国文史出版社出版的“柴达木文史丛书”，从2013年6月至2016年5月，已经陆续出版4辑。这套由海西州政协规划、张珍连主编的系列读本旨在呈现20世纪50年代以来，在开发建设大背景下的柴达木人文历史风貌。20多位作家、记者从不同的层面和视角，扎实、细致地描画那片热土。在已出版24册纪实文学类著作的基础上，出版了一辑历史文化类著作，将柴达木作为青藏高原人类早期繁衍地、昆仑西王母神话腹地、古文明蕴集地、古丝绸南路通行地以及中华人民共和国成立后全国经济发展重要矿产、能源储备地的多重形质，纵深地做出了立体、精密的雕镂，完成了“祖国的聚宝盆”一次新的文化覆盖。

初识张珍连先生是在2015年夏天，因为课题调研，我回到出生地戈壁深处的绿洲德令哈。在时逾百年的苍劲柏树下，我们谈起柴达木的经济、人文发展历史。张先生扬着手头的“柴达木文史丛书”，自豪地告诉我，在过去半个多世纪，这套丛书的作者与他们描摹的历史，形成了一种相继而行的接力状态。他们既是这段历史的亲历者、见证者，又是它的记录者与传承者。

丛书作者从20世纪20年代出生的柴达木文学奠基人，到20世纪70年代出生的新闻工作者，年龄跨度将近50年。最早进入柴达木采风的著名作家是李若冰先生，他于1954年11月创作的报告文学《在柴达木盆地》，发表于1955年第2期的《人民文学》，旋即入选中国作协编辑的《散文特写选（1953.9—1955.12）》一书，并入选人民文学出版社、中国青年出版社、长江文艺出版社等各种文学选本。1959年出版的《柴达木手记》，让千千万万读者知道了柴达木——“假如我有两只翅膀，我会立刻飞向柴达木去！”（著名文学评论家、《新观察》主编陈笑雨语）成为激励青年人开发柴达木聚宝盆的号角。

“我爱那里的大好山河，我爱那里一切事物的生意盎然。”20世纪50年代后期，一批批开发建设者不断拥入，怀揣那个火热年代的青春激情，用生命中最美好的年华拥抱这苍茫荒凉却富藏矿产的土地。丛书作者中收有三位石油作家，他们是肖复华、李玉真、甘建华，都受到李若冰先生的教益。以“西部之西”界定柴达木西部地区，因创作《冷湖那个地方》获得第七届冰心散文奖、首届丝路散文奖的甘建华，其父1957年曾与李若冰先生相识于“帐篷城市”茫崖，他作为子侄辈得到父执的指点和提携。两代人的风雅情趣，两家人持续60多年的交往，被著名军旅作家、中国散文学会名誉会长王宗仁先生称为“中国文坛的一段经典佳话”。此外，丛书作者还有青海文坛名家朱奇、白渔、言公，放歌青藏线的王宗仁、窦孝鹏、张荣大，从海西走出去的王贵如、王泽群、于佐臣、李硕、井石、刘玉峰、强建设，以及无数次深入柴达木盆地采风创作的肖复兴、李晓伟、杜连义等。

这些作家、记者笔指柴达木开发建设的各个领域。“青藏公路之父”、格尔木市创始人慕生忠将军，柴达木勘探向导、“第一号尖兵”乌孜别克族木买努斯·伊沙阿吉老人，从柴达木走出去的省委书记薛宏福、尹克升，曾在柴达木工作的中科院院士朱夏，著名石油地质专家王尚文、葛泰生、陈贲、顾树松，翻译界奇才陈登颐，清华才子高澍，以及众多在柴达木挥洒汗水的开发建设者。正是这样巍然耸立的英雄群体才让外界的人们及后来者铭记这块闪光发热的土地：冷湖、茫崖、花土沟、大柴旦、油砂山、察尔汗、格尔木、德令哈、茶卡、马海、甘森……

从时间延续的纵向发展历史看，20多位作者因为年龄代际和进入柴达木的时间不同，在书写上自然形成了相沿不辍的创作态势，以“历史接力”的形式，动态描述柴达木开发建设波澜壮阔的历史。就在这样一段大历史的深情书写中，我们听到了柴达木人励精图治的往事，知晓了自20世纪50年代以来的盆地发展历史，体会到种种艰难和考验，以及与岁月共增长的柴达木气质别样的形态——文史气质。

贯穿丛书的柴达木精神是“献了青春献终生，献了终生献子孙”的英雄行为和奉献品质。曾以散文集《藏地兵书》获得第五届鲁迅文学奖的王宗仁先生的一段话，可以作为一代柴达木人的心声："我是心甘情愿地把自己一生中最美好最应该浪漫的年华，埋藏在了青藏高原的冻土地上，埋藏在了格尔木。我就叫它埋藏，是埋藏！因为今生再也不会有这样美好的年龄了。无怨无悔地埋藏！ 18 岁到 25 岁，燃烧的青春期啊！"1968 年，从兰州大学毕业的王贵如来到柴达木盆地工作，至今在高原工作和生活了五十载春秋，他对柴达木有着永生难忘的记忆和挥之不去的情结——"即使在离开 20 多年后的今天，回望那一片浩瀚、广漠的土地，心头依然充满了温暖和感动"。作为群体性人类创造的历史，在人类精神脉动中，奉献之美、崇高之美本就是最重要也最动人的价值追求。在今天，这种精神仍旧弥足珍贵。柴达木不仅是青海工业经济的龙头，而且在建设过程中形成了薪火相承的文化自信。"柴达木文史丛书"的出版，可以说是为非常之人的非常之功立碑树传，为一种时代精神留影，让海西州和柴达木为共和国所瞩目。

文化自信是一个民族、国家及其每一个个体，对既有文化形态、文化成熟及其作用和影响的尊崇、礼敬态度和积极、自豪情感。"柴达木文史丛书"的顺利出版，充分显示出文化自信。这种文化自信与丛书作者们亲自参与艰苦卓绝的拓荒，与物质匮乏却开拓进取、精神昂扬的时代精神深度融合。这种精神点亮岁月深处踯躅前行的道路，也点亮后来者回首历史展望未来的生命火焰。这种高度的文化自觉、坚定的文化自信，是这套丛书能在短短几年内悉数出版的精神底蕴和人文旨归。编者的集结之功、作者的书写之力，充分印证了柴达木人"艰苦创业、无私奉献、勇于创新、团结奋斗、科学务实"的精神特质。柴达木盆地不仅孕育了丰富的物质资源，也孕育形成了宝贵的精神财富。丛书不少作者年逾古稀，有的甚至已近耄耋，将十几万字书稿重新整理、核校，于他们不再是一件容易的事情。但从遴选文稿到重新执笔写作，作为读者的我们，均可见其成书情感之深、笔力之雄。这种对柴达木历史中一事一文倾注心血的书写，除了对第二故乡文化精神的深度认同、文化内涵的高度自信，还会有其他动力吗？

"后之视今，亦犹今之视昔。"（东晋王羲之《兰亭集序》）这套"柴达木文史丛书"，初衷"只是从存史、资政的角度出发，整理和挖掘文史资料，以便人们翻阅并从中查找自己感兴趣的东西"，未曾料到"为丰富和发展柴达木文化事业，走出了一条文史资料搜集、整理、创新的路子"。因此，《人民日报》《文艺报》和新华网以及青海省内报纸杂志均给予极大揄扬。这套丛书是青海省，乃至全国地市州盟罕见的现当代地方文史资料汇编，它的价值相信会得到越来越多的重视。丛书编者与作者们满怀对柴达木的深情厚谊，与海西州各民族人民一道，共同构筑了开发建设与文史书写的双重盛景，使得柴达木这个精神高地的文化自信，成为构筑青海地域文化自信的重要一环。

在诗性叙事中寻找生命的尊严

——读刘玉峰小说《布哈河》

当小说家刘玉峰提笔开始书写《布哈河》时，已经与小说中杨克明、马国强这些拾荒者悲欣交集的生活相距半个多世纪了。新时期当代文学的重要作用，是对20世纪五六十年代生活的反映和反思，刘心武、张贤亮等都留下了发人深省的作品。“文化大革命”结束，改革肇始，很多作家致力于探讨人性在极端政治环境下的复杂性，表述知识分子原罪意识的铺展与钩沉。这是亲历时代的作家们对这个民族的切身之痛及时、适当的疗救与观照。

这样的叙述还有待深入，就因时代变化被随着继之而起的先锋小说、新写实小说所取代，这段历史及其对它的书写渐渐淡出阅读视野。在叙事时间和故事发生时间相隔五十年之后，刘玉峰往事再现的意义和价值何在，值得探讨。

一、对无名群体的显性书写

衡量一部作品的维度，除时间之外还有一维就是空间地域的书写。柴达木汉语文学起步于20世纪五六十年代，在西部地质、矿产、能源开发的时代背景下，李季、李若冰一代作家成为最早的书写者。李季的《戈壁旅伴》（短篇小说集），李若冰的《柴达木手记》（散文集），包括晚些时候程起骏的《阿兰山探险记》，称得上是50年代柴达木汉语文学的经典。其后，王文泸的《火狐》、王贵如的《萨木乃赫》、高澍的《活佛》、王宗元的《惠嫂》，从不同层面构成柴达木汉语小说创作的基本风貌。一个不争的事实是，柴达木汉语书写的底色是移民文学，这和当时柴达木开发的政策以及潮流有紧密联系。

这一人类历史上鲜有的大移民，却鲜有文学的表达。

这个在西部旷野生存、建设的群体，除了面对当时的政治气候外，还要迎接自然环境的极限挑战。来自政治和自然的压力，多元文化的碰撞，和极端条件下对人性的拷问，凡此种种的叠加，它的容量显然已经突破了反思文学的边界，而具有更广阔的叙述空间。这一点从小说整体构架和人物设置鲜明地体现出来。小说主人公杨克明的出生地在鄂豫皖三省交界的固始县，从符号学观察，在湖北、河南、安徽文化融汇之地诞生，象征中华民族千古血脉的传承。小说开篇，这个出生在中原的小伙子因为一个荒诞的缘由举步穿越大半个中国，进入了文本叙事的中心地域——青藏高原布哈河畔，随之展开的便是柴达木地区自 50 年代以来典型的人文地域风貌的文学叙事。在具有典型性的同时，它亦具有了整个中华民族千年历史变迁演进过程中文化不断交汇融合的普世性价值。

二、对地域风物的诗性叙事

接下来的第二个问题是作者如何书写这样独特的时空背景下的群体，我用“诗性的叙事”来表达。所谓的“诗性”，首先是经由作者长期在柴达木生活建立起来的具有质感的生命体验的书写。这可以从作者对自然景物的描写和动物形态的描绘上体现出来。《布哈河》中高原景色的描写就是一段段散文诗：“入夏的草原变得一派生机勃勃。各种野花争先恐后在绿油油的草丛中争奇斗艳，草原就像一个起伏的花地毯，一直铺到看不见的地方。被马蹄惊吓的鸟儿蹿出草丛扑棱棱飞上了蓝天，瞬间就没了踪影”，“冰雹过后天气出人意料地热了起来，天蓝得透明透亮，云彩就像撕碎的羊毛一样懒懒散散随意飘在空中”，如此这般描绘唯有在日积月累的生命体验和敏锐的生活画面的捕捉中才有机会跃然纸上。同在海西州的作家大多会瞩目于自然风物，在他们的作品中，兼具人文气息和自然知识的段落层出不穷，成为独具魅力的一部分。20 世纪 80 年代，王文泸先生在短篇小说《火狐》中，对柴达木自然景物进行过细致的描写，西部之美跃然纸上。这一书写传统在《布哈河》得到赓续和发扬。

人与动物在自然界的相处方式，在刘玉峰的笔下有着入木三分的描画。小说开篇便讲述了一个惊心动魄的草原故事：为响应上级在杨克明所在的青年公社扩大耕地面积、建立粮食基地的号召，场长马国强决意开垦繁茂的黑刺林，“推土机又轰隆隆响了起来，两道雪亮的灯光把推土机前的黑刺照得清清楚楚。马国强加大油门，推土机轰隆隆冲向黑刺林”。蛮横的开垦惊扰了在此安家的棕熊，所以行文至《黑刺林的棕熊》一章，发生了熊与人的殊死搏斗。棕熊的突然袭击瞬间使驾驶员身受重伤、血肉模糊。开枪打死棕熊的马国强也被棕熊死死压在身下，失去了一只耳朵。人熊搏杀一般会被人们当传奇来听。但是在相当一段时间里，对于生活在草原上的人们却是见怪不惊。王贵如和王文泸先生早年在柴达木的小说创作中合作过一篇名为《萨木乃赫》的短篇小说是根据草原上牧民真实见闻的生动讲述构思写成的。人与动物、人与自然界的关系，既是现实的主题，也是自古以来作家关注的焦点。无论是万物和谐、生灵共美，还是人与自然的激烈冲突，都在文学史上留下过深深印记。不顾自然规律地冒进垦殖，带来的一系列后果，给《布哈河》的书写提供了思辨的叙述空间。

因此作家由诗性情境呈现转化为哲理化的探索，这时候对动物的观察与理解，带着生命哲学的思考。“诗性叙事”在此得到了更高层次的表现。小说意味深长地描写杨克明与黑鹰的对视：“一只黑色的鹰站在一块突兀的石头上。由于离得不是太远，杨克明看清楚了黑鹰淡黄色的喙和淡黄色的爪。他拉住马缰绳，直盯盯望着那鹰，那只鹰也直盯盯地望着他。……他想再往前走一点儿，但是这个想法刚冒出来，山岗上的鹰就跃了起来，两个足有一米多长的翅膀忽闪了几下，就从他头顶上飞了过去，他清楚地听见有力的翅膀拍打空气的声音，那种力量让他感到不可思议。他扭头四处寻找黑鹰，灰蒙蒙的天空上已经没有了黑鹰的影子。”这让我们想起昌耀的诗歌《一个青年的朝觐》。人作为宇宙生物的孤独感，“不可以群、不可与共、不可与沟通的永恒遗憾”，在《布哈河》中通过这样的场景，表达出人与自然关系中更深邃的境遇。对生命终极意义和价值的不懈求索成为刘玉峰小说瞩目的话题之一。

三、对生命尊严的不懈求索

刘玉峰通过《布哈河》要表达什么？显而易见，这部长篇小说的表达维度是多元的。其中特别值得关注的是对于生命的价值和意义的求索，即“寻找生命的尊严”。“生命尊严”首先来自对“生命”本身的注重，即“生之意”。小说以布哈河湟鱼洄游作为生命力的寓写：“清亮的河水变得乌龙起来，河水里密密麻麻的湟鱼争先恐后从河水中游过。河面上像开锅的水一样翻起无数浪花，开阔的水面立刻显得拥挤起来。……现在正是湟鱼繁殖的季节。难怪，往日平静的布哈河突然变得热闹起来，整个河面在阳光下就像沸腾着满河的金银闪闪发亮。”在极端的自然地理气候背景下，湟鱼上溯争游的场景，是生命蓬勃不息的象征。与之相对，在生命的禁区，“生之艰”才是人们生活的常态。庄稼一夕间毁于大雪和冰雹，让一心献身农场生产事业的场长马国强与妻子陷入生之艰难。作家并不满足于“苦难诗学”，刘玉峰继续追问，如果“生之易”就顺理成章，那么是否也就等同于“生之意”？通过刘小香的视角，写了这样一家人：“村子里有一个叫王二牛的男人，长得跟牛一样健壮。老婆瘦得皮包骨头，还给他生养了六个孩子。家里穷得一干二净，土炕上一张破草席，草席上两床被子跟渔网似的。一家人横七竖八滚在破炕上，就像一群脏兮兮的猪……”刘小香发誓“一辈子不嫁人，也不要嫁这样的男人”，以此来表现这块土地上的青年人对人性尊严的吁求和对精神生活的追寻，读来极具生活质感和张力。

刘玉峰用写作为一个特殊时代沉默的群体画像，描画他们的面容，雕镂他们的灵魂，其幽深处通合约瑟夫·康拉德的《黑暗深处》、艾特玛托夫的《断头台》等作品。赫塔·米勒有句震撼人心的话：“我用生的渴望来应对死的恐惧。”刘玉峰以良心和道义执着于写作，为曾经失语的群体，在诗性的叙事中还予生命的尊严。

在石头的掌力上踮起脚尖

——蒙古族诗人斯琴夫诗歌浅读

应该是柴达木的风日吹送和照射出了那张脸，那脸上流溢出的是旷野和牧场般的沉静和浑厚，宽博和深邃。正如诗集《滚烫的石头》的名字一样，诗人斯琴夫秉持蒙古人的古道热肠，用恒如磐石的姿态，将自己的情感编织进文本之中。

这里所说的"姿态"，不仅仅是诗人斯琴夫一如蒙古人特有的健壮、厚实的体态，同时也是诗人诗歌中蕴含的蓬勃的富有美感积淀的情态。诗人"是一个早饮鲜乳、午拌炒面、夜唱酒歌的牧民"，"是一个怀揣昆仑美玉/头顶着春天的晨露，行走在旷野的牧人"，是一个从历史深处走来，踏响"雪地里滚滚的马蹄声"的固始汗的后裔。民族血脉中旷达的性情，西部的地貌风物的熏染，赋予斯琴夫一生对诗歌的热爱，对自然与家园的歌赞，也注定了他率直、宽怀的诗歌语言姿态。他用呼麦式沉厚、宽广的音域唱出了柴达木"发光的史词"，德令哈天空下"阔别已久的灵魂"和巴音河"每一处弯曲的理由"，最终完成如瓦雷里所说的"使黑暗发出回音"的自我认知。"时间流走了/我卷起行囊跟踪一个失踪的夜晚/前方好像有一盏灯等我接头……"，被时间的"特额尔么"碾磨的生命的沙粒，在斯琴夫的诗歌中变成闪亮的词语。

一

"石头"是柴达木地区自然形态的主要构成体。广袤的戈壁长时间在阳光的炙烤下，"石头的滚烫"就不仅仅是物理现象，也是诗人直接的生命体验。斯琴夫说"我为了读懂她，宁愿跋山涉水/也要抚摸和感悟每一块石头的温度”。自此诗人真诚而充满自然气息地书写和缅想，力图以“粗粝而执着的文字”呈现。这样的文字似乎是一颗颗从昆仑、祁连山脉，大荒戈壁采撷而来的“石头”的蕴化。只有长久身处其间并以匍匐的姿态掌抚大地的诗人，才可能写出这样的诗句：“被烈日灼烫的格尔木 / 以密集的河流来冲垮 / 岁月的堰塞和拥挤 // 出汗的石头 / 遗落在昆仑山口”。那是在海拔 4000 多米的昆仑山垭口，经历了夜之极寒的石头被当空的炙热阳光照射后的样貌，在昼夜之间巨大的温差中锻造千年的石头，是一种亘古而新生的样态。古老与新生，恒久与瞬时以石头的形态进入诗人的缅想，进入诗人对于生命与时间的思辨。于是，诗人留下充满动能的各种石头：“罡风在骚动的大地留下刮痧的痕迹 /……桀骜的流沙让石头疼痛万年的哀号”，“石头让似水流年的时光凝固了”，“见证了海走林逝的沧桑”，“记载了山升陆沉的历史”。自然是人类的一面镜子，然而石头亘古恒常地存在，穿越风涌深邃的时间通道，诗人并没有“时不吾与”的焦灼感。一种与时光共在的笃定与活泼的精神气度流布斯琴夫的诗中：“我啃老了今夜的弯月”，弯月下，“我赶着一群诗 / 向生活深处转场”。这种精神与蒙古族乐观豁达的民族天性有关，与笃定稳健的民族性格有关。诗人这样描写脚下的土地：“柴达木是一股旋风 / 旋风里舞出时代的英姿 / 柴达木是风尖上的风马 / 风尖上飘落吉祥的星辰”。如六字真言的念诵，风马旗在风中与石头在风中一样，穿越时间的跌宕起伏。

诗人斯琴夫辽远的时空共在的体验，同样依借“石头”多样的形态中丰实地构筑。大自然造化柴达木，既雄浑又灵动：“博大的爱像阳光般照耀了原野 / 每颗盐粒散发着灵性的光芒”。“盐粒”作为生命元素、作为石头的一种结晶体，蕴藏在柴达木腹地，逐渐成为生命的密码，扣锁在民族文化深处。诗人借它的灵光点醒自己，使它与“折射出万道彩虹”的水晶和牧人怀揣着的美玉一道，在丝绸之路的大时空里拓上深深的印痕。这种生命的密码在柴达木旷远的天宇下，与人类的智慧圆融为一体。诗人有心，留下了一幅幅历史和生活的图像：“羚羊栖息在这块石头上……/ 千年岩画就是一片凝固的牧场”。香加巴哈默力岩画所表现的 4 世纪吐谷浑繁荣蓬勃的生活景象，在斯琴夫笔下与今人生活贴合起来，而石磨“特额尔么”上“磨光已久的厚度和花纹”，带着青稞和糌粑的暗香成为草原牧民的精神味蕾的兆象。

二

“富有灵性的石，仿佛点亮夜空的星辰 / 使我有了向石头倾诉我疼痛的欲望”，将“石头”当作自己倾诉满腔热情的对象，诗人获得了一种澄澈和苍茫，性情深处的炙热和豪迈用长调咏叹和低吟喷涌而出。当诗人的口中念诵“阿拉腾甘珠尔”时，我们可以听到蒙古长调般的悠扬，对心爱的金色家园故土的深情厚谊的感叹格外打动人心。牧人出身的斯琴夫的草原戈壁生活与他的写作“互为印证”，他自然会在血脉中追寻“融化在英雄史诗源泉中的汗青格勒”，“像镶嵌在诗篇颂词中的巴彦颂”呛呼“阿拉腾甘珠尔”。他的歌唱与大地的胸腔深沉共鸣，饱含着诗人对故土和民族的深情。

诗人用丰富的体态将自己融入到抒怀的对象中去，融入石头，甚至化为石头：“拥抱你（石头）的温暖，感知你的刚毅 /……用这条石头凝成的绳索 / 紧紧地捆住曾经浮躁与喧哗的岁月”，“我捡起落地的雨滴 / 拴住那久违的瞬间”，“我搂着一缕霞光，又牵着一头 / 牛犊般的春天 / 快快乐乐地回家”，“我扯一片柴达木的白云 / 擦去那岁月的污垢 / 撕一张柴达木的天空 / 包住那伤痕的痛处”……诗人面朝久远的岁月，面朝天空和白云，频繁使用极致状态的副词体现喷薄欲出的情感。“两颗火热的心贴在一起 / 像一团火 / 即将烧死一个活生生的夜晚”，“昨夜我被梦死了 / 清晨起来捡起梦的碎片”，“我的柯鲁克美死了无数个日日夜夜不醒”，“夜晚行走在宽敞的大街上爽死你啊 / 就像为你回家而修通一条马路似的”，这种痛快淋漓的情绪表达酷肖在极寒与灼热间阅读星月和接受阳光的石头。在柴达木很难体会“温润如玉”的质感，就像在戈壁四季中“春季”是极为短暂而仓促的季节，它常常在漫长的冬季之后倏忽而过，但是春天毕竟是生命的起始，斯琴夫在诗集《滚烫的石头》中用大量诗篇来描摹春天，未尝不是一种对融化的石头（如创生神话中的鸟卵）的礼赞。

三

诗人的笔下春天来之不易：“母驼为孤零的小驼羔喂一次乳奶 / 拉着一个春天从远处颠簸而来”，“仿佛这个世界里唯一这一天是个春暖花开的季节”……西北高原干旱、冷峻的冬天如此漫长，以至于“春天”只能“颠簸”着到来，而在戈壁山脉中，春天往往是从石缝中渐渐显现的，因此在诗人笔下有了“石头开花”“岩石四季”。“这般春潮让尘埃积垢的石头开花了”，“(柏树) 从一座悬崖上深情地坠落 / 是为了在年轮里细数岁月的划痕 / 从一块石缝里永垂四季 / 是为了那座山脉高贵的尊严”。斯琴夫用饱含深情的笔墨书写春天，因为它蕴含生之明媚与灵动，饱满的情绪似乎在蛰伏了漫长冬季之后复苏、延展……“羊羔般的春天即将来临 / 一个生命的季节拉开了序幕 / 牧民用心接生一个个春天的故事 / 我似乎重返世纪末的前夜 / 寻觅那生育的快感！”也正是春天激发了诗人的神思和诗情，“我将沿着柴达木光华的晨光 / 打开那久违的羊圈 / 一一点开那诗词般的太阳穴……”诗人时刻敏感于自然的馈赠和自我创造力的保有。诗人自述“我是柴达木尽头上 / 即将绽放或枯萎的一棵野草”，诗人警觉于灵感和诗情的凋枯，将自身放置在饱含生命气息的春之丰饶的背景中。“我把诗歌的羊群放牧在 / 被春天浸染的石头上 / 这块绿油油的石头 / 早已缀满了金子般的晨露 / 湿透了我干枯如蓬蒿的文字……”鲜明的生机与枯槁的对应，自然让人联想到中国古典美学中蕴含的“未许木叶胜枯槎”的思想，正像《周易》中“枯杨生华”的意象一样，在“干枯如蓬蒿”的比喻中看出了“春意”，活泼泼的生命精神。老子所谓“大巧若拙”，正是看到如果人被欲望、知识裹挟，就会失去看世界葱郁生命的“灵觉”。斯琴夫保持着与自然共生共在的牧人的“灵觉”，诗人反复慨叹“在这一丝丝情意的暖流中洗礼我枯萎的灵魂”，恰恰是隐含着一种亲切的活力与生机，与古人“笔枯则秀，笔湿则俗”的意境遥相呼应。

诗人放大视野，将戈壁与蓬勃其间的春意并置：“岩缝里盛开的花朵 / 石林间葳蕤的青草和灌丛 / 攀崖高耸于绝壁的苍松翠柏。”诗人从自然观察进入历史沉思，在都兰英德尔古城将军墓前“苦苦地沉思和疼痛半天”，在诺木洪文化遗址塔温陶里哈体会“佛珠般的岁月在苏醒”，今天成为“废墟”的人类文明遗迹“仿佛岁月无情的雷声 / 击穿了那些深埋的文化层而处处作疼”，与自然的生机给予诗人的启发不同，“废墟”以人类文化实体风化和石化的形式，让诗人“在一个事物中同时感受到它的另一时间内的存在”。历史地理景观所呈现的自然与人工的、现实与历史的多重印记，渗透在诗人对世界的感受和表达之中。

诗人笔端描述的人与自然和谐相处状态尤为动人。在他的诗中，人在自然界的存在与山鹰、骏马的存在别无二致，甚至动物具有更加舒展、自由的姿态，“鹰有鹰的尊严 / 鹰有鹰凌驾天空的气势 / 展翅飞翔是对自由的解析 / 俯首鸟瞰是对明亮的姿态”。在这里，人对鹰的仰望不仅是体态、身姿，而且是精神的展示。诗人用人对自然的崇仰之眼看到“骏马是灵犀的风尖”，它们或高悬于天宇，或迅驰于旷原，都有人所不及的自然天性。而人类如额吉“昨日年轻的姿态”的延续，今天仍在天地间生生不息。牧人随自然气候的变更“向生活深处转场”迁徙，用牛粪点燃的火种蓄积能量，抵挡寒冷和孤寂。“火种”来自于古老文明的传递，是生命延续的保障，垂直上升的火苗还是牧人精神求索的象征。这种求索在与自然的完全融合中外在于时间而闪闪发光，而深夜围炉而坐的牧人本就将自己融入了自然之中。

诗人笔下的牧民是天地之间的人，而不是把天地自然把握为对象的人。和工业文明背景下力图主宰万物的人不同，斯琴夫诗歌中的人是“天地之大德曰生”的生命。他面对自然“双手合十，放在额头，匍匐祈愿和祝福……”“我敬畏你的荒凉与野性 /……天地咫尺间 /……磕长头 / 用身躯丈量你的每一寸温暖”。诗人的文学世界大于现实世界，在这个世界里，“人”与万物生灵同在。诗人躬身向下伏于大地之上祈祷，也自然地站“在石头的掌力上踮起脚尖”。

《天慕》：用诚意之作彰显民族精神

“祖国是人民最坚实的依靠，英雄是民族最闪亮的坐标。歌唱祖国、礼赞英雄，从来都是文学艺术的永恒主题，也是最动人的篇章。”这是习近平总书记对当前文艺创作的殷切希望。电影《天慕》讲述20世纪50年代开国少将慕生忠带领军民在青藏高原，用7个月零4天修筑青藏公路的传奇事迹。影片将观众带回了那个艰苦卓绝而又激动人心的年代，“祖国”“人民”“英雄”，血脉相连的深沉情感，在观众的内心深处一次次震荡。

人类发展的历史，从某种意义上说就是一部脚踏大地不断行进的历史。公元前4世纪，亚历山大大帝从希腊向东方探进，在战争开辟的道路上，东西方文化第一次撩开彼此神秘的面纱，希腊的艺术和精神思想渗入了波斯，更进一步影响到了印度，与春秋战国的东方文化遥相致意。遗憾的是，想要在雅典和印度修建驿道的亚历山大英年早逝，东西方因此失去了一个建立邮政道路的机会。但人类相互传递信息和物资的脚步并未停止。自2000年前西汉张骞大开丝绸之路始，至1000年前来自索马里的乳香在盛唐的香炉里烟云缭绕，再到700年前中国的青花瓷摆上了伊斯坦布尔贵族的餐桌……沿道路开拓而来的是人类文明的繁荣共生。但在中国版图上的西部青藏高原，直至20世纪中叶，依然因地势高耸、天堑纵横，而鲜有大道贯通。中华人民共和国成立后，依然因物资难以大规模运入西藏，使驻藏部队和当地藏族居民生存艰难。电影《天慕》以慕生忠将军两次率领驼队入藏运送物资为背景，展开了青藏线修筑公路的历史画卷。

今天从格尔木出发向西行进在青藏公路上，叹赏西部壮阔风景的人们随之会了解这位命名了“格尔木”的将军慕生忠。当电影特写镜头打在将军脸上的时刻，依然会让观众动容，那是一张皮肤黝黑而富于质感的脸。电影中，即将开赴修筑青藏公路一线的慕生忠，在照相馆留影给家人，坚毅的目光背后透露着柔情，将军刚毅的气质和即将出征战敌般的英雄气概，浸染着每一位观众的心绪。勒克莱齐奥在《电影漫步者》中说："电影向我们展示的是已经过去很久的世界。"在人们习惯于都会时尚审美和回归富氧自然界养生的今天，《天幕》让观众"感受到了另一个维度"（勒克莱齐奥语）。一帧帧影像让观众重临人类以卓绝勇力改变自然界，建设家园的光辉岁月。电影将观众带入20世纪50年代，看共和国的缔造者们怎样凭借理想与信念，在高寒缺氧的生命禁区筑造"天路"。这是一场人与自然的较量，也是人类对自我极限的挑战，更是中华民族勇敢、坚毅、勤劳的精神在历史册页中又一次熠熠生辉的时刻。

《天幕》将历史中生动的人和事物，一点点辨析并呈现出来。电影将慕生忠放置于一个多重矛盾的中心，从他者的视角在多重人物关系中建构多维立体的人物形象。时任中共西藏工委组织部部长兼运输总队政治委员的慕生忠，深知用驼队向西藏运送物资的杯水车薪和巨大损耗。看到驻藏部队和世居藏族同胞艰难的生存状态和物资供求失衡的巨大矛盾时，一种时不我待的焦灼感在将军内心翻涌。于是他带着前期的考察报告，以个人名义进京，向彭德怀请命，使修筑青藏公路成为可能。解决矛盾的方法刚刚确定，现实又聚焦于恶劣的自然条件与国家有限的财力和物力所形成的关节点上。困难重重，能不能完成党和国家交付的使命？

电影首先将镜头聚焦于将军与家人不动声色的告别场景。妻子因为担忧而默默流泪，孩子们因为不舍即使深夜入睡也要拉住门闩、按住汽车的方向盘。以赴死信念筑路的慕生忠与亲人的离别具有震撼人心的力量，电影在此将叙事节奏放慢……当被领养的哈萨克族男孩的歌声响起，当慕生忠凌晨乘车远行的镜头呈现，身担大义的民族精神之缩影凝结成金石的分量压在了观众的心上。随着滚滚前行的车轮，电影的叙事节奏加快，画面不断推向宽阔和纵深：戈壁悍匪被生擒又释放后的主动投诚；因为自然条件恶劣急于返回故乡，却因开荒9亩后决心筑路的驼工；因为爱情和共同理想加入筑路大军的藏族情侣；克服天险勘测架桥甚至为之付出性命的筑路战士……都将目光投向将军慕生忠——慕生忠坚定果敢的精神激励着身边的筑路军民。终于，一条"天路"在青藏高原不断探进，时代因此铭记这些日子：1954年10月20日唐古拉山口被打通，1954年12月15日从格尔木到西藏拉萨的1283千米公路贯通。

电影带我们穿行半个世纪的风尘，回到那个激荡人心的时刻，感受在筑路过程中人类自身所秉持的看似渺小实则伟岸的信念力量。中国人用自己的方式在青藏高原接续人类不断踏开的物资交流、文化融通、情感和精神交汇的脚步。电影导演王强在讲述制作团队历时两年、在格尔木青藏公路沿线实地取景拍摄中的艰难过程时说：“由此可以断想，在那个条件艰苦的年代，慕生忠将军和筑路军民们遭受了多少苦难。我们这部电影，就是要让人们感受到慕生忠将军那种艰苦奋斗、迎难而上的大无畏精神。”主创团队用诚意之作还原筑路场景，细腻扎实地捏塑以慕生忠将军为核心的筑路者群像，贴近人民、贴近历史；生动、立体地彰显植根于中华民族血脉深处，并且在新的历史时期更加凝聚人心的民族精神。

在路上的家园

——读梅尔小说《西进！西进！》

梅尔的《西进！西进!》20多万字讲述了那段从20世纪80年代初到本世纪初，青藏铁路修筑贯通的恢宏历史。从宏观层面，小说表现青藏铁路开拓者、驻守者、建设者在高原荒漠这一人类极限生存空间里，修筑铁路、不断向西探进，连接中国东西部经济和文明通道的历史进程。从人类文明发展的角度，这是文化融通的重大历史事件，钱穆先生在《国史大纲》中告诉我们，“所谓对其本国以往历史略有所知者，尤必随附一种对本国以往历史之温情与敬意”。这段中华民族铁路建设重大历史事件中的“温情与敬意”，梅尔是通过普通养路工的生活史来叙述的。俗世的生活在文学的真实中保存了宏阔历史事件的肉身状态，作者用小说复活了历史事件中真实的细节。在单调、繁杂的细节书写中，完成对一个时代特殊章节的刻录。正是这些日常生活的叙述，让历史事件有了可感的生命力，历史中的人物在叙述中被触摸、被感知、被记忆。

小说开篇，在青藏铁路二期工程的起点城市格尔木，李家的独子阿辉准备结婚。格尔木是荒原戈壁上，在青藏公路和铁路修筑中构建的一座新兴城市，青藏铁路从西宁通往拉萨，格尔木市一期工程的目的地。当年李家家长李进斗偕家眷，从宝兰线进入青藏线就安家在此。李家到来之初，这是一座荒凉的城，时常受沙尘暴的肆虐。20世纪50年代之前，这里少有历史记载，所以从地理文化的角度来说，在此之前这里是一片文化空气稀薄之地。从第一批建设者开始，建设者逐渐把自己的精神熔铸并刻写在这里，从此这里成为青藏铁路“西进”的铁路工人的常驻地。从空间叙事的角度看，这里成为小说中人物故事的发生地、演绎地。阿辉将要在这里安家立户，此前他的五个姐姐已经分别在这里组建了家庭。小说用具有现场“目击感”的全知视角，纹理清晰地描写李进斗一家九口的日常生活状态，为人处世方式和风格。他们在参与青藏铁路养护、运营的历史事件中，领受各自命运的颠踬，每一个人物形象都在波澜不惊中得到显现。

小说运用平视角和小视点，细致地写出生存“褶皱”中包含的历史真实性。小说中没有硬汉，更没有英雄，格尔木的城市气脉、青藏铁路的精神气蕴，都存藏于小说人物每一个日常生活的细碎角落里，如一个个沉默或喑哑的生存“原子”，最终点滴汇聚。正如小说所说，“20 世纪 80 年代初的格尔木就像是还未舒展开叶子的黄瓜秧，脆弱但朝气蓬勃，它趾高气扬地伫立在干旱荒凉的戈壁滩上，隐藏着高原人无数的希望和梦想”，而“阿斗一家人是在一个风和日丽、阳光明媚的上午踏上格尔木这片土地的”。阿斗一家人从陕西“西进”的目的是解决五女一儿六个孩子的户口和就业难题。这是一种平朴而真实的叙述，铁路工人因为相对完善的物质生活保障，选择“西进”，参与到青藏铁路的建设中。哪怕西部自然气候相对恶劣，但子女们的生活和就业环境变宽裕了，生活的路也就好走了，于是格尔木迎来了一批又一批“阿斗”和他的妻眷子女们。

青藏铁路线的第一代建设者为谋生而来，但是工人本色在更为艰难的工作环境中闪烁出质朴而明亮的色彩。李进斗代替体弱的吴占山到察尔汗养路工区工作。这里因为高海拔、高盐碱而成为生命的禁区，李进斗和队友们不仅要生存，还要研究特殊地质结构环境下铁路路基的养护技术，更难以想象的是，“阿斗带领着工区的 20 多号人，干了十年，度过了十多个春夏秋冬”。叙述至此，作者笔下如铿锵西进的火车一样的节奏慢了下来，铁路工作者的精神似乎就是在这样对生存极限环境进行挑战的过程中，在十年如一日的坚守中点滴凝聚、沉淀下来的。这成为他们从迁徙者到家园建设者最初的，也是坚实的精神积淀之后，这样锲而不舍的精神成为阿斗在退休和凤兰东移安居西宁不久，又因为抚养孙子——第三代的青藏线铁路人，再次西进格尔木的叙事逻辑链。

李家第二代青藏线铁路人，五个女儿一个儿子，包括女婿和儿媳，都在铁路部门工作。六个小家庭各自的境遇是小说叙述的主线，从而丰富地展现了铁路人的工作、生活和精神气度。这一代人在荒原新城格尔木成长和生活，使他们获得如戈壁植被般野性顽强的生命力。他们的家庭稳定和幸福也是这座城市的反映。小说上部，整个大家庭的儿女们主要为婚恋、家庭而努力着、理解着并逐渐走向成熟。小说中的第二代铁路青年中，多出现一类缺乏管教、莽撞行事，甚至触犯刑法的人物形象。在没有传统历史文化积淀和宗族世代文化熏染的环境中成长起来的第二代铁路人中，一部分青年如未经文明驯化的原始生命体，在与各自的生活环境不断的冲突中，在时间的流转、教化中，缓慢而艰难地从无知走向自觉，从懵懂的非理性状态中寻找理性精神的建构……在小说的下部中，包括李家儿女在内的青年们的视野逐渐从生活琐事转向各自事业的发展和规划。到李家第三代子孙，以大女儿珍儿的儿子清风为代表。作为青藏铁路线上出生的第一个孩子，清风大学毕业后最终自愿选择进入西藏工作，这无疑是这个家族“西进”中的中流力量。小说不仅从作家个人经验感受层面书写青藏铁路人生命的痛苦和喜悦，还接通一个更广大的灵魂视野。在小说人物精神不断成熟的过程中，青藏铁路人的形象也从世俗物欲的“人”，向着具有人类灵魂的宽度和厚度的“人”转变，他们的个人情感和脚下“西进”的铁路、铁路上奔驰的火车，以及他们各自的职业一起逐渐生长。

在路上的家园建构，不仅是以个体精神为“原子”的群体形象的捏塑，还是自然与文化气韵的聚集。“把窗户吹得噼里啪啦乱响，有时候还会吹起那古怪的哨音”的沙尘暴，渐渐在“爱绿”的青藏线铁路人的垦殖下，被“绿色植被”规驯。正如主人公“阿辉觉得植树这种事情就跟铺路架桥一样，都是积德行善的事情”，“外来者”成为新的家园的构筑者，他们身带各自的原生文化，与青海地方文化呼应汇聚。小说中，陕西关中的俗语与青海的“花儿”同时存在于主人公的浅唱低吟中，关中俗语朗健中蕴含生活的智慧，“花儿”的朴野、率真中表达建设者的豪迈、沉郁的精神力量。至此，青藏铁路线上的家园在地理空间、人文精神、文化气蕴不同的维度中得以确立。

后记

我愿意把文学评论看作是与作家共同的行旅，一同感受风物人情，心灵悸动，时光弹奏。或者是跨越时空的美的相遇，在作家的呼喊与细语中，听出些意趣来，便有了自己想说的话……这些话是触发灵觉后的体悟，是情感共鸣处的击节而歌，也是与创作者或隐或显的呼应和映照。

收入本书的文章，出自对当代青海文学粗浅的观察和思考。职业和兴趣，引导我走入作家作品分析和地域文学景观描述的广阔地带。第一辑的四篇文章，是品读青海重要诗人昌耀和白渔的结果。尤其是昌耀先生的歌哭与诗吟，被时间证明是中国当代文学的重要收获。昌耀研究，在今后仍然是我研究的重点。第二辑聚焦于当代青海藏族文学创作。这些文章与其说是文学批评，不如说是共情随笔，是从藏族文化宽博与深厚的景深，体会文学之美的试弹。第三辑以活跃于当下文坛的青海多民族作家作品为阐释对象，挖掘、分析其文学内蕴与表现形式。第四辑展示具有独特地理人文风貌的柴达木地区的文学书写。我试图在概述的基础上，阐述柴达木文学创作与这一地区丰富的民族文化、时代特征的关联。所评论的作家，有青海当代文坛早期的拓疆者，更多的是当下活跃在文坛的创作者。这些作家视野宽广，格调沉厚，各具特色，成为青海文学的重要组成。于我而言，评论这些作品，意味着是在捕获当代青海这片地域上生息者的灵魂面影，揭示这些面影，探讨他们在历史长河中与幽微“人性”的关系和距离，展示这些作家文学表现方式和特点。这是一处有待深入的文学风景。

以上是我给自己描画的文学评论的草图。在试评的过程中，深感评论之难，而诗无达诂。然而，无论是作品还是评论，一旦写就，它们便都停留在了往昔的时光里，成为记忆的一部分。在这本小书将要付梓出版时，想起加缪在《反叛者》中的一段话：“在遗忘的深处，从我面前再现的那些时光中，还留有对纯粹激情的一种完美的回忆，对于悬浮于永恒之中的时刻的回忆。”文学评论大概就是这样一种回忆的留存。文字留存于过往的思索中，但对文学的热情仍然绵延，与文学评论为伴将是我生活的常态。

感谢恩师卓玛女士多年的垂范与引领，使我的文学评论写作得以真实地开始。感谢马伟教授多年的鞭策与鼓励。也感谢我的家人、师长与朋友。做自己喜欢的工作并孜孜以求是幸福的，在前行的路上希望能够与更多有趣的灵魂同行交谈。

2022 年 3 月 23 日

图书在版编目（CIP）数据

青海当代作家创作论 / 冯晓燕著 . -- 北京 : 民族出版社 , 2022.8
ISBN 978-7-105-16751-7

Ⅰ . ①青… Ⅱ . ①冯… Ⅲ . ①中国文学—当代文学—文学创作研究—青海 Ⅳ . ① I206.7

中国版本图书馆 CIP 数据核字 (2022) 第 159299 号

青海当代作家创作论

策划编辑：李志荣
责任编辑：张　华
封面设计：刘福勤
出版发行：民族出版社
地　　址：北京市和平里北街 14 号
邮　　编：100013
电　　话：010-64271909（汉文编辑一室）
　　　　　010-64224782（发行部）
网　　址：http://www.mzpub.com
印　　刷：北京中石油彩色印刷有限责任公司
经　　销：各地新华书店
版　　次：2022 年 9 月第 1 版　2022 年 9 月北京第 1 次印刷
开　　本：787 毫米 ×1092 毫米　1/16
字　　数：195 千字
印　　张：12
定　　价：48.00 元
书　　号：ISBN 978-7-105-16751-7/I・3165（汉 2913）